S.A.S. FURIE A BELFAST
S.A.S. GUEPIER EN ANGOLA
S.A.S. LES OTAGES DE TOKYO
S.A.S. L'ORDRE REGNE A SANTIAGO
S.A.S. LES SORCIERS DU TAGE
S.A.S. EMBARGO
S.A.S. LE DISPARU DE SINGAPOUR
S.A.S. COMPTE A REBOURS EN RHODESIE
S.A.S. MEURTRE A ATHENES
S.A.S. LE TRESOR DU NEGUS
S.A.S. PROTECTION POUR TEDDY BEAR
S.A.S. MISSION IMPOSSIBLE EN SOMALIE
S.A.S. MARATHON A SPANISH HARLEM
S.A.S. NAUFRAGE AUX SEYCHELLES
S.A.S. LE PRINTEMPS DE VARSOVIE
S.A.S. LE GARDIEN D'ISRAEL
S.A.S. PANIQUE AU ZAÏRE

L'IRRESISTIBLE ASCENSION DE MOHAMMAD REZA, SHAH D'IRAN

AUX PRESSES DE LA CITE

LES SOUCIS DE SI-SIOU
PAPILLON EPINGLE
LES DOSSIERS SECRETS DE LA BRIGADE MONDAINE
LA MORT AUX CHATS
LES DOSSIERS ROSES DE LA BRIGADE MONDAINE

Couverture : photo Miltos TOSCAS

ISBN : 2 - 259 - 00053 - 3

CHAPITRE I

Le policier qui grelottait sous la bise glaciale contempla avec stupéfaction la jeune Japonaise qui venait de franchir le porche de l'ambassade américaine. En dépit du froid pénétrant, elle n'était vêtue que d'un ensemble de toile — pantalon et blouson — et d'un T-shirt blanc. Malgré sa tenue légère, elle ne semblait pas le moins du monde incommodée par la température. Intrigué, le policier la détailla. Les longs cheveux noirs tombaient sur les épaules jusqu'à la poitrine, séparés par une raie au milieu. Le visage était ovale, un peu large du bas, le nez très peu épaté. Les jambes étaient étonnamment longues pour une Japonaise. Et droites, ce qui était encore plus rare. A cause de l'habitude japonaise de porter les enfants dans le dos, leurs jambes épousant le torse de leur mère, 95 % des adultes conservaient des jambes arquées...

L'inconnue passa devant le policier et pénétra dans le hall. Elle aurait été très jolie, à un détail près : les yeux très noirs semblaient prêts à jaillir de leurs orbites, en relief comme ceux d'un crapaud. Il détourna la tête, gêné par cette malformation.

L'inconnue aux yeux saillants s'assit dans le hall sur une des banquettes en face du service des visas, et posa par terre le sac de toile qu'elle portait à l'épaule, comme beaucoup d'étudiants. Le policier reprit sa faction, surveillant de nouveau le porche. L'ambassade U.S. était protégée à l'extérieur par deux guérites de ciment. Régulièrement, des manifestants gauchistes venaient hurler des slogans anti-américains devant l'entrée et descendaient ensuite sagement la rue étroite en pente raide qui plongeait entre un énorme chantier de construction et le bâtiment nord de l'hôtel *Okura*.

L'ambassade U.S. ne méritait pourtant pas tant d'honneurs : minuscule bâtiment blanc de deux étages, entouré d'un parking, elle était écrasée par l'énorme building sud de l'hôtel *Okura* qui la dominait de ses douze étages de l'autre côté de la rue. Elle datait de l'arrivée des Américains en 1945, et personne n'avait jamais songé à en construire une plus belle. Les services américains étaient dispersés un peu partout dans Tokyo et son énorme banlieue, au grand dam des fonctionnaires.

Le policier en uniforme bleu bâilla : ce n'était pas un temps à manifestations. Comme toujours, novembre était glacial à Tokyo.

***

Deux jeunes gens qui feuilletaient des magazines sur une banquette depuis une demi-heure se déplacèrent pour venir s'asseoir près de la fille aux yeux saillants. Ils échangèrent quelques mots, observant les rares visiteurs qui attendaient dans le petit hall. A quatre heures moins le quart, un vendredi, il n'y avait plus grande animation.

Un large escalier s'ouvrait au milieu du hall, gardé par deux Marines en uniforme, assis sur des tabourets derrière deux petits comptoirs où étaient posés des téléphones. Il menait au premier étage interdit au public, où se trouvaient les bureaux de l'ambassadeur et des principaux conseillers.

Seuls, les visiteurs ayant rendez-vous pouvaient emprunter l'escalier après avoir été annoncés par téléphone.

Au service des visas, les employés commençaient à plier leurs affaires. La fille aux yeux saillants se leva, ramassa sa besace et se dirigea vers le Marine qui se trouvait à gauche de l'escalier, souriante, très détendue. L'Américain lui rendit son sourire et dit gentiment :

— *You cannot go up there,* Miss

Comme si elle n'avait pas compris, elle s'engagea tranquillement dans l'escalier. Le Marine quitta son tabouret et s'élança derrière elle. Pensant qu'elle n'avait pas compris, il la héla, cette fois en japonais :

— *Soumimassen! Snigai-nasu* [1] !

Au lieu de s'arrêter, la fille monta encore plus vite. Outré, le Marine bondit derrière elle et l'attrapa par le bras. Elle se dégagea, sans même se retourner. Il lui plongea dans les jambes, l'enserrant au-dessous des genoux. Elle tomba en avant, se reçut sur les mains et se retourna, comme un chat, plongeant la main droite dans sa musette. Le Marine n'eut même pas le temps de voir le Beretta, calibre 38, qui lui cracha une balle en plein front à bout portant. Le choc fit sauter sa casquette blanche et le rejeta en arrière. Il essaya de se relever, tituba et retomba, foudroyé.

La détonation arracha le second Marine à son tabouret. Il bondit, luttant avec l'étui de cuir glacé blanc de son colt 45 réglementaire. Au moment où il dégainait, il entendit des hurlements dans le hall,

[1] S'il vous plaît, vous n'avez pas le droit.

derrière lui. Il se retourna à temps pour voir un des deux compagnons de la Japonaise le viser avec une mitraillette UZI. La rafale fit trembler les vitres, et les balles s'enfoncèrent dans sa poitrine, le repoussant sur les marches de l'escalier. Il tomba en arrière, le drap de son uniforme déjà taché de sang, sans avoir eu le temps de dégainer. Déjà les deux jeunes Japonais bondissaient par-dessus lui, rejoignant la fille qui s'était relevée.

Les trois se ruèrent vers le palier du premier étage, tandis que les visiteurs et les employés du hall se couchaient par terre ou fuyaient par la porte du jardin. Stupéfait, le policier japonais n'avait pas encore réagi. Il ne s'était pas écoulé plus d'une minute depuis que la Japonaise s'était avancée vers l'escalier.

Roy Henderson, ambassadeur des Etats-Unis au Japon, sursauta au bruit des coups de feu. Il était en manches de chemise, en train de signer des chèques de fin de mois. Il se leva précipitamment, fonçant vers la porte de son bureau, pour la verrouiller. Celle-ci s'ouvrit brutalement alors qu'il s'en trouvait encore à un mètre, sur une Japonaise, les yeux hors de la tête, qui brandissait un pistolet automatique. D'un bond, elle fut sur lui, hurlant :

— *Lay down! Lay down!* [1]

Comme il n'obéissait pas assez vite, elle lui donna un coup de genou dans le bas-ventre et acheva de le jeter sur la moquette d'un coup de crosse sur la tempe. Lorsqu'il fut à plat ventre, elle s'agenouilla près de lui et lui enfonça le canon de son arme dans le cou. A demi inconscient, l'ambassadeur entendit d'autres coups de feu venant du couloir, des cris, des appels, puis un groupe fit irruption dans son bureau : le Premier secrétaire, blême, en train de re-

[1] Couchez-vous! couchez-vous!

boutonner son pantalon, le Second secrétaire, un homme qu'il ne connaissait pas, l'attaché commercial et l'attaché militaire, Albert Borzoï, chef de station de la C.I.A. Enfin, la secrétaire de ce dernier, Michiko, enceinte de cinq mois.

Deux jeunes Japonais, dont l'un moustachu et boutonneux, chacun armé d'une mitraillette Uzi, les houspillaient. Avant de refermer la porte du bureau, le moustachu se retourna et lâcha une rafale en direction de l'escalier. Alors, seulement, la fille laissa se relever le diplomate. Celui-ci, qui avait l'impression que ses testicules lui étaient rentrés dans le corps, essaya de rassembler ce qui lui restait de dignité. En japonais, il demanda :

— Qui êtes-vous? Que voulez-vous?

La fille lui répondit en anglais :

— Nous sommes des combattants du Sekigun! Faites ce que l'on vous dit.

Le Sekigun, c'était l'« Armée Rouge Unifiée », un groupe de terroristes d'extrême gauche qui avait éclaté en de multiples fractions.

Le moustachu balaya tous les objets du bureau de l'ambassadeur et y déversa le contenu de sa besace : des grenades rondes et vertes, des chargeurs d'Uzi, des pains de plastic, des détonateurs, plusieurs poignards commando... La fille aux yeux de crapaud s'avança vers la secrétaire japonaise, une fille au visage rond et gracieux, les cheveux bouclés, dont le ventre rond tendait la robe bleue. Elle l'interrogea brutalement en japonais. La secrétaire bredouilla, éclata en sanglots. A toute volée, la terroriste la gifla.

Avec une expression tellement cruelle que l'ambassadeur en eut froid dans le dos. En anglais, elle ordonna aux otages de s'asseoir en ligne, face au mur, les mains sur la tête. Excitée, elle parcourait le bureau son pistolet à la main, tandis que ses deux complices restaient cois, leurs armes braquées vers la porte. Finalement, elle ouvrit toute grande la fenêtre, ce qui fit entrer un flot d'air glacé, puis tira les rideaux.

Le hurlement d'une sirène de police se rapprocha. Puis une seconde et une autre encore. L'ambassadeur, le ventre encore douloureux, ferma les yeux, pensant aux heures qui allaient suivre. Cela risquait de ne pas être drôle.

*
* *

Une douzaine de policiers en uniforme firent irruption dans le hall du bâtiment sud de l'*Okura* et foncèrent vers les ascenseurs, bousculant les clients. Dehors, des cars de police blindés arrivaient les uns après les autres, précédés de grosses Datsun blanc et bleu, un phare clignotant sur le toit, ouvrant leur route à grands coups de sirène.

Les policiers jaillirent de l'ascenseur au douzième étage, celui des *penthouses* de luxe, et se ruèrent sur l'étroite terrasse d'où l'on dominait largement le toit plat hérissé d'antennes de l'ambassade américaine. Mais la fenêtre du bureau de l'ambassadeur avait les rideaux tirés. Dépités, les tireurs d'élite prirent position sur la terrasse, sans souci du froid, braquant leurs armes sur le bâtiment blanc. L'énorme hôtel *Okura* grouillait maintenant de policiers, en civil et en uniforme. C'était la première prise d'otages à Tokyo, et ils ne savaient pas très bien comment réagir. En bas, les cars grillagés, les policiers casqués, en gilets pare-balles, cernaient la petite ambassade blanche. La circulation était interrompue à partir du croisement avec la rue en pente. Une ambulance surgit, sirène hurlante, crachant des infirmiers qui s'engouffrèrent en courant dans le hall de l'ambassade.

Une vingtaine de policiers avaient pris position autour de l'escalier, surveillant le premier étage. D'autres essayaient d'interroger les employés et les visiteurs, encore choqués. Mais les témoignages divergeaient... On ne savait même pas combien il y avait de terroristes. Tout s'était passé si vite.

On emporta les corps. Les infirmiers chargèrent sur des civières les cadavres des deux Marines. L'escalier était maculé de sang. Aucun bruit ne filtrait du premier étage.

Une grosse Datsun noire stoppa dans un crissement de freins devant l'ambassade et le préfet de Police de Tokyo en jaillit, emmitouflé dans une pelisse à col de fourrure. Immédiatement, on lui amena le policier japonais qui avait vu les agresseurs. D'une voix hachée, ce dernier raconta le double meurtre des gardes, donna un signalement de la fille. Il ne pouvait rien dire de précis sur les deux autres... Un des policiers qui entouraient le préfet, visage joufflu et lunettes d'écaille, hocha la tête pensivement.

C'était le chef du Kohan, la section anti-Armée Rouge, de la tranche K [1].

— C'est Hiroko Okada.

— Qui est-ce ? interrogea le préfet.

— Une tueuse, dit le policier. Elle dirige une section de l'Armée Rouge depuis deux ans, un groupuscule d'une vingtaine de membres extrêmement actif. Nous n'avons jamais pu mettre la main dessus. Je la reconnais à cause des yeux. Elle souffre d'une maladie de la thyroïde qui lui donne un goitre exophtalmique. Nous la soupçonnons de nombreux attentats, et, entre autres, la bombe chez Mitshubishi...

Dix-sept morts et quatre-vingts blessés... Depuis

[1] Pour communiste.

quelque temps, des bombes explosaient partout à Tokyo. Autour du préfet, d'autres policiers de haut rang écoutaient, atterrés. Le chef du C.R.O. [1] directement sous les ordres du Premier ministre, celui de la tranche K de la National Police Agency, celui du Public Security Investigation Service. Tous se sentaient dramatiquement impuissants.

— Mais qu'est-ce qu'elle veut? interrogea le préfet.

Le chef du Kohan, Tom Otaku, avoua :

— Je ne sais pas, monsieur le préfet. Nous vous attendions pour commencer les négociations.

*
* *

Les télex de la salle des codes de la C.I.A., à Langleu, dans l'Etat de Maryland, crépitaient depuis une heure. Les messages arrivaient de Tokyo, sans arrêt, apportant d'ailleurs peu d'informations supplémentaires... Dans la *conference room* des « supergrades », le Directeur de la Division des Opérations, celui de la Far East Division et le Deputy Directeur de la C.I.A., sortis tous de leur lit à quatre heures du matin, à cause du décalage horaire — quatorze heures entre Washington et Tokyo — avalaient des litres de café, en liaison constante avec le State Department. Il faisait encore nuit. David Wise, chef de la Direction des Opérations, annonça :

— Roy Henderson vient de téléphoner de son bureau de Tokyo, directement au State Department. Lui et six autres otages exigent le versement de cinq cent mille dollars et qu'on leur remette un Japonais qui a, paraît-il, été arrêté à Los Angeles par le F.B.I., un certain Shunishi Furuki.

[1] *Cabinet Reasearch Office.*

— Appelez immédiatement le F.B.I., Internal Security Division.

— Que dit la police japonaise? demanda le chef de la Far East Division.

— Rien, ils attendent. Ils ne bougeront pas sans notre accord. Si on donne l'assaut, il risque d'y avoir de la casse.

Un ange passa. C'était l'éternel dilemme. L'honneur ou la sécurité.

— La Direction du F.B.I. ne répond pas... annonça le Deputy Director.

David Wise émit un juron peu compatible avec son éducation à Yale.

— Sortez Hoover de sa tombe, s'il le faut, gronda-t-il, mais retrouvez-moi ce Furuki! Qu'on le colle dans un avion pour Tokyo.

— Avec qui? osa demander le chef de la Far East Division. L'échange est une opération délicate et dangereuse.

David Wise soupira.

— Ça, c'est une bonne question! Mais j'ai une idée.

Le téléphone sonna. Un des hommes assis autour de la table décrocha, écouta et raccrocha. Il avait pâli.

— *Sir*, dit-il, les terroristes viennent d'avertir le State Department que si Furuki n'est pas à Tokyo dimanche soir, ils commencent à exécuter les otages.

***

Les projecteurs de la police éclairaient violemment la façade de l'ambassade mais, à cause des rideaux tirés, la lumière ne parvenait que faiblement dans le bureau de l'ambassadeur. Par contre, la température ne dépassait pas 0° dans la pièce, la fenêtre étant toujours ouverte... A part la terroriste, tout le monde souffrait du froid.

Les otages étaient toujours alignés, assis par terre, face au mur, les mains posées sur la tête, y compris l'ambassadeur. Surveillés par un des Japonais, assis en tailleur derrière eux, sa mitraillette sur les genoux, plusieurs grenades posées à côté de lui. Le second épiait la porte, retranché derrière le bureau de l'ambassadeur. Pas vraiment inquiet. Ils étaient certains que les policiers n'attaqueraient pas sans provocation, à cause des otages.

— J'ai froid, sanglota tout à coup Michiko, la secrétaire.

Son ventre reposait sur ses cuisses, et elle claquait littéralement des dents.

Hiroko se précipita vers elle, la frappa à la tête, la faisant basculer. Michiko avait déjà le visage tuméfié par les coups de poing de la terroriste. Depuis quatre heures, Hiroko s'acharnait sur elle. Après avoir découvert dans son sac la photo de son mari, un jeune diplomate américain du consulat. Cette fois, Hiroko se jeta sur elle, la bourrant de coups de poing et de coups de pied :

— Chienne impérialiste! Je t'interdis d'élever la voix! hurla-t-elle.

Michiko avait roulé sur le dos.

Méchamment, elle posa le pied sur le ventre saillant et appuya. La secrétaire poussa un cri atroce, bredouilla :

— *Onega ishimasu* ! [1]

Pour toute réponse, Hiroko ôta son pied, balança la jambe et lui envoya une ruade dans le bas-ventre, déchirant la robe sur les cuisses. Michiko hurla. Blême, Roy Henderson se retourna et jeta en japonais.

— Laissez cette fille et fermez la fenêtre! Il fait glacial ici!

[1] Je vous en prie...

Les yeux de Hiroko semblèrent jaillir encore plus de leurs orbites.

— Silence, glapit-elle, ou je vous tue tous...

Elle se mit à frapper sauvagement la secrétaire étendue, visant la poitrine, le ventre, le visage. Michiko criait d'une voix aiguë, appelait au secours, suppliait qu'on épargne son enfant. Les dents serrées, Hiroko continuait à frapper. Chaque fois que la pointe de sa chaussure heurtait la secrétaire, cela faisait un bruit mou, écœurant, horrible.

Sa victime cessa soudain de crier. Le péritoine éclaté, elle agonisait. Du sang et des excréments suintaient entre ses jambes. Hiroco s'arrêta de frapper, en sueur malgré le froid.

— Retournez-vous, cria-t-elle aux otages.

Ils obéirent. Le spectacle était abominable. Michiko respirait péniblement. La terroriste jeta dans son anglais guttural :

— Ceci est un avertissement! Tous ceux qui résisteront seront traités de la même façon... Maintenant, retournez-vous.

Les cinq hommes obéirent. Honteusement soulagés d'échapper au spectacle du corps martyrisé. Michiko râlait doucement. Hiroko ne s'en préoccupait plus. Elle s'assit dans un fauteuil, jouant avec son Beretta. Son cœur cognait dans sa poitrine. L'excitation, et sa maladie aussi.

Une odeur pestilentielle commençait à envahir le bureau, en dépit de la fenêtre ouverte. Hiroko n'y prêta pas garde. Ivre de sa toute-puissance. Le brouhaha des policiers, tout autour de l'ambassade, la grisait tout autant qu'une jarre de saké. Elle était sûre de ses deux complices Ko et Jinzo. Et de la prudence de ses adversaires. Elle fixa le corps de la secrétaire, un peu calmée. C'était une excellente façon de prouver sa détermination, de se faire respecter... Tout à coup, elle eut faim :

— Ouvre la porte, cria-t-elle à Ko, et dis-leur que nous voulons à manger et à boire.

Le jeune homme hésita une seconde avant d'obéir. C'était quand même risqué. Mais il y avait les otages...

Le couloir était désert. Un casque noir apparut fugitivement à l'entrée de l'escalier. Tenant un miroir, au bout d'une perche.

Automatiquement, il lâcha une rafale avec l'Uzi. Le miroir vola en éclats et le casque disparut. Mais pas un coup de feu ne fut tiré... De toute la force de ses poumons, le Japonais relaya la demande de Hiroko. Une voix répondit venant de l'escalier.

— Je suis le préfet de Police de Tokyo, que...

Hiroko le coupa, furieuse :

— Taisez-vous, exécrable impérialiste! Si nos conditions ne sont pas remplies, nous tuons tous les otages.

Puis elle claqua violemment la porte du bureau.

*
* *

Les officiels s'étaient prudemment mis à l'abri dans un coin du hall. De nombreux Américains avaient rejoint les hauts fonctionnaires japonais. Le chargé d'affaires, le consul, plusieurs officiers traitants de la C.I.A. Dans la rue, le Press Officer tenait tête à une meute de journalistes. En raison du danger, le parking leur était interdit.

Le quartier était en état de siège avec des centaines de policiers, la télévision, des tireurs d'élite. On avait même pensé interrompre la circulation sur le Shuto Expressway qui passait à cinq cents mètres, en surélévation, et se trouvait dans l'angle de tir des terroristes. Des spécialistes grimpés au second étage par l'extérieur étaient en train de mettre en place des micros ultra-sensibles pour écouter les conversations des terroristes.

La nuit était tombée, mais dehors, on y voyait comme en plein jour. Les caméras de la N.H.K. braquées sur la façade étaient prêtes à enregistrer le moindre mouvement.

Le préfet de Police redescendit, blême, rejoignit le groupe des officiels. Tous avaient entendu les cris horribles de la fille torturée et les coups de feu. Ils se regardèrent gênés.

— Bon sang, il n'y a rien à faire, gronda le chargé d'affaires.

Tom Otaku s'approcha et dit dans son anglais zézayant :

— Je ne pense pas que nous puissions donner l'assaut sans mettre en danger la vie des otages, sir.

L'Américain le savait très bien. Il regarda sa Seiko. 9 h 10. L'attente risquait d'être longue.

— Je suis en contact constant avec mon gouvernement, dit-il, l'impossible sera fait pour remplir les conditions des terroristes.

Il s'arrêta. Ivre de rage. Parce qu'il savait que les terroristes partiraient libres de l'ambassade. C'était la règle du jeu. Il y eut un mouvement de policiers près de la porte. On apportait le plateau de sandwiches et de boissons réclamé par Hiroko et ses deux hommes. Un policier monta l'escalier et le fit glisser sur le palier avant de redescendre.

Dehors, le Press Officer répétait pour la vingtième fois qu'il ignorait combien de Japonais se trouvaient parmi les otages.

*
* *

— L'Internal Security Division du F.B.I. prétend que c'est une catastrophe de relâcher ce Furuki, annonça le Deputy Director. Ils l'ont arrêté il y a trois jours à Los Angeles avec, en sa possession, une liste d'objectifs industriels à faire sauter, cinq faux passeports, un code et deux cent vingt-cinq *sticks* de dynamite.

David Wise secoua la tête, excédé. Il avait les traits tirés, le visage gris de fatigue. La table de la *conference room* disparaissait sous les tasses de café.

— Que l'Internal Security Division aille se faire foutre! dit-il. Je veux que ce Japonais soit dans un avion pour Tokyo avant ce soir. C'est un ordre personnel du Président.

Le Deputy Director reprit son téléphone. Résigné! Même le F.B.I. ne pouvait tenir tête à la C.I.A. et au State Department réunis.

— Qui l'accompagnera? demanda-t-il.

David Wise regarda sa montre.

— Je vous le dirai dans une heure.

Le numéro 1 de la C.I.A. ne pouvait s'empêcher de penser aux hommes enfermés dans le bureau de l'ambassadeur à Tokyo. N'importe quoi pouvait arriver avec des fous pareils... Il connaissait depuis dix ans Albert Borzoï, le chef de station.

— A-t-on prévenu officiellement les familles? demanda-t-il.

— Oui, Sir, répondit un adjoint de la Far East Division.

— Bien. Mettez-les aussi dans un avion, pour Tokyo.

*
* *

Michiko râlait sans interruption, les yeux révulsés, secouée de spasmes vifs.

Le Premier conseiller avait goûté les sandwiches et le thé, mais les terroristes n'y avaient pas encore touché. Les otages n'avaient même pas faim, d'ailleurs. L'agonie de la secrétaire occupait toutes leurs pensées. Ils auraient voulu pouvoir se boucher les oreilles. Oser faire quelque chose. Et ce froid qui s'ajoutait à la tension les engourdissait encore un peu plus!

A bout de nerfs, l'ambassadeur se retourna et jeta à Hiroko :

— C'est monstrueux! Cette femme est en train de mourir. Remettez-la à la police. Nous sommes assez nombreux pour vous protéger.

Hiroko sauta de son fauteuil comme si une araignée l'avait piquée et glapit :

— Taisez-vous. Je n'ai pas d'ordres à recevoir de vous.

— Faites quelque chose pour cette femme, insista l'Américain.

Le rictus haineux de la Japonaise fit soudain place à un mauvais sourire.

— Vous avez raison, fit-elle, d'une voix normale. Cette chienne pue. Il faut nous en débarrasser.

L'ambassadeur préféra ne pas répondre. Pour ne pas compromettre le bon mouvement de la Japonaise. Plein de rage impuissante, il pensa aux centaines de policiers qui cernaient l'ambassade, à quelques mètres d'eux.

Sans aucune chance de pouvoir intervenir.

Les terroristes n'hésiteraient pas une seconde à les abattre. Lâchement, il se dit que le gouvernement américain avait accepté toutes les exigences de Hiroko, que dans quelques heures ce ne serait plus qu'un mauvais souvenir. Puis, l'ordre que Hiroko venait de lancer à un de ses complices, en japonais, parvint à son cerveau et il se retourna, horrifié : le terroriste moustachu était en train de traîner Michiko vers la fenêtre ouverte... Voilà comment Hiroko voulait s'en débarrasser. Il se retourna :

— *Shimasen!* cria-t-il.

Hiroko braqua son Beretta sur lui, les gros yeux brûlants de haine.

— Taisez-vous.

*
* *

— *Abounaï*[1]!

Ce cri du policier japonais déclencha le branle-bas de combat. Immédiatement, une dizaine de projecteurs se braquèrent sur la façade blanche de l'ambassade américaine. Le rideau de la fenêtre du bureau de l'ambassadeur venait de s'écarter. Les terroristes avaient éteint, et on ne voyait rien de l'intérieur.

Précipitamment, les policiers se mirent à couvert. Aux fenêtres de l'*Okura*, les centaines de badauds retinrent leur souffle. Les caméras de la télévision commencèrent à ronronner. Une voix de femme cria quelque chose par la fenêtre ouverte.

— Qu'est-ce qu'elle a dit? demanda un des américains de la C.I.A.

— Que si un seul coup de feu était tiré, ils tuaient un otage... traduisit Tom Otaku.

Mains dans les poches de son manteau, le chef du Kohan surveillait le rectangle sombre. Inquiet et tendu.

Des dizaines de policiers attendaient, le doigt sur la détente de leurs armes. Quelque chose qui ressemblait à un gros paquet apparut dans l'encadrement. Poussé par des mains invisibles, il resta en équilibre une seconde, puis bascula dans le vide, suivi par des projecteurs.

Il s'écrasa au milieu du parking. Le rideau s'était refermé. La lumière blanche des projecteurs éclaira

[1] Attention!

le corps disloqué et inerte d'une femme. Poussant devant eux un épais écran blindé, les spécialistes du déminage se mirent à ramper lentement vers elle. Ils la tâtèrent avec de longues tiges métalliques, la retournèrent et, s'étant assuré enfin qu'elle n'était pas piégée, se ruèrent à son secours, suivis d'infirmiers, de médecins, d'autres policiers. Une rumeur montait de la rue. Les journalistes se battaient pour apercevoir ce qui était tombé.

Un médecin japonais se pencha sur le corps au milieu d'un cercle horrifié. Les narines pincées, les traits déformés par les coups, elle semblait morte. Une feuille de papier était épinglée à son corsage maculé de sang. Un des policiers la détacha et la tendit au préfet de Police de Tokyo.

Celui-ci lut à la lumière d'une torche électrique les caractères japonais, traduisant au fur et à mesure :

« Nous attendons jusqu'à demain soir 20 h 30. Si notre camarade Furiki n'est pas là, à ce moment nous exécuterons un otage toutes les heures.

— Elle respire encore! annonça le médecin.

Avec d'infinies précautions, des infirmiers installèrent le corps disloqué sur une civière. On lui faisait déjà du goutte à goutte. Un autre plaça un masque à oxygène sur son visage.

Dans un brouhaha indescriptible, on chargea le corps dans une ambulance qui sortit de la cour, mitraillée par les flashes.

Tom Otaku se rapprocha d'un des membres de la C.I.A. :

— Ils ont un transistor, annonça-t-il.

La radio avait donné l'horaire de l'avion qui amenait le terroriste Furuki au Japon. Un autre haut fonctionnaire japonais s'approcha du chargé d'affaires U.S. et se gratta la gorge avant d'annoncer d'une voix polie :

— Excellence, ce soir l'aéroport de Haneda est fermé à cause du brouillard...

L'Américain eut l'impression qu'une chaîne lui bloquait la poitrine. Si le même contretemps se produisait le lendemain, c'était le drame.

— Il n'y a vraiment aucun moyen de tenter quelque chose? interrogea-t-il d'un ton suppliant.

Le préfet de Police de Tokyo sembla se ratatiner.

— Nous pouvons donner l'assaut, concéda-t-il, si vous m'en donnez l'ordre écrit, mais les risques sont très élevés. En dépit de l'entraînement de nos hommes, ils auront le temps de tuer un ou plusieurs otages.

— Et les gaz?

— Ils s'en apercevront. Le problème sera le même. Cette Hiroko est extrêmement dangereuse et décidée à tout.

Sa photo jaunissait sur tous les panneaux d'affichage des commissariats japonais. Recherchée depuis deux ans.

Les projecteurs étaient de nouveau braqués sur la façade blanche. Dehors, un porte-parole de la police lisait d'une voix altérée un communiqué officiel plein d'omissions et d'erreurs, face aux caméras de la télévision, dans un cercle de journalistes silencieux. Personne ne savait encore que Michiko était morte avant d'arriver à l'hôpital.

— Prions pour que le brouillard se lève, sinon, il faudra donner l'assaut, soupira le chargé d'affaires.

Le préfet de Police de Tokyo priait encore plus fort que lui. Donner l'assaut, cela équivalait à un massacre. Il se souvenait de Munich... Lui aussi avait hâte que l'avion se pose à Haneda, avec Furuki, le terroriste réclamé par Hiroko.

CHAPITRE II

Malko observa le petit Japonais qui dormait la bouche ouverte dans le fauteuil voisin. Il ne paraissait pas ses vingt-trois ans, avec son visage plat, ses dents gâtées et ses cheveux en brosse, il ressemblait à un étudiant sage. Et pourtant Shunishi Furuki avait candidement avoué au F.B.I. qu'il se préparait à faire sauter tout le complexe pétrolier de Long Beach...

La drogue qu'on lui avait administrée avant son départ de Los Angeles était en tout cas puissante. Il n'avait même pas ouvert l'œil lorsque le « 747 » s'était posé à Hawaii. Maintenant, ils venaient de passer l'île de Guam et le Pacifique scintillait trente mille pieds plus bas.

Un véritable convoi militaire l'avait amené du pénitencier « Cal State » à l'aéroport international de Los Angeles.

Des « gardes nationaux » armés jusqu'aux dents, des agents du F.B.I., des motards encadraient l'ambulance qui transportait le petit Japonais. Il avait paru étrangement chétif à Malko lorsqu'on l'avait installé sur le siège de la première rangée du compartiment des « First » du « 747 » en partance pour Tokyo. Incroyable de penser qu'à des milliers de kilomètres de là ses camarades avaient monté une opération audacieuse pour le libérer. Malko avait appris qu'il avait d'abord refusé totalement de parler pendant vingt-quatre heures. Puis, il avait craqué brusquement, deux jours plus tôt, révélant les « objectifs » que le groupuscule de l'Armée Rouge s'apprêtait à détruire. Comme si le fait d'être coupé de ses camarades et de la responsable du groupe, Hiroko, l'avait brisé psychologiquement.

Le F.B.I. n'avait pas eu le temps d'en apprendre plus... les interrogatoires se déroulaient en japonais, car Furuki semblait ne pas parler anglais.

Malko reporta son regard sur les flots bleus du Pacifique. Sa mission ne s'arrêterait, hélas, pas avec l'échange des otages, si tout se passait bien. Il avait somnolé plusieurs heures, bercé par le ronronnement des réacteurs. A Hawaii le compartiment des « First » avait été mis en état de siège, le « 747 » entouré d'une haie de policiers. Malko et Furuki occupaient les sièges 1 et 2, face à la cloison avant. Chris Jones et Milton Brabeck, les gorilles de la « Special Operation Division » de la C.I.A., spécialement entraînés au Camp Perry, en Virginie, veillaient dans les sièges 3 et 4. Armés à leur habitude. C'est-à-dire puissamment. Derrière eux, quatre agents du Secret Service occupaient quatre fauteuils séparés, surveillant l'arrière. Personne, en classe touriste, n'était censé connaître l'identité du Japonais.

Le ciel était immaculément bleu, mais il allait faire froid à Tokyo. Abruti par le *Jet-lag*, Malko avait du mal à garder les yeux ouverts. Seule compensation à sa position de chef de mission, il n'était pas obligé d'être armé. Afin que le prisonnier ne risque pas de s'emparer de son arme. Mais il appréhendait l'échange des otages. C'était toujours une opération délicate et il n'avait aucune expérience dans ce genre de négociation. Tout ce qu'il savait c'était que ses adversaires étaient des gens extrêmement dangereux.

Il maudit la mauvaise idée qu'il avait eue de dire à David Wise qu'il séjournerait au *Beverly Hills Hotel*... Une semaine plus tôt, il avait été convié à déjeuner par le chef de la C.I.A. dans la salle à manger de l' « Executive Suite », de Langley, le saint des saints, réservé aux supergrades de la C.I.A. Honneur insigne, dû plus à son titre d'Altesse Sérénissime qu'à son rang de *carcer-agent*, un des six mille membres de la « Clandestine Division ». Ils avaient dégusté un somptueux chevreuil, arrosé de Château-Margaux 1967, servi par des Noirs en livrées. Espèce rarissime à la *Company* qui ne comptait pas plus de vingt Noirs sur un effectif de douze mille personnes... Après cela, Malko aurait eu mauvaise grâce à refuser de partir pour Tokyo. D'autant que son séjour en Californie lui avait donné une idée folle. Et onéreuse : remplacer le vieux chauffage central de son chateau de Liezen par un système de climatisation moderne...

En attendant, il baguenaudait au-dessus du Pacifique...

Une des hôtesses des « First » s'approcha de lui, une grande fille brune, aux jambes interminables et pleines, qui couvait Malko des yeux depuis Hawaii, autant à cause de ses yeux d'or que du danger qu'il représentait.

— Vous n'avez besoin de rien, Sir? demanda-t-elle d'une voix veloutée.

Le regard de ses yeux pers disait qu'elle était prête à faire de gros efforts pour la satisfaction de ce passager-là. Malko soupira :

— Si. Que vous changiez de place avec mon voisin.

Elle eut un rire de gorge et fixa le Japonais comme si c'était une araignée venimeuse... Tout l'équipage était au courant. Le regard de l'hôtesse revint se poser sur Malko, s'adoucissant aussitôt.

— Vous devriez monter au bar du haut, cela vous changerait un peu.

— Excellente idée dit Malko.

Il restait six personnes pour surveiller Furuki. Il suivit l'hôtesse, traversant la cabine pour rejoindre le bar situé au-dessus, derrière le cockpit. Il admira les hanches en amphore, le corps puissant et sensuel de la jeune femme. Son déhanchement pour monter l'escalier en colimaçon le troubla.

Malko resta debout près du bar, tandis que l'hôtesse lui préparait un *Bloody Mary.* Elle contourna ensuite le bar et s'arrêta si près de lui qu'il pouvait sentir son parfum.

— Bonne chance, murmura-t-elle, j'espère que tout se passera bien à Tokyo.

Malko fit tourner ses glaçons dans le verre, les yeux fixés sur le sage corsage blanc gonflé par une poitrine somptueuse.

— Je le souhaite.

L'hôtesse demanda d'un ton dégagé :

— Où descendez-vous à Tokyo?

— A l'*Imperial,* dit Malko.

L'hôtesse sourit.

— J'ai quatre jours de repos et je m'ennuie toujours à Tokyo.

Malko se dit qu'il pourrait difficilement trouver un meilleur guide, si tout se passait bien pour les otages.

— Appelez-moi, dit-il. Mon nom est Malko Linge. Prince Malko Linge.

Le *Bloody Mary* était fort et glacé.

— Je m'appelle Nancy, dit l'hôtesse. Nancy Younglove.

Un nom qui était tout un programme.

L'hôtesse s'excusa d'un sourire et redescendit. Malko la suivit de près. Un voyant venait de s'allumer, rappelant les passagers à leurs fauteuils. La voix veloutée de Nancy Younglove annonça dans le haut-parleur :

— Nous venons de commencer notre descente sur Tokyo, veuillez attacher vos ceintures et ne plus fumer...

Chris Jones se leva, en dépit de l'interdiction, pour rejoindre Malko. Le gorille avait les yeux rouges de fatigue. Les traits tirés, il paraissait encore plus impressionnant avec ses 1 m 92 de muscles et d'os. L'étui de son .44 Magnum reposait sur la boucle de sa ceinture.

— Ça va? demanda-t-il.

— Ça va, affirma Malko.

Ils n'auraient pas beaucoup de temps pour s'adapter en arrivant.

A son tour, Milton Brabeck se leva avec une grimace et les rejoignit. Sa blessure reçue en Angola [1] n'était même pas cicatrisée... Lui se contentait de deux Smith et Wesson Magnum au canon de six pouces. Il avait déjà été à Tokyo, du temps où il était Marine.

— On va se faire masser, annonça-t-il d'un ton égrillard.

Incorrigible. Malko se pencha et attacha la ceinture de sécurité du Japonais toujours endormi.

Le « 747 », pris dans le gros cumulus, commença à vibrer. Le ciel bleu avait fait place à la nuit. Brutalement, Malko se sentit étreint par une angoisse diffuse. Il vivait peut-être ses dernières heures. A côté de lui, le Japonais sursauta sur son siège. Il ouvrit les yeux, se redressa, l'air brusquement affolé.

[1] Voir *Guêpier en Angola.*

— *Where are we?*

Malko le regarda, stupéfait : le F.B.I. lui avait bien dit qu'il ne parlait pas anglais!

— Nous allons arriver à Tokyo, dit-il.

Furuki sembla brusquement se souvenir. Une lueur affolée passa dans ses yeux noirs.

— Vous allez me remettre à Hiroko? demanda le Japonais.

— C'est elle qui a exigé votre libération, souligna Malko, intrigué par la connaissance parfaite de l'anglais de son interlocuteur.

Celui-ci dit tout à coup :

— Je ne veux pas qu'on me livre à Hiroko.

Malko crut avoir mal entendu. Cet enlèvement était providentiel pour Furuki. Avec ce qu'on avait saisi sur lui, il risquait un minimum de cinq ans de prison... le « 747 » vibrait de plus en plus.

— C'est Hiroko qui vous a envoyé à Los Angeles, dit Malko.

Furuki s'accrocha des deux mains aux accoudoirs de son fauteuil et répéta :

— Je ne veux pas. Elle va me tuer... Vous ne la connaissez pas.

Ses pupilles s'étaient dilatées sous l'effet de la terreur.

Le « 747 » continuait sa descente, secoué par des rafales. Le temps semblait effroyable. Nancy Younglove vint se pencher vers Malko et murmura à son oreille.

— Le commandant essaie d'atterrir. Normalement, nous devrions aller nous poser à Osaka ou à Seoul. Tokyo est très mauvais.

Elle s'éloigna, plus attirante que jamais. Une belle plante.

Malko se mit à penser à Hiroko Okada, la responsable du commando de l'ambassade. La belle Japonaise dont tous les journaux avaient publié la photo, qui ressemblait à une étudiante rieuse...

Complètement réveillés, les agents du « Secret Service » avaient posé leurs mitraillettes sur les genoux... A travers une trouée de nuages, Malko aperçut brièvement des navires illuminés. La baie de Tokyo. Ils avaient décollé le matin à dix heures trente de Los Angeles. Le samedi. Mais en franchissant la « date-line » au milieu du Pacifique, ils avaient « perdu » un jour. A Tokyo, c'était déjà le dimanche soir.

Les nuages firent place à une masse cotonneuse et blanchâtre : le brouillard. Volets baissés, train sorti, le « 747 » n'était plus qu'à quelques centaines de pieds d'altitude. Brusquement, Furuki éclata en sanglots, secoué de spasmes nerveux. Puis, les roues du jet touchèrent la piste, et le hurlement des réacteurs inversés couvrit tous les autres bruits. Malko se dit que tout allait se jouer dans les deux heures qui suivaient.

Il essaya de distinguer quelque chose à travers le hublot. L'aéroport de Haneda était noyé dans le brouillard, percé de quelques lueurs. Le « 747 » s'engagea sur une bretelle, se dirigeant vers l'aérogare. Les passagers « normaux » préparaient déjà leurs affaires. Malko aperçut les phares de plusieurs véhicules, un feu clignotant au-dessus d'un toit. La police. Furuki s'était tassé dans son fauteuil. Nancy Younglove s'approcha de Malko :

— Vous allez descendre avant l'aérogare.

Le « 747 » stoppa. La police japonaise ne prenait aucun risque... Malko aperçut des hommes en uniforme courir autour de l'avion. Ils étaient encore loin des bâtiments. Un tracteur apparut, tirant une échelle de coupée. Le chef de cabine annonça aux passagers qu'on débarquait un malade et qu'ils devaient patienter encore quelques minutes...

La porte avant du « 747 » fut ouverte, laissant entrer une vague d'air glacial. Malko se leva et dit à Furuki.

— Venez.

Le Japonais se recroquevilla dans son fauteuil.

— Non, fit-il d'un ton farouche, je ne veux pas sortir.

Chris Jones s'approcha :

— Qu'est-ce qu'il y a?

— Il ne veut pas descendre, dit Malko.

— *Son of a bitch* [1], grommela le gorille.

Se penchant, il attrapa le Japonais et l'arracha de son siège sans même défaire sa ceinture de sécurité... Furuki se mit à hurler comme une sirène. En japonais et en anglais, ameutant les passagers, s'accrochant au fauteuil. Malko ne savait plus où se mettre... Les autres passagers des « First » regardaient avec horreur le groupe en train de lutter. Ce n'était pas fameux pour le renom de la compagnie... La porte ouverte laissa passer un groupe de civils, Blancs et Japonais, qui se précipitèrent vers Furuki et son escorte. Un Blanc chauve à la moustache noire agrippa Malko.

— Je suis William Loward, Second conseiller de l'ambassade. Qu'est-ce qui se passe, bon sang?

— Il ne veut pas quitter l'avion, expliqua Malko. Il prétend que ses amis vont le tuer.

L'Américain haussa les épaules, furieux.

— *Nonsense!* Il nous reste une heure pour arriver à l'ambassade. Emmenons-le de force!

Porté, tiré, à moitié assommé, Furuki traversa la cabine, fut traîné jusqu'à la porte ouverte. Malko croisa le regard horrifié de Nancy Younglove. D'autres passagers détournèrent la tête, gênés... Il se faisait vraiment l'effet d'être un agent de la Ges-

[1] Fils de pute.

tapo, pendant la guerre. Furuki criait toujours.

Deux Américains empoignèrent le Japonais chacun par un bras et le forcèrent à descendre l'échelle de coupée. Le ciment grouillait de policiers, de voitures, s'agitant dans un halo de brouillard irréel. Malko boutonna son manteau de cachemire et se dirigea vers une longue Cadillac noire arborant le drapeau américain. Il faisait un froid pénétrant, l'air sentait le kérosène. Des lumières clignotaient dans le lointain; l'aérogare. Les policiers étaient nerveux, tendus, cherchant à percer le brouillard. Au moment où on allait pousser Furuki dans la Cadillac, le Japonais effectua tout à coup un véritable saut périlleux, échappant à ses deux gardiens. Plusieurs policiers se précipitèrent, croyant qu'il cherchait à fuir. Mais, au lieu de s'éloigner, Furuki se précipita, la tête la première, contre la pare-chocs d'un car de police!

Comme un bélier.

Le bruit du choc de son crâne contre l'acier fut étouffé par le hurlement des policiers.

Furuki fit quelques gestes désordonnés et glissa à terre. Ses anges gardiens affolés se précipitèrent et le relevèrent, le front inondé de sang!

Le Second conseiller de l'ambassade U.S. se rua vers le Japonais blessé, commençant à éponger le sang avec son propre mouchoir, tremblant d'énervement.

— Soignez-le, bon Dieu! glapit-il.

Il fallut cinq minutes de cris et de confusion pour panser la tête du Japonais, qui recommençait à se débattre. Cette fois, les deux gorilles qui le tenaient l'enchaînèrent à eux par des menottes. Enfin, on parvint à l'enfourner à l'arrière de la Cadillac. Chris Jones et Milton Brabeck s'assirent sur les strapontins, face aux sièges arrière. Malko et le Second conseiller prirent place à l'avant, à côté du chauffeur. La Cadillac démarra aussitôt, précédée et suivie de plusieurs voitures de police, encadrées de motards. Evitant l'aérogare. Le convoi coupa à travers l'aéroport, rejoignant l'Expressway n° 1, qui filait vers le centre de Tokyo le long du port. Ils passèrent en trombe un poste de péage. Malko aperçut des taxis minuscules, des signes lumineux et incompréhensibles.

William Loward, le Second conseiller, regardait défiler les entrepôts et les usines d'un air absent. Il avait des valises sous les yeux et un tic à la paupière droite. Furuki, subitement résigné, ne bougeait plus. D'ailleurs, au premier battement de cils, ses anges gardiens étaient fermement décidés à l'assommer.

— Bon Dieu, quelle histoire, soupira le Second conseiller. Je n'ai pas dormi depuis deux jours...

La Cadillac roulait maintenant sur une autoroute urbaine en surélévation comme un métro aérien, filant vers le nord. S'il n'y avait pas eu des publicités en caractères japonais, de temps à autre, perçant le brouillard, Malko aurait pu se croire à Kansas City. Tokyo ressemblait au cauchemar d'un urbaniste : un enchevêtrement de ciment, d'autoroutes urbaines, de vieilles maisons de bois et de gratte-ciel grisâtres. Le convoi roulait à plus de 80, doublant des taxis multicolores.

— Nous arriverons dans cinq minutes à l'ambassade, annonça William Loward en regardant sa Seiko.

Il était 8 h 15. La nuit était tombée à quatre heures. La pollution et le brouillard.

— Comment comptent-ils partir? demanda Malko.

L'Américain secoua la tête.

— On ne sait pas. Ils n'ont rien voulu dire.

Furuki grogna. Malko se retourna. Le jeune terroriste avait le visage crispé de terreur, maculé de traînées de sang séché. Ses prunelles bougeaient sans arrêt, comme s'il cherchait une issue. Le frottement des pneus de la grosse limousine contre le ciment du *freeway* causait un ronflement sourd, abrutissant.

Le diplomate jeta un regard en coin à Malko et dit :

— Le « Department » nous a averti que vous aviez la responsabilité de l'échange des otages. Je vais vous présenter à Tom Otaku, le responsable de la lutte antiterroriste. C'est avec lui que vous organiserez la suite des opérations. (Il eut un rire nerveux.) Il ne doit plus y avoir un seul flic dans Tokyo. Ils sont tous autour de l'ambassade...

Il se pencha soudain vers la droite du *freeway*.

— Tenez, les voilà là-bas.

Malko essaya de distinguer ce qui émergeait du brouillard. L'Expressway décrivait une courbe, surplombant des maisons de bois et quelques bâtiments modernes en plein centre de Tokyo. Soudain, le convoi plongea presque sans ralentir dans une rampe de sortie et fila à travers les rues étroites et encombrées, à grands coups de sirène.

Malko aperçut des vitrines, des passants, une rue qui montait bordée d'une palissade de bois. A sa gauche se dressait un énorme hôtel, surmonté d'une enseigne lumineuse de cinq lettres : *OKURA*.

Le convoi ralentit, roulant entre deux haies de policiers. Malko distingua des policiers en bleu engoncés dans des gilets pare-balles, des cars grillagés, des projecteurs, des hommes qui couraient.

La Cadillac stoppa, immédiatement cernée d'uniformes. Malko descendit avec le diplomate, laissant Furuki à l'intérieur sous la garde des gorilles. Plusieurs civils japonais lui furent présentés aussitôt. Il fut noyé de noms en « i » en « ko ». Il y avait tout l'état-major de la police de Tokyo, et un bon paquet de barbouzes japonaises et américaines.

— Quoi de neuf? demanda William Loward à Tom Otaku.

— Rien, fit le Japonais. Ils ne bougent pas. Nous leur avons annoncé que l'avion s'était posé.

— Pas de nouvelles des otages?

— Aucune.

Malko regarda le petit immeuble blanc cerné de projecteurs qui déchiraient le brouillard. Seule la fenêtre au coin du premier étage était faiblement éclairée. Le bureau de l'ambassadeur. Il pensa aux otages enfermés là depuis trois jours !

Saisi soudain par l'énormité de sa mission, il se demandait comment il allait s'en sortir. Tom Otaku s'approcha de lui, ses petits yeux vifs noyés dans la graisse l'observaient derrière ses grosses lunettes. Il avait visiblement hâte que l'échange se fasse. Il arborait une épingle mauve au revers de son veston. Comme tous les autres policiers. Afin d'éviter les fâcheux malentendus...

Malko était en train de demander comment les terroristes pensaient fuir. C'était un quartier dense, avec des rues étroites. Un policier japonais surgit en courant de l'ambassade et dit quelques mots à voix basse à Tom Otaku.

— Il les a prévenus que vous êtes arrivé avec Furuki, dit le Japonais à Malko. Nous attendons leurs instructions...

Malko se sentit horriblement humilié. Tout ce déploiement de forces pour être à la merci de quelques desperados... Les fenêtres de l'*Okura* étaient presque toutes éclairées. Des gens avaient loué des chambres uniquement pour être aux premières loges. Le seul moyen, puisque la zone était interdite aux badauds. Un second policier rejoignit le premier, débita une longue tirade en japonais. De nouveau Tom Otaku fit l'interprète :

— Ils veulent que vous montiez avec Furuki jusqu'au palier du premier, qu'ils puissent le reconnaître.

— Allons-y, dit Malko.

*
* *

Six gorilles, dont Chris Jones et Milton Brabeck, encadraient Furuki, menottes aux poignets. Ils s'engagèrent dans l'escalier, après cinq minutes de pourparlers menés en hurlant, par un policier japonais.

Malko emboîta le pas aux gorilles. Furuki était livide, mais ne se débattait plus. Son hémorragie avait cessé, on avait essuyé le sang de son visage mais le pansement de la tête était tout maculé.

Le groupe arriva sur le palier. La porte du bureau de l'ambassadeur était entrouverte, un rai de lumière en filtrait. Ils s'arrêtèrent, face à la porte, et le policier japonais cria une longue phrase.

La tension était presque palpable.

La porte s'ouvrit lentement sur Hiroko, mitraillette au poing. Ses longs cheveux réunis en chignon. Malko fut frappé par les yeux globuleux, jurant avec le visage harmonieux. Elle ne regarda que Furuki. Celui-ci se redressa, sourit, cria quelque chose. La fille referma aussitôt la porte, après avoir jeté quelques mots.

L'interprète reflua précipitamment vers l'escalier.

— Ils veulent que nous redescendions tout de suite, sinon, ils tireront.

Ils regagnèrent le hall. Furuki semblait très calme. Plus trace de la peur qu'il avait montrée dans l'avion...

— Qu'a dit Furuki? demanda Malko, intrigué.

— Qu'il les remerciait, fit l'interprète. Qu'il était fier de combattre pour le Sekigun.

Dans le hall, on apporta du thé chaud pour tout le monde. Malko le but avec joie. La tension commençait à l'envahir lui aussi. Tout le monde était nerveux, irritable. Un Américain et un Japonais commencèrent à échanger des propos dépourvus de toute aménité. Personne ne savait ce qui allait se passer...

— On ne peut vraiment pas aller les chercher? soupira Milton Brabeck.

— Sauf si vous étiez l'Homme Invisible, dit Malko. Et encore...

Il y eut un remue-ménage dans le parking et, deux minutes plus tard, le préfet de Police de Tokyo surgit, un morceau de papier à la main :

— Ils veulent qu'un hélicoptère se pose sur le toit de l'ambassade d'ici une demi-heure, annonça-t-il. Avec seulement l'équipage à bord.

CHAPITRE III

William Loward et Tom Otaku surgirent à leur tour. L'Américain vint droit sur Malko.

— Les Japonais demandent si vous êtes d'accord pour l'hélicoptère?

Malko se dit qu'il n'y avait aucune raison de refuser. Au point où ils en étaient. L'ambassade se trouvait au cœur de Tokyo, au centre d'une énorme zone urbaine. Où voulaient-ils aller?

— Faites ce qu'ils disent.

William Loward prit Malko par le bras.

— Venez vous reposer un moment dans la Cadillac. Vous aurez besoin de toute votre énergie tout à l'heure.

Et aussi d'un peu de chance...

*
* *

Le « vloof-vloof » de l'hélicoptère s'était tu déjà depuis plusieurs minutes. A cause du brouillard, il avait tourné dix minutes avant de pouvoir se poser sur le toit plat de l'ambassade américaine. A bord il n'y avait qu'un pilote et son copilote, sans armes, comme l'avaient exigé les terroristes. La tension avait brusquement monté parmi ceux qui attendaient. Les barrages de police faisaient même rebrousser chemin aux taxis destinés à l'*Okura* dont le directeur commençait à maudire les « honorables abominables » terroristes.

Plusieurs hélicoptères de la police et de l'armée tournaient dans le ciel de Tokyo, au-dessus du brouillard, prêts à prendre en chasse l'appareil des terroristes dès qu'il redécollerait.

Malko, debout dans le parking, au milieu des officiels, leva les yeux vers la fenêtre allumée. Le rideau venait de s'ouvrir. Un papier lesté tomba de la fenêtre. Les Japonais se précipitèrent. Furuki attendait dans la Cadillac, sous les pistolets des « gorilles ». Prévenu qu'à la première fausse manœuvre, il était abattu.

Tom Otaku, parti aux nouvelles, revint trouver Malko.

— Voilà la proposition, annonça-t-il. Ils vont envoyer l'un d'eux reconnaître les lieux. Si tout va bien, ils nous feront signe alors d'évacuer TOTALEMENT l'ambassade. Ils gagneront le toit en laissant leurs otages dans le bureau, n'emmenant que l'ambassadeur. Dès qu'ils seront installés dans l'hélicoptère, ils tireront un coup de feu en l'air. Vous viendrez alors avec Furuki. L'échange se fera alors : M. Henderson contre Furuki. Si tout ne se passe pas comme convenu, l'ambassade sautera; ils ont des grenades explosives et l'hélicoptère a le plein. Si le rotor de l'engin s'arrête, ils font aussi tout sauter...

Malko sentit son estomac se rétracter. C'était de la « roulette russe », version nippone...

Une fois sur le toit, il serait entièrement aux mains des terroristes... Mais il n'avait pas le choix... Une demi-douzaine de *case-officers* de la C.I.A., plusieurs officiers américains et des membres du State

Department buvaient les paroles du Japonais. Les poings serrés au fond de leurs poches. Si les terroristes avaient ordonné que le préfet de Police de Tokyo se déculotte et danse la gigue, il aurait dû s'exécuter ou échapper à la brimade par un honorable hara-kiri. C'était déprimant.

— Et ensuite? demanda-t-il.

Les yeux minuscules de Tom Otaku se rétrécirent encore.

— Nous ne savons pas. Les deux pilotes de l'hélicoptère sont des volontaires, tant qu'ils ne seront pas sains et saufs, il faut être très prudent...

— Bien, dit Malko, allons-y.

Tom Otaku se rapprocha encore, visiblement nerveux.

— Sir, dit-il, j'attire votre attention sur le fait que, M. Henderson relâché, il restera encore deux citoyens japonais dans cet appareil... Il ne faudrait pas que...

Il craignait que les « gorilles » de la « Special Operation Division » ne se laissent aller à leurs mauvais instincts. Malko le rassura.

— Ne craignez rien. Nous voulons par la suite récupérer Furuki vivant. Si c'est possible...

*
* *

Le coup de pistolet fit sursauter tout le monde. Des cris excités jaillirent des fenêtres de l'*Okura*. Malko leva la tête et distingua tout juste le toit de l'ambassade. Le brouillard s'était brusquement épaissi. Un silence de mort régnait, troublé seulement par le ronflement de l'hélicoptère.

Malko prit une inspiration profonde.

— Allons-y.

Retenant leur souffle, des dizaines de policiers guettaient la pénombre. Sur l'ordre des terroristes, tous les projecteurs illuminant la façade avaient dû être éteints. Malko pénétra le premier dans l'ambassade, suivi des six gorilles entourant Furuki et de l'interprète japonais qui aurait nettement préféré être ailleurs. Ils gravirent lentement l'escalier. Un des gorilles portait une serviette noire contenant les cinq cent mille dollars en billets de cent... La porte du bureau était fermée. Ils continuèrent dans l'escalier désert. Après le second étage, l'escalier était beaucoup plus étroit. La porte donnant sur le toit était ouverte, un vent glacial s'y engouffrait. Malko s'y engagea le premier.

Le ronflement de l'hélicoptère emplit ses oreilles dès qu'il émergea sur le toit-terrasse. Le rotor du gros appareil produisait un vent furieux. Malko s'arrêta, tous les muscles contractés. Il n'y avait personne sur la terrasse, mais la large porte rectangulaire de l'hélicoptère était ouverte. Un Japonais était assis sur le plancher de l'appareil, les jambes pendantes, une mitraillette au poing, le visage masqué par un bas de femme qui lui donnait un air grotesque.

Les « gorilles » émergèrent à leur tour, encadrant Furuki. De nouveau, celui-ci semblait étrangement mal à l'aise. Malko s'avança vers l'hélicoptère, seul.

Quand il ne fut plus qu'à un mètre, décoiffé par le souffle du rotor, il s'arrêta. Il distinguait vaguement plusieurs silhouettes dans l'hélicoptère. Il se retourna et fit signe à l'interprète de le rejoindre. Le Japonais à la mitraillette le considérait fixement, sans bouger.

L'interprète arriva à sa hauteur.

— Demandez-lui où est l'ambassadeur, dit Malko.

L'interprète obéit, criant à cause du vacarme. Aussitôt, la fille aux yeux globuleux apparut, tandis que son complice disparaissait dans l'hélicoptère. Elle sauta à terre. Malko se dit qu'avec sa veste de toile elle devait grelotter. Son complice avait un manteau, lui. Mais elle ne paraissait pas souffrir du froid...

Le visage dur, elle s'avança vers Malko, un pistolet automatique dans la main droite. Elle le toisa avec arrogance.

— Qui êtes-vous ?

Son anglais était zézayant, mais cela ne donna pas envie de rire à Malko.

— Cela n'a aucune importance, dit-il. Je suis chargé de vous remettre Furuki contre Roy Henderson. Les autres otages sont-ils sains et saufs?

— Oui, fit-elle. Vous avez l'argent?

— Oui, dit Malko.

La terroriste regardait dans la direction des gorilles. Elle poussa une exclamation :

— Mais il est blessé!

— C'est un accident, dit Malko. Sans gravité.

Hiroko n'insista pas. D'une voix sèche, elle ordonna :

— Donnez l'argent.

Malko se retourna et fit signe au gorille porteur du trésor. Celui-ci s'approcha. Malko lui prit la sacoche et la tendit à la Japonaise. Elle la lui arracha des mains et la jeta derrière elle dans l'hélicoptère. Aussitôt le Japonais au visage masqué s'accroupit, ouvrit la sacoche et examina les billets. Malko se dit que c'était le moment, qu'il n'y avait plus qu'un terroriste hors de vue... Mais il aurait fallu un plan. Le Japonais jeta un mot à Hiroko et disparut avec la sacoche.

La Japonaise fixa Malko.

— Furuki, maintenant.

Malko ne bougea pas.

— Faites descendre d'abord Roy Henderson.

Les yeux globuleux de la fille jetèrent un éclair. Malko était frappé par l'éclat de ses yeux noirs. Comme s'il y avait eu une pellicule de vernis sur les prunelles.

— Non. Nous le gardons tant que nous ne serons pas en sécurité...

Malko secoua la tête, calmement. Avec, quand

même, un point désagréable au creux de l'estomac.

— Je ne vous remettrai pas Furuki tant que Roy Henderson ne sera pas hors de cet hélicoptère.

Hiroko cria en agitant son pistolet :

— Nous allons tous sauter, si vous trichez!

— Je ne triche pas, répliqua Malko. Je respecte les engagements.

La Japonaise le fixait, les lèvres serrées. Un bloc de haine. Malko sentait sa fureur d'être ainsi défiée devant ses complices. Elle était capable de faire tout sauter. Il se souvint de ce qu'on lui avait dit de sa férocité. Il attendit. Les « gorilles », qui ne pouvaient suivre la conversation à cause du bruit, sentirent que quelque chose ne tournait pas rond et se resserrèrent autour de Furuki. Malko sentit qu'il fallait débloquer la situation. Au risque de provoquer un drame. Il cria, pour dominer le bruit du rotor :

— Décidez-vous. Sinon, nous redescendons.

Il tablait sur la fatigue nerveuse des terroristes après plus de deux jours de tension. Redescendre dans l'ambassade, c'était tout recommencer à zéro. Avec un seul otage, cette fois.

L'interprète, les yeux pleins de larmes à cause du froid, essayait de se confondre avec le ciment...

Le visage de la terroriste était de pierre. Sans répondre directement à Malko elle cria un ordre à ses complices. Aussitôt un homme d'une cinquantaine d'années apparut à la porte de l'hélicoptère, l'air visiblement épuisé.

L'ambassadeur des Etats-Unis au Japon.

Il grimaça un sourire à l'intention de Malko.

— Faites vite, dit-il. Je n'en peux plus. Ça a été terrible.

La Japonaise braqua son pistolet sur le diplomate.

— Dépêchez-vous, ordonna-t-elle, sinon, je le tue.

Malko se retourna et fit signe aux gorilles. Le groupe approcha. Furuki avait repris son attitude de défi. Il riait tandis qu'un des Américains détachait les menottes. Les cinq autres gorilles, armes braquées, étaient immobiles comme des statues. Prêts au massacre. Malko se sentait glacé. Le froid et le *stress*. Aussitôt détaché, Furuki vint se placer derrière la jeune femme.

Il se retourna, face à Malko. Celui-ci vit alors son regard plein de désespoir et l'étrange crispation de sa bouche, comme s'il se retenait de pleurer. Hiroko lui jeta un seul mot, et il se précipita à l'intérieur de l'hélicoptère.

Roy Henderson, l'ambassadeur, n'avait pas bougé. C'était le moment délicat.

— Avancez vers nous, cria Malko au diplomate.

Celui-ci hésita quand même une fraction de seconde avant de franchir les quelques cinq mètres qui le séparaient des gorilles. Le rotor continuait son bruissement régulier, noyant tous les bruits et les paroles.

Les gorilles commencèrent à reculer lentement, sans lâcher l'hélicoptère des yeux. Deux d'entre eux se placèrent automatiquement entre le diplomate et l'hélicoptère, lui faisant un rempart de leur corps.

Malko demeura face à face avec Hiroko. Il avait l'impression d'avoir vieilli de vingt ans en dix minutes...

— Tout est réglé, maintenant, dit-il.

Hiroko savait-elle qu'une mitrailleuse installée sur le toit de l'hôtel *Okura* était braquée sur l'hélicoptère, au cas d'une trahison de dernière minute? Elle toisa lentement Malko, sans un mot, puis recula et se hissa dans l'hélicoptère.

— L'Armée Rouge frappera où elle voudra et quand elle voudra, hurla-t-elle. Jusqu'à la destruction du capitalisme.

Elle disparut dans l'appareil, et aussitôt le bruit du rotor augmenta. L'hélicoptère trembla sur ses roues, se souleva légèrement, puis s'arracha d'un coup. Malko, les mains dans les poches de son manteau, le regarda s'élever et s'enfoncer dans le brouillard qui recouvrait Tokyo. On ne vit plus bientôt que ses feux de position, puis plus rien... Aussitôt Malko se retourna et s'aperçut que l'ambassadeur avait disparu. Il ne restait que Chris Jones et Milton Brabeck. En bas, c'était un remue-ménage incroyable. La chasse commençait.

*
* *

Roy Henderson pleurait, effondré dans un fauteuil du bureau du Premier conseiller au milieu d'un brouhaha de fin du monde. Les policiers avaient condamné le bureau de l'ambassadeur pour le passer au peigne fin à la recherche d'indices. Malko, encore assourdi par le grondement de l'hélicoptère, fut entouré d'un groupe bruyant et chaleureux. Un vieux Japonais tout sec, le préfet de Tokyo, multipliait les courbettes comme s'il était l'empereur.

— Il dit que vous avez été fantastique, traduisit Tom Otaku.

Dehors, des policiers envoyaient frénétiquement des messages radio. Les premiers journalistes se frayèrent un chemin à travers la masse des policiers. Un camion de la NHK s'installa dans le parking. Chris Jones grogna à l'oreille de Malko.

— Enculés de *gooks!* Ils nous ont bien eus...

Tom Otaku, qui avait entendu, arbora un sourire confiant sur son visage grassouillet.

— Tous les policiers de Tokyo sont sur les dents. Vingt-cinq hélicoptères patrouillent au-dessus de la ville. Les radars militaires sont alertés.

La tension se dénouait brusquement. Malko avait du mal à garder les yeux ouverts, étourdi par le long voyage, l'épreuve avec Hiroko et le tumulte qui l'entourait.

— Je suis sûr qu'on pouvait les flinguer, fit Milton Brabeck. Ils n'étaient que trois. On était six.

— Non, dit Malko.

Un civil fendit la foule et arriva droit sur lui, la main tendue.

— Merci, fit-il. Vous avez été formidable. Je m'appelle Al Borzoï, je suis le conseiller militaire.

C'était un homme massif, un peu empâté, au regard fuyant sous des paupières lourdes, le cheveu très noir avec une espèce de bec-de-lièvre qui lui soulevait la lèvre supérieure. On avait parlé de lui à Washington. Malko savait que c'était le chef de station de la C.I.A. à Tokyo. Il aurait affaire à lui. Borzoï était un bon professionnel. Un analyste surtout, peu accoutumé à l'action clandestine.

La C.I.A. était chez elle au Japon. Rien qu'autour de Tokyo il y avait quinze bases américaines importantes. Les Japonais collaboraient sans détours. Le plus gros travail de la C.I.A. était d'espionner la Chine... Par personne interposée. Et de surveiller les progrès des relations nippo-soviétiques.

Al Borzoï remua l'énorme gourmette de son poignet droit en allumant une cigarette. Il souffla la fumée avec délices.

— J'ai cru que ces dingues allaient tous vous tuer, dit-il.

Malko n'en pouvait plus. Il s'excusa rapidement et chercha des yeux William Lowell.

— Faites-moi conduire à mon hôtel, dit-il. Sinon cet épisode aura fait une victime de plus.

Il n'avait même pas envie de suivre les péripéties de la chasse à l'hélicoptère. Il faillit tomber endormi en s'enfonçant dans les coussins de la Cadillac après s'être frayé un chemin dans la meute qui assiégeait l'ambassade.

Le chauffeur prit place au volant, et ils démarrèrent précédés par une voiture de police.

*
* *

Les pylones métalliques balisés de feux rouges des antennes radio du ministère de l'Intérieur surgirent du brouillard. L'hélicoptère volait littéralement au ras des toits depuis son décollage de l'ambassade. Il ne lui avait pas fallu plus d'une minute pour parcourir les deux kilomètres.

— Descends, ordonna Hiroko au pilote.

Ils survolaient le quartier des ministères, en bordure de Hibaya Park, la grande esplanade en plein cœur de Tokyo, à côté des cent dix hectares du Palais Impérial cerné de douves. Le seul grand espace vert préservé du béton. En face on devinait les lumières des buildings modernes bordant Hibaya Dori Avenue. De l'autre côté c'était Ginza, le quartier des bars et des boutiques. L'hélicoptère glissa vers les pelouses de Hibaya Park. Le pilote y voyait à peine. Il faillit atterrir sur une des nombreuses voies qui coupaient le parc, frôla des arbres et toucha terre avec une secousse brutale. Le brouillard était si épais qu'on distinguait à peine les hauts buildings de Hibaya Dori, pourtant à moins de trois cents mètres. Seule la publicité rouge de la QANTAS à Hibaya Corner émergeait du brouillard.

— Descendez! cria Hiroko.

Les trois Japonais obéirent.

Hiroko braqua son Beretta sur le dos du pilote et appuya sur la détente. Sans s'arrêter de tirer, elle passa au copilote, tirant jusqu'à ce que le chargeur soit vide. Les deux hommes s'effondrèrent sur leurs commandes.

Hiroko sauta à terre. Elle ne pouvait se permettre de prendre le moindre risque. Vivants, les pilotes auraient immédiatement signalé leur position.

Les quatre terroristes partirent en courant vers la

voiture qu'ils avaient garée près de la *Hibaya Library* trois jours plus tôt. Une Datsun crème. Ignorant à quel point leurs projets seraient facilités par le brouillard... Hiroko ouvrit les portières. Ils jetèrent les armes dans le coffre et s'entassèrent dans la voiture. Furuki s'était assis à l'arrière sans dire un mot. On ne voyait plus l'hélicoptère. Le moteur démarra tout de suite, et ils se ruèrent à travers Hibaya Park pour rattrapper Ushidori Dori qui remontait vers le nord en longeant les douves du Palais Impérial.

La police ne pouvait pas avoir prévu de barrages partout dans cette agglomération de vingt-cinq millions d'habitants.

Hiroko, la sacoche aux cinq cent mille dollars sur ses genoux, avait envie de crier de joie. Dans le rétroviseur, elle chercha le regard de Furuki. Elle avait hâte de se retrouver avec lui dans leur repaire. Pour assouvir enfin sa haine.

CHAPITRE IV

Les bajoues de Tom Otaku, le chef de la lutte antiterroriste, pendaient tristement, affalées sur le col de sa chemise. Engoncé frileusement dans son gros pardessus bleu, il contemplait l'hélicoptère violemment éclairé par les phares mobiles des voitures de police. Une ambulance venait d'emporter les deux pilotes. L'un respirait encore et il y avait une minuscule chance de le sauver. Le hululement de la sirène s'éloignait. Malko réprima un frisson. Le froid et la fatigue... Alors que la Cadillac allait pénétrer sous l'auvent de l'hôtel *Imperial*, la radio de bord, branchée sur la fréquence de la police, avait annoncé la chute de l'hélicoptère. L'appareil avait été repéré par un policier du petit poste, au cœur de Hibaya Park et Hibaya Dori.

— Nous avons mis des barrages en place, annonça Tom Otaku à Malko.

Effectivement, tous les policiers de Tokyo étaient sur les dents. A travers le brouillard, on devinait les cinq étages de briques rouges de l'immeuble de la direction générale de la police. Les terroristes ne manquaient pas d'audace. Mais Tokyo était une ville immense. La police ignorait même comment ils avaient fui Hibaya Park. Il y avait une entrée de métro, à trois cents mètres de l'endroit où l'hélicoptère s'était posé sur Hibaya Dori. Malko préféra ne pas extérioriser ses doutes. Hiroko était recherchée depuis plus de deux ans. En vain. Cela signifiait qu'elle s'était parfaitement organisée dans la clandestinité...

Il décida qu'il était temps de décrocher. Il serra la main grassouillette du chef du Kohan. Le Japonais plongea dans une superbe courbette, prolongée tant que Malko ne se fut pas engouffré dans la longue Cadillac. Il n'y avait pas plus de trois cents mètres jusqu'à l'*Imperial,* mais il avait l'impression d'avoir du plomb collé à ses semelles. Son cerveau se grippait. Demain serait un autre jour. Il savait que sa mission à Tokyo ne faisait que commencer, mais n'en avait cure.

Il lutta pour ne pas s'endormir pendant le court trajet.

Le hall immense de l'*Imperial* était vide. Les Japonais étaient des « couche tôt ». Malko découvrit que, par miracle, ses bagages avaient suivi. Il regrettait l'ancien *Imperial,* celui qu'on avait démoli, qui avait plus de charme que cet énorme caravansérail. Une hôtesse, en mini et gants blancs, lui ouvrit la porte de l'ascenseur. Malko grimpa d'un trait au quatorzième. A part le kimono bleu étalé sur le lit, on aurait pu se croire n'importe où dans le monde... Il appela la standardiste de l'hôtel :

— Qu'on ne me réveille sous aucun prétexte. Même s'il y a un tremblement de terre!

En s'endormant, il repensa aux yeux pleins de terreur de Furuki. Où se trouvait-il maintenant?

*
* *

Malko se réveilla en sursaut. Son lit bougeait, tremblait, se soulevait. D'abord, il crut à un cauchemar. Il se redressa et se regarda dans la glace en face du lit. Alors qu'il était rigoureusement immobile, son reflet bougea. Ainsi d'ailleurs que le mur... La penderie et la cloison émirent un craquement sinistre. Le lit de Malko fut secoué comme par une main invisible. Cela devenait inquiétant. Il se rua sur le téléphone, appela le standard :

— Il se passe des choses étranges, annonça-t-il, mon...

— C'est un tremblement de terre, Sir, fit la voix placide de la standardiste. Force 4.

Aussi calme que si elle lui avait donné l'heure. Le lit trembla encore un peu, et les vibrations cessèrent. Malko, complètement réveillé, se souvint de l'ordre qu'il avait donné en s'endormant. La standardiste, totalement dépourvue d'humour comme la plupart des Japonais, l'avait pris au mot.

— A quelle force l'hôtel était-il réduit en poussière? demanda-t-il poliment.

— A la force 7, répondit la standardiste sans le moindre trouble.

A sa décharge, Malko ignorait qu'à Tokyo il y avait à peu près un tremblement de terre par mois. Détruite à 90 % en 1945, la ville avait été reconstruite à l'épreuve des tremblements de terre. Les fondations des immeubles s'enfonçaient à cinq étages sous terre, ce qui transformait Tokyo en une gigantesque termitière. Et arrangeait tout le monde, étant donné le prix du mètre carré.

On frappa des coups redoublés à la porte. Malko alla ouvrir et vit la tête hagarde de Chris Jones.

— Qu'est-ce qui se passe? demanda l'Américain. Tout bouge.

— C'est un tremblement de terre, dit paisiblement Malko. Force 4.

Il crut que le « gorille » allait se désintégrer sur place. Il fit demi-tour en marmonnant des paroles indistinctes sur ces bougnoules, qui n'étaient même pas foutus de faire tenir leur pays en place...

Malko se recoucha et se rendormit immédiatement. Le tremblement de terre avait dû aussi réveiller Hiroko et sa bande. Il caressa une seconde l'idée qu'on lui apprendrait leur arrestation à son réveil. Sans trop y croire.

*
* *

Le bureau d'Al Borzoï était net comme une chambre d'hôpital. Pas un papier, pas un tableau. Rien de personnel. L'Américain avait la hantise des « fuites ».

Cinq ans dans le building de Langley, où on brûlait jusqu'aux rubans de machine à écrire usagés, l'avaient marqué irrémédiablement. D'ailleurs la C.I.A. avait le culte du secret. Tous les agents étaient toujours répertoriés par des noms de code, même dans les documents Top-Secret. Celui de Malko était Warlord. A cause de ses origines.

Mais Albert Borzoi laissait à ses *case officers* la manipulation des agents ou informateurs. Son dada, c'était la synthèse. Analyste de formation, il avait toujours manifesté une méfiance profonde envers les gens de la Division des Plans, devenue, en 73, celle des Opérations.

Dont Malko faisait partie...

Mais, dans le cas présent, la reconnaissance prenait le pas sur la méfiance... Il avait même demandé une cafetière et deux tasses.

Le café japonais était pire que l'américain... Malko

avait vidé la cafetière et devait encore faire un effort pour suivre la conversation... La vie avait repris dans la petite ambassade. On avait même changé le tapis taché de sang de l'escalier. Mais le chef de station de la C.I.A. à Tokyo, après ces trois jours de kidnapping, pouvait à peine ouvrir les yeux, tant il était épuisé. Il avait néanmoins tenu à reprendre ses fonctions aussitôt.

— Les Japonais vont avoir du mal à les retrouver, dit-il. Mais je pense qu'ils y arriveront. Ils ont mis un ordinateur sur le problème. Pour faire la synthèse de tous les éléments en leur possession.

Dès qu'il parlait d'ordinateur, Al Borzoï prenait l'air gourmant d'un obsédé sexuel devant Raquel Welsh... Avec ses traits placides, il avait l'air d'un bon gros bouledogue, parlant les yeux au plafond, ou ailleurs, avec de brusques coups d'œil à son interlocuteur. Des lueurs vite éteintes dans le regard. Donnant l'impression fausse de s'ennuyer perpétuellement... Mais Malko savait qu'il s'agissait d'un excellent professionnel. Et qu'après son stage japonais il aurait un poste élevé à la *Company.*

— Même si les Japonais ne les retrouvent pas, remarqua Malko, moi, je dois le faire.

Al Borzoï se frotta la joue d'un air endormi et embarrassé. Faisant cliqueter sa gourmette.

— Oui, bien sûr, fit-il.

Sans enthousiasme.

Il était parfaitement au courant de la mission de Malko à Tokyo. Sans l'approuver.

— J'ai abordé le sujet ce matin, au téléphone, avec Tom Otaku, lâcha-t-il. Les Japonais sont très concernés par votre présence à Tokyo. Vous savez comme ils sont susceptibles sur la légalité. Bien entendu, ils collaborent totalement avec vous, mais n'aiment pas voir des étrangers se promener ici, armés, pour des missions, disons, parallèles...

— Je peux reprendre l'avion si vous voulez, proposa Malko.

Borzoï le fixa, la tête légèrement de côté, puis tapota sa cigarette pour en faire tomber la cendre.

— Non, non, bien sûr, fit-il. Il faut retrouver ce Furuki. Mais en agissant avec tact. J'ai dû promettre à Otaku que les six agents venus accompagner Furuki repartiraient dès demain.

— Merci, dit Malko, pince-sans-rire.

L'absence de Chris Jones et Milton Brabeck pouvait se faire fâcheusement ressentir, le cas échéant... Heureusement, il lui restait son pistolet extra-plat. Et toute la police japonaise. Qui n'avait pas l'air d'apprécier les honorables barbouzes de la C.I.A. Même si elles étaient d'aussi haute extraction qu'un authentique samouraï...

— Le Kohan doit quand même avoir des informations à me communiquer, remarqua Malko. Cela fait trois ans que le Sekigun sévit au Japon.

L'Américain secoua la tête.

— Pas grand-chose. Ils ne sont jamais parvenus à pénétrer ces réseaux d'extrême gauche. Leurs membres se connaissent entre eux depuis l'Université, sont peu nombreux et extrêmement méfiants. Ils se haïssent entre eux, en plus. Il y a les « Fang », les « Wu », le « Sekigun ». Tous rivaux. Tous fanatiques.

« Pour ce coup-ci, ils ne savent même pas où ils ont trouvé leurs mitraillettes. La contrebande d'armes est quasi inexistante à Tokyo. Même le milieu n'en a pas. Je suis resté trois jours avec eux, j'ai vu leurs armes : des P.M. israéliens, des Uzi, des grenades soviétiques.

Malko bâilla à se décrocher la mâchoire. Tout cela était hautement encourageant. Il espérait trouver auprès de la C.I.A. de Tokyo un peu plus d'aide.

— Et vous, demanda-t-il, vous vous êtes occupé du Sekigun?

Al Borzoï sembla s'endormir un peu plus.

— Pratiquement pas. J'ai des coupures de presse et les rapports de la police japonaise. Où il n'y a rien. Sauf sur les types qui ont déjà été arrêtés... Les Japonais me donnent tout ce qu'ils ont. Ce qui ne mène pas loin.

— En tout cas, j'ai ordre de retrouver Furuki. Vivant. Et de toute urgence, dit Malko. Son dossier complet va vous parvenir demain, avec les photocopies des documents saisis sur lui...

« Un plan de destructions industrielles. Il avait sur lui une lettre de Hiroko adressée à des membres du Sekigun aux Etats-Unis. Annonçant son arrivée prochaine. Le F.B.I. n'a pas eu le temps de faire parler Furuki. D'identifier son réseau de soutien américain. Furuki avait peur. Hiroko a peut-être voulu le récupérer simplement pour qu'il ne parle pas. Pour le liquider...

Al Borzoï jouait avec sa lèvre supérieure déformée.

— Ouais, fit-il. Avec elle, c'est possible. Si vous aviez vu ce qu'elle a fait à cette pauvre fille dans le bureau... Une boucherie. Je sentais qu'elle mourait d'envie de nous flinguer. Comme ça, pour le plaisir. Une dingue. Avec ses yeux de crapaud. Il paraît que c'est sa maladie qui lui donne tout le temps chaud. Nous, on a failli crever de froid...

— Ecoutez, dit Malko, Hiroko et ses complices ont besoin d'armes, de passeports, de soutien. Il doit bien y avoir un moyen de remonter à eux.

— Le Kohan n'y est pas arrivé, remarqua tristement Borzoï. Pourtant, ils sont très bien organisés...

Malko regarda la façade blanche de l'*Okura,* de l'autre côté de la rue. Cherchant comment faire éclater la placidité de Borzoï...

— Il y a peut-être des moyens autres que le Kohan, suggéra-t-il. Vous n'avez pas d'informateurs?

L'Américain, une jambe par-dessus le bras de son

fauteuil, semblait réfléchir profondément. Ou s'endormir. C'était difficile de faire la différence... Finalement, il souleva une lourde paupière.

— Il y a bien quelqu'un qui pourrait nous aider. Un garçon qui a rendu beaucoup de services à la *Company*.

— Qui?

— Max Sharon, un journaliste. Il travaillait dans un tout petit canard, dans le Delaware. Nous lui avons payé plusieurs séjours en Corée, pendant la guerre. Pour qu'il écrive des histoires qui nous intéressaient. Finalement, il est resté à Tokyo et a beaucoup de relations. Il continue à nous rendre pas mal de services. Et nous, à l'aider. Je pense que lui... Il a toujours renvoyé l'ascenseur...

C'est ce que la C.I.A. appelait un « désinformateur ». Un journaliste, apparemment indépendant, s'arrangeant pour faire passer certaines histoires fabriquées ou « orientées ». Les Russes en avaient autant que les Américains.

— Où puis-je trouver ce Max Sharon? demanda Malko.

Borzoï se leva pesamment.

— Son bureau est à la limite de Ginza, tout près de votre hôtel. Je vais lui téléphoner. Allez le voir cet après-midi.

— A propos, précisa Malko, je ne parle pas japonais...

— Tom Otaku va...

— Vous n'avez pas quelqu'un de moins voyant? suggéra Malko.

Al Borzoï se replongea dans une profonde réflexion pour relever la tête quelques secondes plus tard. Avec une lueur coquine dans son œil marron :

— Si. Une fille qui m'a rendu aussi des services. Une taxi-girl... Je l'ai employée pour « réchauffer » certains clients.

Devant l'expression de Malko, il sourit :

— Attention! Kuniko se fait payer cinquante mille *yens* pour deux heures de sa compagnie. Elle travaille dans le bar le plus cher de Tokyo, le *Hawa.* Fréquenté exclusivement par des P.-D.G. Qui appartient d'ailleurs à une des plus grosses boîtes du Japon... Et ne croyez pas qu'ici ce soit un métier déshonorant : une taxi-girl, ça ne veut pas dire une putain. Bien sûr, elles se laissent tenter parfois, mais dans le cas de Kinuko, cela risque de vous coûter son poids en or.

A Tokyo, on recensait, *grosso modo*, dix-neuf mille bars. Dès qu'un Japonais avait un peu de vague à l'âme et quelques *yens*, il fonçait dans un des minuscules et innombrables bars de Ginza ou de Shinjuku pour passer une heure ou deux en compagnie d'un micro-whisky et d'une taxi-girl...

— En somme, votre Kuniko est une geisha, dit Malko.

Borzoï secoua sa gourmette, ravi :

— Tout juste. Une geisha en or massif. Appartement à un million de *yens* par mois, Mercedes 450 SL décapotable. Vous irez vous faire tenir la main ce soir, pour faire connaissance. Mais la main seulement. Pour le reste, vos notes de frais n'y suffiraient pas.

— Vous croyez qu'elle collaborera?

Cette fois, Al Borzoï rit de bon cœur.

— Vous savez comment on la surnomme? « Bukki ».

— Qu'est-ce que cela signifie?

— « Argent »... en japonais. Je vais vous donner un mot pour elle. Vous verrez ensuite ce qu'elle demande.

Il alla s'asseoir à son bureau, tira une carte et commença à griffonner des caractères japonais. Il le parlait et l'écrivait parfaitement. Six ans de travail. Malko empocha la carte, bâillant à se décrocher la mâchoire. Le *jet-lag* le rattrapait. Albert Borzoï le raccompagna jusqu'au rez-de-chaussée de l'ambassade. Milton Brabeck et Chris Jones somnolaient dans des fauteuils et eurent du mal à se lever.

Albert Borzoï s'attarda quelques instants avec Malko. Visiblement préoccupé.

— Je comprends les soucis de la Division des Opérations, dit-il, mais il ne faudrait pas créer un incident avec les Japonais. Si vous apprenez quelque chose sur Furuki par l'intermédiaire de Max Sharon, transmettez l'information immédiatement à Tom Otaku. Vous avez le numéro de sa ligne directe. Il est très efficace.

Malko lui affirma qu'il ne tuerait pas une mouche sans en référer au chef du Kohan... Les deux « gorilles » le rejoignirent :

— On rentre à la maison? demanda Milton Brabeck, plein d'espoir.

Il n'aimait pas les tremblements de terre.

— Vous rentrez, dit Malko. Moi, je reste.

— A vous les geishas et les massages! ricana Milton, toujours irrespectueux.

— Je ne pense qu'à ça, affirma Malko, sans sourire.

*
* *

Quand le téléphone sonna, Malko eut l'impression qu'il était sept heures du matin. Il était rentré à l'*Imperial* et s'était écroulé immédiatement. Une voix de femme demanda :

— Prince Malko Linge?

C'était une voix douce, timide... Malko la reconnut immédiatement avec un petit choc agréable au cœur.

— Nancy! Comment allez-vous?

Le souvenir des courbes somptueuses de l'hôtesse de l'air, Nancy Younglove, le réveilla immédiatement. Il regarda sa montre : sept heures du soir.

— Comment avez-vous reconnu ma voix? demanda-t-elle.

— J'ai une assez bonne oreille, dit modestement Malko. Et j'ai également une faim de loup... Puis-je vous emmener dîner?

— Avec plaisir, dit-elle. J'ai tout suivi... l'échange. A la radio. C'était terrifiant. Je... Je pensais à vous. Vous me raconterez?

— Juré, affirma Malko. Où êtes-vous?

— Au *Dai-Ichi.* C'est tout près d'ici.

Il raccrocha après avoir pris rendez-vous pour huit heures. Impossible d'aller voir la pulpeuse Kuniko avant dix heures du soir. Quant à Max Sharon, il était absent de Tokyo jusqu'au lendemain.

*
* *

Furuki serra de toutes ses forces ses dents pour qu'elles ne claquent pas. Le froid était mordant, et il était nu, attaché à un poteau de la véranda de la petite maison de bois, face à un jardin *zen* impeccablement ratissé, semé de cailloux blancs. L'humidité glaciale le pénétrait jusqu'aux os.

La maison était entourée de hauts murs, sans voisins. Elle appartenait à des gens absents pour trois ans, qui l'avaient louée à un prête-nom, agissant pour le compte du Sekigun. C'était une vieille demeure typiquement japonaise, avec des cloisons coulissantes de bois et de papier huilé, sans chauffage, presque sans meubles, un petit jardin intérieur, cachée dans une très étroite rue sans trottoir du quartier de Ueno.

Hiroko et ses proches n'en sortaient jamais, sauf raison impérieuse. Le ravitaillement était assuré par des membres du Sekigun, inconnus de la police. Hiroko contrôlait une vingtaine d'activistes fanatiques, la plupart très jeunes.

— Ko! appela Furuki.

C'était le seul qui avait osé lui manifester un peu de sympathie. Le Japonais moustachu qui avait participé à l'attaque de l'ambassade U.S.

Hiroko l'avait battu pendant plus d'une heure dès l'aube après lui avoir enfoncé dans la bouche une serviette à thé. Avec une longue et mince badine de bambou, s'attardant au sexe, aux testicules. Le regard trouble, comme si elle y prenait un plaisir sexuel. A chaque coup, Furuki se mordait les lèvres pour ne pas crier. Au suivant, la douleur était encore plus forte... Il avait uriné involontairement sous la douleur, et Hiroko, dont le blue-jeans avait été éclaboussé, avait menacé de le châtrer s'il recommençait...

Ko n'avait pas entendu. Ou pas voulu l'entendre. Les panneaux restaient obstinément clos. Furuki pensa à la chaleur relative qui régnait à l'intérieur... Sa peau était violette de froid, son sexe recroquevillé comme une crevette morte.

Tout avait commencé la veille par une conversation amicale, avec les trois membres du commando. Puis, peu à peu, le ton avait changé : Hiroko était devenue plus incisive, puis méchante, hargneuse, soupçonneuse. Demandant à Furuki de confesser ses fautes, d'un air entendu. Le malheureux avait eu beau répéter que sa capture était le fruit du hasard, qu'il n'avait pas parlé, Hiroko ne l'avait pas cru. Et pourtant, le F.B.I. n'avait donné aucune publicité à ses aveux partiels.

— Si tu es innocent, avait finalement proclamé Hiroko, tu dois te plier aux règles de l'interrogatoire révolutionnaire.

Sous le regard neutre, méfiant, de Ko et de Jinzo,

Furuki avait accepté de se déshabiller et de se laisser lier à un des poteaux de la véranda. Croyant encore à une des simagrées symboliques dont Hiroko était friande. Mais, maintenant, il avait peur. Le jeu allait trop loin. La journée, attaché au poteau, avait été effroyable. Furuki s'était retenu pour ne pas hurler et déchaîner la colère de Hiroko. Les cordes lui entraient dans la chair, ses poignets avaient enflé. Le bout de ses doigts était bleu. Il mourait de faim.

La paroi de papier huilé glissa silencieusement. Hiroko s'avança vers Furuki. Celui-ci faillit crier de soulagement. Il était un peu plus de quatre heures et il faisait déjà presque nuit. Elle venait le libérer. Vêtue d'un blue-jeans et d'une chemise de toile, insensible au froid, la Japonaise vint se planter en face de Furuki, le regard de ses gros yeux globuleux totalement impénétrable.

— Tu as appelé? demanda-t-elle.

— Oui, dit-il humblement. Je voudrais que tu me détaches.

Une lueur de cruauté joyeuse éclaira les yeux de crapaud :

— Il faut d'abord que tu me dises ce que tu as avoué aux Américains.

— Je n'ai rien avoué, répéta Furuki. Je te le jure.

Brutalement, elle le gifla. Deux fois, de toute sa force. Les yeux lui sortaient encore plus de la tête.

— Salaud, lui dit-elle d'une voix contenue. Je sais que tu mens. L'homme qui t'a amené ici est toujours à Tokyo. Je suis sûre qu'il me cherche. Tu m'as trahie...

Reculant, elle entreprit de le rouer de coups de pied. Impuissant à se protéger, Furuki se mit à pousser des cris de douleur. Hiroko s'arrêta enfin de frapper, essoufflée. Mais Furuki sentait que ce n'était qu'un répit. Il voulut la calmer, lui jeter quelque chose en pâture.

— Ce n'est pas toi qu'il cherche, cria-t-il. C'est moi!

— Comment le sais-tu? demanda froidement la Japonaise.

Furuki renifla, tremblant, malade de peur et de douleur :

— Je les ai entendus, expliqua-t-il, ils croyaient que je ne comprenais pas l'anglais. Ils disaient qu'il fallait me reprendre à tout prix... Dans l'avion. Ne pas me laisser au Japon. Ils ont peur de toi, Hiroko.

La Japonaise lui jeta un regard terrible.

— Ils ont raison, dit-elle, gonflée d'orgueil. Mais s'ils veulent tellement te reprendre, c'est parce que tu as commencé déjà à trahir. Ils espèrent que tu continueras... N'est-ce pas, Furuki-san?

— Non, c'est faux! hurla le jeune Japonais. C'est faux!

Hiroko secoua la tête.

— Tu finiras par avouer... Maintenant, je n'ai pas le temps de m'occuper de toi. Mais je te ferai parler...

Elle fit demi-tour et rentra dans la maison, en dépit des supplications de Furuki. Certaine de deux choses. Que Furuki avait trahi et que l'homme blond qui avait dirigé l'échange des otages la cherchait.

Il fallait frapper la première.

CHAPITRE V

— Ça a dû être terrible pour vos nerfs, murmura Nancy Younglove en trempant un morceau de *Kobe beef* dans l'eau bouillante de la marmite posée sur la table.

A elle seule, elle avait déjà vidé deux flacons de saki.

Dépouillée de son uniforme, Nancy avait l'allure d'une femme du monde au corps épanoui. Ses longues mains aux ongles impeccables et longs, d'un rouge vif, fascinaient Malko. Elle portait une robe de jersey de soie noire longue, très ajustée au buste largement décolleté, mais sagement floue à partir de la taille. Un peu à l'image de son attitude. Réservée, avec de brefs éclairs dans les yeux. Parfois, sa main frôlait celle de Malko, sans qu'il sache si c'était volontaire. Depuis le début du dîner, elle ne lui parlait que des otages, réclamant toujours plus de détails. Il finissait par en être légèrement vexé.

— J'ai eu peur, avoua Malko. La folie fait toujours peur. Cette Hiroko n'a pas toute sa raison. C'est un bloc de haine. Surtout envers les femmes. Elle a massacré la secrétaire de l'ambassade d'une façon abominable.

Ils replongèrent leurs baguettes dans la marmite d'eau bouillante. Le restaurant, curieusement appelé *Mon Cher Tonton,* était aux trois quarts vide. On les avait placés dans un coin du premier étage, séparé par une grande glace d'un jardin intérieur curieux, fait de bambous géants. Inattendu dans cette rue étroite.

Comme la cuisine, d'ailleurs : le *Shabu-Shabu* consistait à jeter des choses innommables dans de l'eau bouillante, à les tremper ensuite dans du jaune d'œuf cru et à les avaler, à grand renfort de sauce de soja. C'était dommage de gaspiller du *Kobe beef* à cinquante dollars le kilo, merveilleusement tendre par ailleurs... Les bœufs étaient soigneusement abreuvés à la bière et massés avant d'être abattus... Bouilli, il perdait un peu de sa saveur. Malko avait dû se battre pour obtenir du sel et du poivre. Les Japonais ne mangeaient pas épicé. La cuisine des restaurants devait être réduite au strict minimum, car chaque table comportait son mini-fourneau à gaz, ce qui faisait ressembler le dessous des tables à un nid de serpents, à cause des tuyaux. Malko avala une gorgée de saké, tiède et douceâtre. Sous la table, la jambe de Nancy était appuyée à la sienne. La jeune Américaine semblait vivement apprécier la compagnie de Malko avec, pourtant, une imperceptible et curieuse réserve qu'il n'expliquait pas. Cependant, Nancy Younglove n'avait rien ni d'une allumeuse ni d'une garce...

Malko paya vingt-six mille *yens,* ce qui à Paris aurait réglé une addition de chez *Maxim's.* Le Japon était le cimetière des milliardaires.

Ils se retrouvèrent dans les rues étroites de Roppongi, le Saint-Germain-des-Prés de Tokyo. Pas de trottoirs, des rues sinueuses, animées, bourrées de restaurants, de bars, de boîtes. Du néon partout, de grosses voitures avançant au pas, conduites par des Japonais figés ou des créatures fardées et impassibles.

Malko consulta discrètement sa montre. Neuf heures et demie. Intérieurement, il décida que Kunito, la taxi-girl, pouvait encore attendre une heure. De toute façon, l'hôtel de Nancy Younglove, le *Dai-Ichi*, se trouvait en bordure de Ginza. C'était sur son chemin.

— J'ai, malheureusement, un rendez-vous tout à l'heure, expliqua-t-il à la jeune Américaine; j'aurais pourtant aimé vous emmener dans une discothèque, à l'ombre d'une bouteille de Dom Pérignon. A moins que nous ne puissions nous retrouver après...

— Si vous voulez, dit-elle. Je n'ai pas sommeil.

Ils prirent un taxi, à Roppongi Corner. Si exigu qu'ils demeurèrent serrés l'un contre l'autre tout le trajet. Arrivés devant le *Dai-Ichi,* Nancy se tourna vers Malko le plus naturellement du monde :

— Voulez-vous que je vous montre où je suis, que vous n'ayez pas à me demander?

C'était une invite on ne peut plus directe... Ils traversèrent le hall sinistre et vide jusqu'à un ascenseur minuscule. Le couloir sentait les nouilles chinoises et la chambre était à peine plus grande que l'ascenseur.

— La compagnie ne nous gâte pas, dit Nancy en souriant, mais j'ai quand même à boire.

Elle montra un carton de bouteilles de Gini et de la vodka.

Les néons de Ginza clignotaient de l'autre côté de la voie aérienne du chemin de fer. Malko était si près de Nancy qu'il n'eut qu'à allonger le bras pour l'attirer contre lui. Elle se laissa faire, répondit à son baiser, ne l'arrêta pas lorsque ses mains descendirent le long de son buste.

Quand elle ne l'embrassait pas, elle l'observait de ses grands yeux marron. Impénétrable. Pourtant, Malko sentait son corps élastique répondre à son élan, frémir. Il se dit qu'il allait conclure ce qu'il avait commencé à bord du « 747 ».

Il entraîna Nancy vers le lit. Déchaîné en dépit de sa fatigue. Cette aventure facile et agréable, provoquée par sa partenaire, l'excitait prodigieusement. Sans cesser de l'embrasser, sa main remonta le long de la jambe fuselée, découvrit le rebord d'un bas. Une explosion douce irradia son ventre. Enfin, une femme qui ne portait pas de collants ! Mais au moment où il effleurait la chair tiède au-dessus du bas, les longs doigts de Nancy se posèrent sur sa main et la retinrent. Doucement, mais fermement. Malko crut à une coquetterie passagère, insista.

Mais Nancy Younglove resserra brusquement ses longues jambes. Ne voulant pas la brusquer, Malko abandonna son attaque et l'embrassa. Elle lui rendit son baiser avec fougue. Mais quand il voulut reprendre sa caresse là où il l'avait laissée, de nouveau, elle se ferma comme une huître. Agacé par cette résistance insolite, pressé par le temps, malade de désir, il décida de prendre le problème par l'autre bout, en s'attaquant au décolleté. Le tissu souple laissa très vite sortir deux seins fermes et pointus. Le traitement qu'il leur fit subir arracha un petit gémissement à la jeune femme. Mais quand il découvrit les fines jarretières noires, elle rabattit tranquillement la robe sur ses jambes et se dressa sur son séant, la poitrine entièrement découverte.

— Je crois que vous avez rendez-vous, dit-elle gentiment.

Malko eut l'impression de subir un nouveau tremblement de terre.

Depuis le début de la soirée, Nancy se conduisait comme une femme désireuse d'avoir une aventure. Malko bouillait de rage. Il avait horreur des allumeuses... Son expression dut être particulièrement expressive, car Nancy Younglove demanda d'une voix douce :

— Vous m'en voulez?

Les yeux de Malko étaient striés de vert.

— Non, dit-il froidement. Je me demande si je vous viole tout de suite ou plus tard.

Elle eut un rire sincèrement gai :

— Ne dites pas de bêtises. D'abord, vous n'êtes plus à l'âge où on fait l'amour à une femme de force. Ensuite, vous ne *pouvez* pas me violer.

— Qui va m'en empêcher?

— Vous, fit-elle.

Leurs regards se croisèrent, et Nancy soutint le sien. Puis, elle soupira :

— C'est ma faute. Je n'aurais pas dû vous téléphoner. Mais j'avais envie de vous revoir. A cause du magnétisme que vous dégagez. De votre vie. J'ai l'impression que vous vivez dans un monde dangereux, différent du mien, qui me fascine... Et puis... (Elle hésita.) Physiquement aussi, vous m'attirez. J'ai envie de vous.

Malko sentit une onde délicieuse calmer sa tension.

— Mais alors...

Elle se pencha, la poitrine toujours découverte, et mit un doigt sur ses lèvres à lui :

— Chut! Je connais votre objection. Pourquoi ne sommes-nous pas en train de faire l'amour? Je vais vous le dire : j'aime un homme très profondément. Je m'entends merveilleusement avec lui, physiquement. Je sais que si je fais l'amour avec vous, cela cassera quelque chose. Je ne le veux pas.

Malko la fixa, partagé entre le respect et la frustration.

— Mais vous m'avez amené ici, dans votre chambre. Vous saviez...

— Bien sûr, fit-elle. J'ai été faible. (Elle rit.) Mais je vous ai dit que j'avais envie de vous. C'est agréable de flirter avec un homme dont on a très envie.

Le cynisme à cette dose-là, c'était admirable...

— Vous ne voulez pas que je vous offre un orgasme en mettant des gants blancs? demanda ironiquement Malko.

Nancy Younglove ne rit pas.

— Non, dit-elle, je ne veux pas avoir d'orgasme avec vous.

— Mais vous voulez bien flirter.

— Ce n'est pas la même chose. Je sais que je suis odieuse... Je sais aussi ce que vous pensez. Mais ce serait trop grave pour moi.

Malko l'attira contre lui, excédé, et l'embrassa. De nouveau, ce fut le paradis... Par-dessus le jersey de la robe, il la caressa, la sentit frémir, puis brusquement resserrer les jambes... Avec une lucidité démoniaque. Malko, de rage, enfonça ses dents dans un des seins découverts. Elle poussa un petit cri, mais ne le repoussa pas. Le jeu cruel se prolongea. Sans que Malko progresse d'un pouce. Flirt. Bagarre. Explications. Flirt... Chaque fois qu'il se sentait prêt à envoyer promener la jeune Américaine, il la trouvait si désirable que son désir reprenait le dessus... Finalement, c'est elle qui abandonna, étendue sur le dos, la robe froissée, remontée à la lisière des bas, descendue jusqu'au nombril :

— Je n'en peux plus, avoua-t-elle, avec un rire nerveux.

Malko découvrit avec horreur qu'il était minuit moins le quart! Furieux contre lui-même.

Humilié, frustré, le ventre en feu, il se releva et

se rajusta. Appuyée sur les coudes, Nancy le contemplait, les yeux fixés sur le centre de son corps. Avec une expression à la fois gourmande et détachée.

— J'espère que vous terminerez mieux la nuit, dit-elle.

Le pire, c'est qu'il la sentait sincère... Malko avait le sang qui lui battait aux tempes. Lorsqu'il atteignit la porte, Nancy se leva et vint vers lui. Presque timidement, elle l'embrassa, le bassin un peu écarté de lui, comme pour ne pas rallumer l'incendie.

— Bonsoir et pardon, murmura-t-elle.

Le *Hawa* se trouvait dans Amiki Dori Street, petite rue parallèle à l'énorme Expressway qui ceinturait Ginza, surélevé sur des piliers de béton. A cette heure tardive, les boutiques étaient fermées, mais quatre ou cinq néons criards scintillaient parfois sur le même immeuble, signalant les endroits accueillants, installés en étage. Malko poussa la porte du *Hawa* qui avait droit à un rez-de-chaussée en raison de son standing, et reçut une bouffée de musique. En dépit de la pénombre, il distingua l'agencement bizarre de l'intérieur. Le centre était occupé par un bar protégé par un ovale de barreaux de bois, tandis que les murs étaient tapissés de petits boxes, éclairés chacun d'une lampe minuscule, occupés la plupart par des couples.

Il s'avança jusqu'au bar, et son regard buta sur un éblouissement de jambes fuselées sortant des robes de soie. Des filles qui attendaient. Il fut gratifié d'éblouissants sourires, et un garçon surgit derrière lui, tout en courbettes, avide d'assouvir les abominables perversités de l'honorable étranger.

— Miss Kuniko? demanda Malko.

Le sourire du garçon s'accentua. Les filles du bar reprirent leur air morose. Par gestes, le garçon invita Malko à s'installer dans un petit box près de la porte et lui apporta trente secondes plus tard un whisky qui avait dû être mesuré avec un dé à coudre et, d'après son arôme, distillé dans une baignoire.

La musique de fond couvrait le bruit des conversations. Malko remarqua deux hommes seuls au bar, tristement plongés dans la contemplation des barreaux. Des masochistes ou des radins. Il venait de finir son microscopique whisky lorsqu'une apparition se matérialisa devant lui.

La Reine de Saba, style nippon.

Des éblouissants cheveux roux surmontant un visage aux méplats prononcés, aux traits assez durs. Adouci par d'immenses yeux en amande d'un vert étrange, rehaussés de cils longs comme des doigts, une bouche pulpeuse très rouge s'ouvrant sur des dents à faire envie à un bébé requin... Le reste n'était pas moins appétissant : le petit nez mutin, la poitrine insolente dont les deux globes laiteux jaillissaient du décolleté de la robe de paillettes vertes assortie aux yeux, les ongles irréellement longs qui la faisaient ressembler à une danseuse khmère. Même la voix avait de quoi faire rêver. Basse, douce, légèrement modulée. Une voix de femme amoureuse. Bien que les yeux soient durs comme des silex.

— *I am* Kuniko, annonça l'apparition.

Malko se leva. Kuniko était tellement parfaite qu'elle ressemblait à une poupée sortant d'une boîte. Pas un cheveu ne dépassait et une couche de vernis incolore semblait avoir été passée sur son maquillage de parade.

— Je suis un ami d'Al Borzoï, annonça-t-il.

La Japonaise poussa un petit roucoulement joyeux et s'assit en face de Malko. Les yeux un peu adoucis. Aussitôt, il lui tendit la carte du chef de station de la C.I.A. Kuniko la déchiffra avec soin, puis la rangea dans son sac.

— Je serais heureuse de pouvoir vous aider, gazouilla-t-elle, mais je suis très prise.

Il se souvint du surnom de la jeune femme et se hâta de la rassurer.

— La compagnie pour laquelle je travaille attache un grand prix à la mission dont je suis chargé et saura se montrer extrêmement généreuse... avec ceux qui m'aideront.

Le maquillage parfait faillit se craqueler sous la joie sincère de Kuniko. Elle sortit une carte et griffonna un numéro de téléphone dessus, puis la passa à Malko sous la table.

— C'est mon numéro personnel, dit-elle, mais nous n'avons pas le droit de le donner.

Le garçon s'approcha et murmura quelque chose à son oreille, pendant que Malko admirait les conques compliquées de sa coiffure, qui s'emboîtaient les unes dans les autres... Le garçon disparu, elle se pencha vers lui et il eut l'impression de plonger dans une baignoire pleine de parfum.

— Malko-san, chuchota-t-elle, je ne vais pas pouvoir rester longtemps avec vous. Quand vous êtes arrivé, j'étais déjà avec un honorable client, un vieil habitué. Il me réclame...

Elle se retourna, adressant un sourire éblouissant à un très vieux débris à lunettes attablé seul devant une bouteille de cognac de Lagrange. Lorsqu'il se vit observé par Malko, le Japonais se souleva de son siège, esquissant plusieurs courbettes de bon aloi.

La solidarité internationale des « poires »...

— Je vous téléphonerai, promit Malko. Dès que j'aurai besoin de vous.

La poignée de main de Kuniko était une véritable caresse : prolongée, douce et enveloppante. Les yeux verts s'étaient réchauffés. En dépit du maquillage appuyé, elle était quand même très belle, se dit Malko, frustré par son intermède avec Nancy Younglove. Il eut envie de déposer un baiser sur les seins offerts sur canapé de paillettes, mais se souvint à temps qu'il était un gentleman. Il suivit des yeux sa croupe ronde et cambrée, tandis qu'elle allait rejoindre son client. Puis observa l'ambiance du *Hawa* en attendant l'addition.

Il y avait une quinzaine de couples dans les boxes. Absorbés dans un marivaudage de bon ton, sans le moindre geste déplacé ou intime. Les plus audacieux des Japonais prenaient la main de leur taxigirl, tandis qu'ils déroulaient la liste de leurs malheurs...

Malko faillit avaler sa cravate en recevant l'addition : trente mille *yens*... Pour ce prix-là, on dînait à deux chez *Maxim's*. Là-dessus, il y en avait vingt-mille pour la belle Kuniko. Contre douze minutes de présence effective. Comme pour les parkings, l'heure commencée était due. Elle ne devait pas être économiquement faible. Le garçon, compatissant ou inquiet, se pencha sur Malko.

— Sir, nous acceptons les cartes de crédit...

*
* *

Malko frissonna en se retrouvant dehors. L'hôtel était trop près pour qu'il prenne un taxi. Il se mit à marcher rapidement, d'une humeur de dogue, pensant alternativement à Nancy Younglove et Kuniko. Ce n'était pas son jour... Entre une allumeuse et une amoureuse du Veau d'or, son avenir sentimental semblait compromis.

Il se demanda ce que lui réservait l'avenir : jamais deux sans trois. Sa frustration était telle qu'il dut se retenir pour ne pas retourner au *Dai-Ichi*...

Ginza était désert. C'était la crise au Japon et de nombreux bars avaient déjà fermé. Les néons brillaient tristement dans le froid. Au moment où il passait sous le pont du chemin de fer avant l'*Imperial*, un train fit trembler les poutrelles métalliques. Le hall de l'hôtel était nu comme la main. Malko prit sa clef, espérant jusqu'à la dernière seconde trouver Nancy Younglove l'attendant dans le couloir. Repentante.

Il n'y avait qu'une femme de chambre aux yeux bridés, haute comme trois pommes, avec des jambes en parfait arc de cercle. Dégoûté, il alluma la télévision pour regarder un vieux film de samouraïs, le western local. Mauvaise journée.

*
* *

Malko sortait de sa douche lorsqu'on frappa à la porte de sa chambre. Un vent violent avait balayé le brouillard et un soleil radieux éclairait Tokyo. Il alla ouvrir. Il demeura interdit devant une étrange apparition. Une Japonaise de petite taille avec des cheveux courts et frisés, un petit masque de gaze blanche antigrippe, lui couvrant le nez et la bouche — chose courante à Tokyo l'hiver — enveloppée dans une grande cape marron qui lui descendait jusqu'aux chevilles, tenait à la main un paquet cubique enveloppé de papier multicolore.

Elle plongea devant Malko en une profonde courbette, se redressa et se lança dans un long discours où Malko crut reconnaître le nom de Tom Otaku. Finalement, elle tendit le paquet à Malko et s'inclina pour une nouvelle courbette jusqu'au sol.

Malko prit le colis, embarrassé de ne pouvoir la remercier, mais, visiblement, elle ne parlait pas anglais. Il la regarda s'éloigner dans le couloir,

vers les ascenseurs, puis rentra dans sa chambre.
Qu'est-ce que Tom Otaku pouvait bien lui envoyer à huit heures du matin?

*
* *

La dernière couche de papier s'écarta, découvrant une paroi métallique. Instantanément, Malko fut sur ses gardes, le cœur dans la gorge. Avec d'infinies précautions, il acheva de défaire l'emballage du cadeau. Il faillit bondir loin de la table. A travers un grillage métallique laissant passer des fils multicolores, il apercevait ce qui ne pouvait être que des pains d'explosifs! Reliés à un détonateur gros comme un crayon par un système compliqué. Pendant une fraction de seconde, Malko demeura paralysé, le cerveau vide.

Puis les idées recommencèrent à affluer. Il se rua à la fenêtre, l'ouvrit, se pencha dehors. De l'autre côté de la rue étroite, il y avait un building moderne au toit plat.

Malko revint vers la table, se forçant à ne pas penser, prit la boîte dans sa main droite, et, comme un lanceur de poids, la projeta de toutes ses forces à l'extérieur. De justesse, elle atteignit le bord du toit, roula quelques mètres, et se désintégra avec une flamme rouge et une violente explosion! Le vent emporta immédiatement le nuage de fumée noire vers Hibaya Park. S'il n'y avait pas eu le papier froissé dans la chambre, l'onde de choc qui faisait encore vibrer douloureusement ses tympans et la tache noire sur le ciment, là où la bombe avait explosé, Malko aurait pu croire à un cauchemar...

Trente secondes plus tard, il se ruait hors de sa chambre, son pistolet extra-plat dans la ceinture. Par miracle, un ascenseur arrivait à l'étage. Un groupe d'hommes d'affaires italiens le regarda avec surprise. Il jaillit dans le lobby bruissant de monde, zigzagua entre les gens, n'aperçut personne. La fille avait quatre ou cinq minutes d'avance.

Dehors, il entendit une sirène de police qui se rapprochait. L'explosion n'était pas passée inaperçue. Autant remonter prévenir les gorilles. Il reprit un ascenseur, ivre de rage, le cœur encore battant à grands coups... Le picotement de la peur sur le dessus des mains. Les portes s'ouvrirent au premier étage et il leva les yeux machinalement. Le temps d'apercevoir une cape marron!

Au moment où les portes se refermaient, il bondit à l'extérieur.

Elle le vit. Son masque de gaze avait disparu, découvrant des dents écartées et une petite bouche charnue. En apercevant Malko, elle fit demi-tour, fonçant vers l'East Wing, reliée au bâtiment principal par un dédale de couloirs. Malko percuta de plein fouet deux Japonais. Si fort qu'ils roulèrent tous les trois sur la moquette. Le temps de se relever, la fille à la cape avait vingt mètres d'avance. Malko surgit dans la galerie surplombant le hall arrière, aperçut la fille qui filait vers la sortie, hurla à se faire péter les poumons :

— Stop her! Stop her!

Les quatre-vingts membres d'un voyage organisé coréen levèrent la tête, mais ne bougèrent pas...

Malko dévalait déjà l'escalier. Il jaillit dehors au moment où la fille tournait le coin de la rue menant à Hibaya Park. Il redoubla de vitesse, aperçut plusieurs voitures de police arrêtées au bas du building où « sa » bombe avait explosé. La fille passa devant eux sans être remarquée! Malko recommença à hurler, mais personne ne l'écouta.

Peu à peu, il remontait son retard. Elle n'avait plus d'espoir de lui échapper. Il la rattrapa au moment où elle tentait de se faufiler entre les voitures dévalant Hibaya Dori. Malko la saisit par le bras, et elle se débattit aussitôt farouchement. Deux Japonais qui attendaient des taxis s'immobilisèrent, outrés. Il y eut un léger ralentissement de la circulation, et la fille fonça en avant, avec une force inattendue. Dans le mouvement qu'elle fit pour échapper à Malko, la cape marron s'ouvrit, et il aperçut la doublure.

Le choc fut tel qu'il lâcha prise.

La cape était littéralement doublée de cartouches de dynamite.

*
* *

La Japonaise filait déjà à travers Hibaya Dori, évitant habilement les voitures. Un Japonais en civil surgit près de Malko. Arborant un badge doré au revers de son veston : DETECTIVE. Un des policiers de l'hôtel chargé de relever l'immatriculation des voitures suspectes devant l'*Imperial*.

— Que se passe-t-il, Sir? interrogea-t-il. Cette personne vous a importuné?

Malko se jeta entre les voitures, au risque de se faire écraser, criant au détective :

— C'est une terroriste! Elle a des explosifs sur elle!

Le mot de « terroriste » propulsa le détective comme une fusée. Gesticulant, injuriant les voitures, il fonça à travers le trafic, doublant même Malko.

La terroriste à la cape marron arriva de l'autre côté de l'avenue avant les deux hommes, et s'élança à travers les pelouses de Hibaya Park. En dépit de sa petite taille, le Japonais filait comme une flèche!

Gagnant sans cesse du terrain. Gêné par ses anciennes blessures, Malko perdait du terrain, son pistolet extra-plat au poing. Les poumons en feu, il vit le détective cent mètres devant lui, saisir un bout de la cape marron. L'explosion vint comme un coup de tonnerre, secouant Malko, puis le balayant d'un souffle brûlant. Il se jeta instinctivement à terre pour éviter l'onde de choc, entendit un klaxon hurler. Il releva la tête : il n'y avait plus que des débris informes à l'endroit où le détective de l'*Imperial* avait rattrapé la terroriste. Une voiture parquée dans l'allée qu'elle s'apprêtait à traverser s'était enroulée autour d'un cerisier dépouillé de feuilles.

Malko s'épousseta et s'avança vers le lieu de l'explosion. Une grosse Toyota de la police le rejoignit deux minutes plus tard. Il n'y avait d'ailleurs pas grand-chose à voir. Les restes des deux Japonais devaient être éparpillés jusqu'au Palais Impérial. On ne saurait jamais si c'était un accident ou si la fille envoyée pour tuer Malko avait préféré se suicider plutôt que d'être prise. Avec les fanatiques du Sekigun, tout était possible.

Les policiers de la Toyota se dirigèrent vers Malko.

*
* *

Des barrières isolaient la zone de l'explosion, gardée par des policiers en uniforme. D'autres, traînant des sacs en plastique, ramassaient les débris épars des deux corps, répandus dans Hibaya Park. La fleuriste installée en face de l'*Imperial* avait trouvé une main avec son poignet au milieu de ses plantes vertes et ameuté le quartier... Chris Jones et Milton Brabeck, honteux d'avoir raté ces charmantes péripéties, boudaient...

— C'est pas possible qu'on ne puisse pas retrouver ces dingues, gronda Chris.

— Il n'y a que vingt-cinq millions d'habitants

dans l'agglomération Tokyo-Yokohama, remarqua suavement Malko. En commençant à les trier tout de suite, vous aurez peut-être fini pour le dîner...

Il aperçut les bajoues et les grosses lunettes de Tom Otaku, le chef du Kohan, qui venait vers lui. Le Japonais lui secoua la main comme s'il voulait la détacher. Aussi chaleureusement que dans un cocktail. Mais ses petits yeux malins noyés de graisse étaient graves.

— Nous avons trouvé huit cartouches de dynamite dans les toilettes du premier étage, annonça-t-il. Cette fille voulait faire sauter l'hôtel...

Malko n'en revenait pas. Non seulement Hiroko ne se terrait pas, mais elle avait passé à l'attaque.

— Mais elle ne pensait pas que l'explosion de ma chambre allait alerter tout l'hôtel? objecta-t-il.

Tom Otaku eut un rire joyeux.

— Elle avait oublié que vous n'êtes pas Japonais, Malko-san. Dans notre pays, lorsqu'on reçoit un cadeau, on ne l'ouvre jamais tout de suite. C'est très mal élevé. Cette terroriste pensait avoir une heure devant elle.

Malko bénit sa mauvaise éducation. Les policiers aux sacs en plastique revenaient. Avec ce qu'ils ramenaient, on aurait du mal à identifier les corps.

Tom Otaku le prit par le bras et dit à voix basse :

— On m'a dit que vous aviez un pistolet automatique, lorsque vous poursuiviez cette fille, est-ce exact?

— C'est exact, reconnut Malko.

Le Japonais secoua ses bajoues avec un petit bruit gélatineux...

— Malko-san, ici, au Japon, nous sommes très conservateurs. Je vous demanderais de ne plus sortir avec votre arme. Ce n'est qu'en raison des excellentes relations que nous entretenons avec Borzoï-san que je ne vous la confisque pas.

— Et si on essaie encore de me tuer? protesta Malko.

Otaku eut l'air choqué.

— Nous allons arrêter ces terroristes, affirma-t-il. En attendant, je vais faire renforcer la surveillance autour de vous et à l'hôtel.

Malko préféra ne pas polémiquer. Et prendre congé, après une poignée de main qui lui broya quelques phalanges.

— On s'en va dans une demi-heure, annonça Chris Jones.

Presque triste. Avec ces nouveaux développements, il commençait à aimer le Japon.

— Vous embrasserez David Wise de ma part, dit Malko. Si vous voulez faire le plein de kimonos, je vous conseille les arcades souterraines de l'hôtel.

Pour aller voir Max Sharon, il préférait être seul.

*
* *

Une courte pipe serrée énergiquement entre ses dents gâtées, ses yeux vifs sans arrêt en mouvement, ponctuant le récit de Malko de petits signes de tête, projetant le cou en avant, Max Sharon se montrait d'une politesse exquise. Malko avait eu un peu de mal à trouver son bureau dans un immeuble ancien qui se dressait à côté des lignes de chemin de fer en surélévation cernant Ginza. Deux pièces encombrées de vieux magazines, de livres, de papiers. Chaque fois qu'un train passait, son grondement couvrait le bruit de la conversation. Dans un coin, un Japonais en col roulé calligraphiait sagement des légendes de photos. Max Sharon ressemblait à une fouine qui aurait fauté avec un samouraï. Après vingt ans de Japon, il avait adopté les mimiques, les attitudes, la façon de parler saccadée des Nippons, et même sa peau avait une transparence jaunâtre. De petite taille, il avait des gestes vifs, nerveux, et ses yeux souriaient perpétuellement.

— Voilà, conclut Malko, Al Borzoï m'a dit que vous seriez de bon conseil...

Max Sharon tira sur sa pipe rapidement.

— Le Sekigun, fit-il rêveusement. C'est parti de Kyoto... J'en ai connu plusieurs. Parce que je m'occupe un peu de cinéma... Ils étaient soutenus par des gens de cinéma, n'est-ce pas. (Il eut un rire aigrelet.) Des gens connus. A un moment, ils faisaient même la collecte ouvertement dans Ginza, pour leurs membres emprisonnés...

— Mais qu'est-ce qu'ils veulent?

— Ah! ça...

Très excité, Max Sharon se leva et alla se planter à la fenêtre, contemplant l'horrible immeuble noir de l'*Asahi Shinbun*, de l'autre côté des voies de chemin de fer. Puis il se retourna vers Malko, très didactique :

— Mon cher, avez-vous entendu parler de la doctrine du Sokkatsu?

Malko dut confesser qu'il était ignare sur ce sujet.

— Bien, fit Sharon. Dans ce cas, vous ne pouvez rien comprendre au Sekigun... Le Sokkatsu est une sorte de nihilisme qui a été mal assimilé par ces jeunes. Un mélange de tendances suicidaires et de goût de la violence.

De nouveau, il tira sur sa pipe. A l'éclat de ses yeux, Malko se dit qu'il en savait certainement beaucoup sur le Sekigun. La C.I.A. avait peut-être nourri une vipère dans son sein.

— Bon, allons déjeuner, fit-il de sa manière abrupte.

Il poussa littéralement Malko hors du bureau, se

cassa en deux dans le couloir devant un Japonais qui lui rendit sa courbette.

— Je vous invite, proposa Malko. Allons chez *Maxim's.*

— Ah, non! fit Sharon! C'est trop triste. Ils l'ont mis au troisième sous-sol. On a l'impression d'être dans un sous-marin... Je connais un meilleur endroit.

Ils partirent à travers les petites rues animées de Ginza, se frayant un chemin dans la foule grouillante et disciplinée. A chaque carrefour, des haut-parleurs clamaient des ordres aux piétons, dès que les feux passaient au rouge. On traversait même en diagonale.

Devant chaque restaurant, une vitrine offrait la reproduction exacte de tous les plats du menu, en couleur et grandeur naturelle, avec les prix. On ne pouvait avoir de surprise que sur le goût... Max Sharon poussa Malko dans un escalier, et il aperçut avec stupéfaction une plaque annonçant : PAUL BOCUSE.

*
* *

Max Sharon avait un appétit de Japonais. C'est-à-dire de vautour. Après un *koulibiak* de saumon, il avait avalé une pintade aux choux, bu une bouteille entière de Château-Margaux 1970 qui valait son poids d'or, et commençait à attaquer les fromages... Il parlait sans arrêt, débitant des histoires plus passionnantes les unes que les autres. Inlassablement, Malko tentait de le ramener au Sekigun, mais le journaliste-barbouze repartait aussitôt sur la pollution. Malko commençait à se décourager quand Sharon se pencha par-dessus la table, la bouche encore pleine de brie.

— Bon, fit-il à sa façon abrupte, vous voulez

quelqu'un qui vous aide à retrouver cette Hiroko?

— Tout juste, dit Malko.

— Moi, je ne veux pas m'en mêler, mais j'ai un ami qui pourra peut-être vous donner un sérieux coup de main. Ono Kawashi, le président du syndicat des racketteurs...

— Il y a un syndicat des racketteurs à Tokyo? De quoi rendre jalouse la Mafia... Sharon agita sa pipe, avec amusement.

— Le terme n'est pas tout à fait bien traduit, mais cela revient au même. Ce sont des gens immensément riches et puissants. J'ai connu Kawashi il y a très longtemps, quand il n'était qu'un tout petit *yakusa* [1]. Il m'aime bien. Justement, il vient de sortir de prison et il est passé me voir. Pour me remercier parce que je lui avais rendu visite. S'il y a des histoires de faux passeports ou d'armes, il pourra sûrement vous aider... Mais il faut le motiver.

Il frotta deux doigts l'un contre l'autre en un geste expressif.

— Il y a les cinq cent mille dollars de la rançon, dit Malko. S'il m'aide à retrouver Hiroko, ils sont à lui.

— Parfait, parfait, approuva Sharon de son étrange voix saccadée.

— Où puis-je le trouver?

Instantanément, Sharon fut la statue de la réprobation. Le front plissé, la bouche tirée vers le bas, le menton rentré.

— Cela ne se fait pas comme cela! Je vais lui transmettre votre offre et, si elle lui convient, il vous contactera. A propos, vous avez un interprète? Il ne parle pas un mot d'anglais... Pas Borzoï. Il croit parler le japonais, mais il se rend souvent ridi-

[1] Vaurien.

cule. C'est une langue difficile, tortueuse, personnalisée selon la personne qui la parle. (Il eut son rire aigrelet.) Quelquefois, Borzoï, sans le savoir, parle le langage des femmes. Comme s'il était une femme.

Coupant le flot de paroles, Malko arriva à placer le nom de Kuniko. Sharon fit la moue :

— Il aurait mieux valu un homme. Enfin...

Enfumé par la pipe et abruti de mots, Malko paya une addition qui aurait suffi à nourrir une famille du Bangladesh pendant un an. A la sortie du restaurant, Max Sharon lui serra la main aussitôt.

— Je vais par là, fit-il, désignant le centre de Ginza. A bientôt. Je m'occupe de vous.

Malko regarda l'étrange bonhomme s'éloigner d'un pas rapide, réalisant qu'il n'avait pas la moindre idée de ce qu'il pensait réellement. Il n'y avait plus qu'à prier pour que le syndicat des racketteurs vole au secours de la C.I.A.

*
* *

Hiroko éteignit le transistor collé à son oreille. La rage la faisait trembler. Non seulement, Yokohi ne reviendrait pas, mais elle avait échoué dans sa mission.

Machinalement, la Japonaise prit quelques bâtonnets d'encens, les alluma et les planta dans un petit bol de sable, au pied d'un grand kakimono pendu au mur, maxime de sagesse dessinée sur un pan de soie. La fumée de l'encens commença à monter dans la petite pièce, caressant les narines de la terroriste. Dehors, sous la véranda, Furuki était toujours attaché, nu, à son poteau, toussant à fendre l'âme. Le matin, tôt, Hiroko lui avait infligé une nouvelle avanie : elle l'avait tondu avec un rasoir, si maladroitement que son crâne n'était plus qu'une boule de sang séché.

Les autres dormaient dans les chambres minuscules. Hiroko était la seule à posséder un transistor. Il faudrait bientôt leur annoncer la nouvelle.

La pièce où elle se trouvait était absolument nue, à l'exception des nattes qui couvraient le sol de bois et d'une petite fosse où bouillait une théière sur un brasero. Hiroko s'en approcha et se versa une tasse de thé vert. Pour l'aider à réfléchir.

Les gémissements et la toux de Furuki, attaché maintenant depuis deux jours, nourri d'un peu de riz, la calmèrent un peu. Mais loin de lui faire renoncer à ses projets, la mort brutale de Yokohi augmentait au contraire sa détermination. Une vingtaine de membres du Sekigun lui obéissaient encore aveuglément. C'était assez pour supprimer l'homme qui se dressait en travers de son chemin. Grâce à Furuki, elle était maintenant certaine qu'il était à Tokyo pour la traquer.

Elle but une gorgée de thé brûlant, les yeux fixés sur la véranda. Rêvant d'y attacher son ennemi et de lui faire subir le même traitement qu'à Furuki. Une mort très lente et très pénible.

CHAPITRE VI

Ono Kawashi recolla d'un geste automatique un des morceaux de sparadrap qui maintenaient ses paupières ouvertes. Depuis peu, il souffrait d'une maladie des muscles qui le paralysait partiellement. Sans ces bouts de tissus, ses paupières seraient tombées, l'aveuglant. Avec philosophie, il s'était habitué à ce petit avatar supplémentaire, venant s'ajouter à la sciatique sournoise qui l'empêchait de profiter autant qu'il en aurait eu envie de la troisième femme qu'il s'était offert trois ans plus tôt, Koko.

Il prit dans une petite boîte laquée noire une fève glacée au sucre, la laissa fondre sur sa langue, puis se laissa aller en arrière, émettant un petit rot de satisfaction. Il examina alors d'un regard critique l'énorme bouquet qui occupait tout un coin de la pièce. Tous les matins, M. Chidoya, professeur d'arrangement de fleurs, venait en créer un nouveau, changeant les fleurs, en apportant de nouvelles, de façon à ce que son honorable client n'ait jamais devant les yeux le même deux jours de suite. M. Kawashi tenait essentiellement à cette diversité. C'était un de ses luxes les plus chers. Au-delà des fleurs, il laissa errer son regard sur les arbres du Jardin Impérial. L'immense appartement où il passait le plus clair de son temps occupait tout le douzième étage d'un immeuble ultramoderne donnant directement sur le Kokyo, le Palais Impérial, au-dessus de Uchibori Dori. Le président du syndicat des racketteurs disait parfois fièrement qu'il jouissait de la même vue que l'Empereur. Ce qui, pour un fils de pêcheur de perles quasi analphabète de l'île de Hokkaïdo, n'était pas si mal... Le corps de Ono Kawashi trahissait ses origines : petit et sec comme un sarment de vigne, avec de grosses mains déformées par l'arthrite, des yeux myopes derrière de grosses lunettes, quelques rares cheveux blancs sur son crâne rond déformé sur le côté gauche par une grosse « loupe »...

Pour chasser le goût de la fève, un peu fort, M. Kawashi cueillit délicatement un des pétales de la rose qui se dressait dans un vase effilé sur son bureau et l'enfourna dans sa bouche. Il se mit à le mâcher, tout en relisant la missive qu'on lui avait fait porter deux heures plus tôt. Merveilleusement calligraphiée sur un parchemin épais, comme il se doit entre gens de bonne compagnie...

M. Kawashi n'était certes pas considéré ainsi par tout le monde, mais les estimations de sa fortune variaient entre cinq et dix milliards de *yens*... Les mille mètres carrés de son appartement regorgeaient de tableaux, d'œuvres d'art d'Asie et d'Europe, de bouddhas dérobés à de lointains temples de Birmanie, de statuettes cloisonnées d'une finesse infinie, ramenées en contrebande de Chine... Le jardin d'hiver qui prolongeait son bureau, rehaussé de fontaines, de mini-cascades, semé de coûteuses et fragiles plantes tropicales, avait à lui seul coûté le prix d'une maison de vingt nattes. Au lieu d'avoir une bonne philippine, il y en avait trois japonaises à deux cent mille *yens* pièce. Grâce à un système complexe d'intimidations féroces, M. Kawashi, de son bureau tapissé de teck, dirigeait toute l'organisation du racket de Tokyo. Pas un bar, pas une boîte, pas un restaurant, pas une blanchisserie ne fonctionnait entre Yokohama et Tokyo sans avoir versé sa dîme. Ce qui avait créé de nombreux ennemis à M. Kawashi. Actifs et souvent puissants. C'est à cause d'eux qu'il venait de passer trois mois dans une prison de Tokyo, tandis qu'une meute d'avocats montaient à l'assaut du juge pour obtenir sa mise en liberté... Cela avait coûté une montagne de *yens*, mais M. Kawashi avait enfin regagné son bureau dont il humait les senteurs avec délices... De nouveau, il se laissa aller à grignoter une fève, écoutant le bruissement de la cascade dans le jardin d'hiver.

Il hésitait. L'offre qu'il avait sous les yeux était, certes, intéressante : même pour M. Kawashi, cinq cent mille dollars représentaient une grosse somme d'argent. Il ne semblait pas y avoir de limites à sa boulimie financière. En dépit de ses soixante-six ans, il continuait à agrandir son empire avec une férocité joyeuse et tenace. Comme s'il avait dû vivre un siècle de plus. Il était lucide et savait que la superbe Koko serait bientôt la veuve la plus riche de Tokyo. Il faisait venir de Corée de mystérieuses infusions de gin-seng, supposées lui conserver une éternelle jeunesse. Mais qui n'arrivaient pas à guérir sa sciatique... Il recracha ce qui restait de la rose. Au fond, ce qui le flattait immensément, c'est qu'un étranger fasse appel à lui. Un étranger qui avait pourtant derrière lui une puissante organisation un peu comme la sienne, semi-clandestine... M. Kawashi, qui ne s'était jamais mêlé de politique, nourrissait pourtant à l'égard de l'Amérique une sorte de crainte superstitieuse.

Il se décida d'un coup.

Son pouce ridé, tordu, noueux, encore plein du sucre de la fève, appuya sur une sonnette posée sur son bureau, reliée à son secrétaire.

Trente secondes plus tard, la porte s'ouvrit sur un Japonais prodigieusement laid, avec une abondante chevelure noire et graisseuse, des lunettes cerclées de fer comme les comptables d'autrefois, d'énormes lèvres molles et caoutchouteuses saillant entre des bajoues, des petits yeux enfoncés. Il était serré dans un costume très ajusté, avec un gilet boutonné et des chaussures impeccablement cirées. A peine plus grand que son patron, mais infiniment plus redoutable, Masayuki Yamato était ceinture noire 3ᵉ dan de karaté. Son corps replet et son apparence benoîte dissimulaient une véritable machine à tuer... Il s'inclina profondément devant M. Kawashi, murmurant une formule où il était question de « Dix Mille Années de Bonheur au Maître Génial qui illuminait sa vie ». Ono Kawashi balaya les dernières miettes de la fève et le compliment d'un geste sec.

— Tais-toi, Yakusa [1].

C'était le surnom affectueux qu'il donnait toujours à Yamato, pourtant dévoué corps et âme. Il lui fit lire le document. Yamato le parcourut rapidement, attendant la décision de son vieux maître.

— Je vais recevoir cet honorable étranger, Kawashi-san, proposa-t-il.

Kawashi passa un index déformé sur la loupe de son crâne.

— Non.

Yamato fit la moue :

[1] Vaurien.

— Vous désirez que je l'éconduise, Kawashi-san ?

Kawashi avait appris un anglais assez efficace en traînant sur les quais avec les déserteurs U.S., dix ans plus tôt.

— Non, fit sèchement Kawaski. Je veux que tu organises un dîner hors de ma maison pour le recevoir.

Yamato se permit un petit « ah so! » de surprise. C'était tellement énorme et incongru! M. Kawashi sortait très peu et jamais avec des étrangers.

— Je tiens à honorer Max-san, dit-il. Il a toujours été un ami fidèle. Fais comme je te dis. Tu viendras aussi puisque je ne parle pas cette langue.

Yamato recula à petits pas, en s'inclinant plusieurs fois jusqu'à la porte. Se disant que la vraie raison du soudain désir de sortie de M. Kawashi s'appelait probablement Koko. La troisième femme de son patron s'ennuyait à mourir au milieu des bouddhas, se plaignant amèrement de ne pouvoir utiliser les robes somptueuses que son mari lui laissait aller acheter sous bonne garde chez les couturiers français de Tokyo. Ancienne taxi-girl, la vie nocturne lui manquait. A part ses jambes arquées, toujours dissimulées par des bottes ou un pantalon, elle était superbe. Patiemment, elle comptait les années qui la séparaient de la liberté... Se bourrant de tranquillisants pour arriver à supporter sa continence. Elle en arrivait parfois à regarder Yamato avec concupiscence...

Celui-ci s'installa dans son propre bureau, minuscule comme il se devait, afin de bien montrer l'abîme qui le séparait de son maître, et composa un numéro de téléphone.

*
* *

— C'est un honneur inouï, exulta Al Borzoï. Je connais ce vieux filou de réputation, il n'est pas facile. En plus, les Japonais font, d'habitude, recevoir leurs invités étrangers par leur secrétaire.

Le bureau du chef de poste de la C.I.A. était toujours aussi vide. Malko se demandait où l'Américain travaillait... Le coup de fil de Max Sharon l'avait réveillé en sursaut à dix heures : le décalage horaire. Il avait été extrêmement laconique, précisant à Malko qu'il se chargeait de faire la leçon à Kuniko et qu'elle viendrait chercher Malko à son hôtel à six heures et demie. On dînait tôt au Japon. Malko lui avait donné le numéro de la taxi-girl, un peu étonné, mais reconnaissant... C'était le premier pas minuscule qu'il faisait en direction d'une piste.

En dépit des assurances de Tom Otaku, Hiroko et ses complices couraient toujours. On n'avait pas retrouvé de la jeune terroriste de l'*Impérial* de quoi remplir une boîte à chaussures. Ce qui rendait l'identification malaisée.

L'aide de Kawashi, si elle se matérialisait, risquait d'être précieuse. Malko regarda, dégoûté, le ciel de nouveau chargé de nuages... Maintenant, l'ambassade U.S. était mieux gardée que Fort Knox.

— Chris Jones et Milton Brabeck auraient peut-être dû rester, remarqua-t-il. Du train où vont les choses...

Al Borzoï tira sur son bec-de-lièvre. Ennuyé.

— C'était pas possible, affirma-t-il. J'ai reçu une note du ministère de l'Intérieur japonais.

Malko se leva :

— J'espère que vous ne recevrez pas une notice nécrologique... La mienne. A mon point de vue, ce serait tout aussi fâcheux. Et que M. Kawashi a envie de m'offrir plus qu'un dîner.

*
* *

Le portier de *l'Imperial* plongea dans une courbette à fendre le trottoir, tandis que Malko s'installait à côté de Kuniko, éblouissante dans un ensemble de lamé argent, dont le pantalon semblait avoir été moulé sur elle. Il se demanda comment elle pouvait arriver à conduire avec des ongles de cette longueur... La Mercedes 450 SL s'écarta du trottoir dans un vrombissement de bon aloi, sous l'œil admiratif du portier. Un homme capable de se payer une femelle de ce prix ne pouvait être à ses yeux qu'un honorable gentleman... La plupart des Japonais avaient remplacé le Shintoïsme par le culte du Yen.

— Où allons-nous? demanda Malko.

Ils avaient tourné à droite et filaient vers le nord, le long du Palais Impérial, au milieu d'une circulation démentielle.

— A Asakusa, dit Kuniko. Dans un très vieux restaurant. (Elle jeta un coup d'œil à Malko : admiratif.) Je ne savais pas que vous connaissiez bien Kawashi-san, ronronna-t-elle.

— C'est la première fois que je vais le voir, avoua Malko, je ne sais même pas à quoi il ressemble!

Kuniko faillit en perdre ses faux-cils.

— Pourquoi vous a-t-il fait le très grand honneur de vous inviter? demanda-t-elle.

Totalement stupéfiée. Figée d'admiration.

Malko s'était déjà aperçu que le Japon était extraordinairement structuré. Les gens passaient leur vie à brandir des cartes de visite. Pour savoir à qui ils avaient à faire, si la société pour laquelle ils travaillaient était plus ou moins importante que la leur, si leur interlocuteur avait un rang plus ou moins élevé... Chacun avait sa place. Au millimètre. Malko dérangeait cela. Un homme qui n'avait jamais vu Kawashi et, cependant, était invité par lui, n'avait pas sa place dans l'organigramme.

Elle posa la longue main effilée sur la cuisse de Malko et dit d'une voix veloutée :

— Malko-san, je suis si fière d'être avec vous.

Ses ongles griffaient légèrement l'alpaga du costume noir.

Ils remontaient le long de la rivière de Tokyo, vers le nord, traversant des quartiers de plus en plus populaires. Finalement, la Mercedes stoppa au coin d'une rue animée, ruisselante de néons. Kuniko ferma la voiture...

— C'est Rukku Street, dit-elle en riant, la rue la plus mal famée de Tokyo.

Les cinémas pornos s'alignaient en rangs serrés. L'un offrait en attraction les amours d'un verrat rose et d'une Suédoise potelée. Une boutique étrange étalait dans sa vitrine des casques allemands et des drapeaux hitlériens pour les nostalgiques de l'Axe.

Entre les cinémas cochons il y avait des « Pachinkos ». Jeux de boules électriques où les Japonais s'abrutissaient à longueur de journée. Accrochés pendant des heures à ces machines à sous, de pauvres diables regardaient les boules cascader indéfiniment d'un œil atone.

Un incroyable vieux couple sautillait en rond devant l'un d'eux. La soixantaine, en kimono. Elle chantait d'une voix de fausset, lui secouait une hampe où étaient accrochées des dizaines de clochettes.

Kuniko entraîna Malko dans une ruelle à droite, aussi sombre que Rukku Street était illuminée, et ils débouchèrent un peu plus loin sur un grand espace découvert au centre duquel s'élevait un gigantesque temple.

Kunilo entraîna Malko.

— Venez, c'est de l'autre côté.

Il faisait froid et elle se serra contre lui. Il aperçut dans la pénombre des svastikas sur chaque pilier du temple.

— C'est le Kannondo, expliqua Kuniko, le grand temple où les gens du quartier viennent demander aux dieux des miracles.

Heureux présage. C'était imposant. Passé le Kannondo, ils s'enfoncèrent dans une ruelle et stoppèrent devant ce qui semblait être un minuscule chalet suisse en rondins marron avec un jardin devant.

— C'est le restaurant, annonça Kuniko, mais il faut les attendre dehors, sinon, nous les offenserions...

Malko souhaita vivement que l'honorable Kawashi ne soit pas en retard. Il grelottait. Soudain, une interminable Lincoln Continentale noire s'engagea dans la ruelle. Si large qu'elle frôlait les deux murs. Kuniko serra le bras de Malko et murmura d'une voix altérée :

— C'est lui.

Comme si les occupants de la voiture avaient pu l'entendre.

*
* *

La portière avant de la Lincoln s'ouvrit sur une créature hiératique au nez busqué avec de longs cheveux noirs, tombant sur les épaules. Elle aussi en pantalon du soir.

— C'est Koko, souffla Kuniko. A seize ans, elle possédait déjà deux immeubles.

De l'autre portière descendit un personnage étonnant. A peine plus haut que le toit de la voiture, engoncé dans un pardessus noir, un cou maigre émergeant d'une chemise blanche empesée, avec une cravate blanche également, un feutre noir à bord roulé sur la tête.

— C'est Kawashi-san, souffla Kuniko.

Derrière le racketteur apparut une blonde plantureuse, au regard bovin, avec un chignon comme on en faisait il y a dix ans, une blouse de soie moulant une poitrine fabuleuse, accompagnée d'un Japonais aux cheveux noirs et huileux, avec une raie sur le côté. Les lunettes ovales cerclées de fer, le gilet boutonné, les bajoues confortables lui donnaient l'air d'un croque-mort de luxe.

Les deux couples s'avancèrent, et le festival de courbettes débuta, accompagné de gazouillis simultanés. Kuniko, confite de respect, n'arrivait plus à reprendre la position verticale. A mi-voix, elle présenta les nouveaux venus :

— Yamato-san et son épouse. Yamato-san parle anglais, mais, par politesse, il ne parlera que japonais ce soir. Je ferai l'interprète. La femme de Yamato-san est islandaise.

Couple étonnant. Les yeux bleus de l'Islandaise détaillèrent Malko d'un air gourmand. Les courbettes terminées, on se décida à entrer dans le restaurant. Le cadre était étrange. On se serait cru dans une grange. Des objets variés pendaient partout, au bar et au plafond. Il n'y avait pas de tables. Seulement des nattes avec un réchaud posé par terre. Les clients étaient accroupis au milieu des bols et des plats. Des cloisons à mi-hauteur divisaient le restaurant en petits boxes.

A grand renfort de courbettes, des garçons à mine patibulaire conduisirent les arrivants dans une salle au fond où ils s'assirent par terre, de part et d'autre d'une table massive à quarante centimètres du sol.

On installa Malko face à Kawashi et il remarqua alors pour la première fois les bouts de sparadrap qui maintenaient soulevées les paupières du Japonais. C'était difficile d'en détacher les yeux... Heureusement, on apporta des petits poissons confits dans du vinaigre, des cubes de poisson cru et de poulpe séché, des oursins sur canapé d'algues et surtout plusieurs fioles de saké. Kawashi se précipita et remplit une minuscule boîte de bois carrée placée devant Malko, faisant déborder l'alcool tiède.

— C'est la coutume, souffla Kuniko à son oreille. Faites la même chose.

Il s'exécuta. Comme tout le monde en faisait autant, en quelques minutes la table ne fut plus qu'une mare de saké... Les doses étaient microscopiques et il fallait sans cesse remplir les récipients. Entre deux dégustations, Kawashi s'inclinait et souriait à Malko.

Kuniko prit un bol, le remplit de divers échantillons et commença à faire manger Malko, à même les baguettes. Tout le monde rit beaucoup.

*
* *

Hiroko, la tête sur son oreiller de bois, étendue sur la natte, une mitraillette Uzi à portée de la main, n'arrivait pas à dormir. Ce n'était pourtant pas les faibles gémissements de Furuki, traversant la cloison de bois, qui troublaient son sommeil.

Mais l'idée de sa vengeance.

Il fallait venger Yokohi et régler ses comptes avant de quitter le Japon. Elle ne pouvait quitter Tokyo en laissant un ennemi derrière elle.

Elle calcula qu'il lui restait exactement six jours pour liquider son adversaire et quitter Tokyo. Pour les U.S.A. Avant de fermer les yeux, elle fixa une dernière fois la silhouette ligotée au pilier de bois de la véranda. Furuki n'était pas au bout de son supplice.

*
* *

— *Kampai!*

— *Kampai!* répondit poliment Malko, levant le petit récipient carré en bois.

Ce devait être le centième toast! L'ambiance était nettement moins guindée qu'au début du repas. Un des sparadraps s'était décollé, et l'honorable Kawashi n'y voyait plus que de l'œil gauche... Ce qui ne l'empêchait pas de s'empiffrer à grands coups de baguettes. On venait d'apporter un poisson rose, presque transparent, qui s'ajoutait à la vingtaine de plats déjà vidés. Le visage rond du Japonais ruisselait de sueur. Kuniko détacha quelques morceaux d'un long poisson roussâtre, y ajouta quelques algues confites, un peu de riz, et entreprit de gaver Malko.

La taxi-girl était, elle aussi, imbibée de saké. Ses étranges yeux verts brillaient d'un éclat brûlant, sa poitrine incroyablement ronde se soulevait comme pour venir à la rencontre de Malko. Sans relâche, elle remplissait le bol de son voisin de choses innommables et le forçait à les manger... Avec des rires chatouillés, chaque fois qu'il faisait la grimace. Grignotant sans arrêt des *tofus*, petites galettes de soja... Discrètement, M. Yamato avait défait son gilet, tandis que son épouse dévorait Malko d'un œil bleu et bovin. Kuniko avait soudé sa jambe à la sienne et se conduisait avec lui comme s'ils venaient de sortir du même lit... Seule, Koko arrivait à maintenir son attitude hiératique, picorant de ses baguettes quelques morceaux choisis. Cinq fourneaux réchauffaient divers plats de résistance, du *chagama*, du *shabu-shabu*, du *sukiyaki*, du *teppanyaki*. De quoi rassasier tout le Bangladesh.

Jusque-là, la conversation n'avait pas dépassé le niveau du borborygme... Mme Yamato et Koko n'ayant pratiquement pas ouvert la bouche, Kuniko et Yamato échangeaient quelques plaisanteries en japonais, traduites ensuite à Malko.

L'honorable Kawashi approuvait, les yeux pétillants de malice, la bouche dégoulinante de graisse. Empourpré par le saké. Sa majestueuse épouse, droite comme un I, le dépassait de vingt bons centimètres. Kawashi sourit à Malko, posant une question :

— Kawashi-san demande si vous aimez ce restaurant, traduisit aussitôt Kuniko.

— Il est étonnant, dit-il sincèrement.

— Le *Kuremutzo* est vieux de cinq siècles, expliqua-t-elle. Jadis, les bandits avaient l'habitude de venir discuter leurs affaires ici.

Cela n'avait pas tellement changé... Malko en profita pour entrer dans le vif du sujet...

— Est-ce que M. Kawashi est disposé à m'aider à trouver la source des armes et des passeports de ces terroristes? interrogea-t-il.

Kuniko, visiblement gênée, se lança dans un grand discours, ponctué de « Ahnoneh! Ah so ». M. Kawashi continuait à s'empiffrer. Quand Kuniko eut fini, il parla à son tour. La taxi-girl traduisit :

— Kawashi-san voudrait savoir si la pollution existe aussi en Europe?

Ou c'était un maître de l'humour noir, ou la traduction de Kuniko clochait. Malko se lança néanmoins dans un tableau cauchemardesque de l'Europe polluée et asphyxiée...

Ils vidèrent encore quelques flacons de saké, puis M. Kawashi recolla son sparadrap et se leva. Paniqué, Malko réalisa qu'il n'avait pas une seule fois abordé le sujet de leur rencontre. En un rien de temps, ils se retrouvèrent tous les six dehors, entremêlant leurs courbettes. Kawashi, de nouveau digne, bien qu'un peu titubant... Malko se pencha vers Kuniko.

— Dites-leur que je les invite à boire un peu de champagne dans une discothèque très élégante qui vient d'ouvrir, *Castel*. Un club privé.

Bégayant d'émotion, Kuniko s'acquitta du message, ponctuant chaque mot ou presque, d'une profonde courbette. M. Kawashi parut franchement surpris lorsqu'elle lui expliqua qu'il n'y avait pas d'entraîneuses dans cet endroit... Une boîte sans taxi-girls, pour un Japonais, c'était le Fuji-yama sans neige. Néanmoins, l'invitation étant formulée, il ne pouvait la refuser sans vexer mortellement Malko...

Il leur offrit même l'hospitalité de sa Lincoln... Dès qu'ils furent installés dans la longue voiture noire, Kuniko posa négligemment sa main sur la cuisse de Malko et l'y laissa.

*
* *

M. Kawashi étouffa un rot discret. De nouveau son sparadrap s'était décollé et il ne lui restait plus que l'œil gauche pour observer l'espèce de temple romain souterrain, semé de colonnades, qui servait de décor à *Castel*. La discothèque mélangeait harmonieusement le marbre noir, les glaces, les colonnes, de profonds canapés noirs. Avec autant d'étrangers que de Japonais. Ceux-ci presque tous accompagnés de taxi-girls ramassées ailleurs.

Le Dom Pérignon coulait à flots à la table de Malko. Vivement apprécié par l'honorable M. Kawashi qui semblait s'enfoncer peu à peu dans son fauteuil... Koko, quant à elle, était animée d'une sorte de vibration imperceptible, provoquée par la musique. Ses yeux ne quittaient pas la piste de danse. Malko se dit que c'était peut-être un moyen de dégeler la situation. Avec un sourire, il s'inclina devant l'épouse de M. Kawashi. M. Yamato et Kuniko parurent frappés de la foudre devant une audace aussi inouïe! Le racketteur, assoupli par le Dom Pérignon, grimaça un sourire, et Koko se leva d'un élan raide, précédant à petits pas Malko jusqu'à la piste ronde.

Elle se laissa enlacer, l'air toujours digne, la tête très droite, le regard lointain, l'expression figée, le bras gauche très loin du corps. Image même de l'honorable corvée mondaine. De quoi ravir M. Kawashi qui, de sa place, ne pouvait voir que le buste des danseurs.

Parce qu'à partir de la taille, la très convenable épouse du président du syndicat des racketteurs s'était collée à Malko comme un timbre-poste sur une enveloppe...

A croire qu'elle n'avait pas d'os.

La musique syncopée ne se prêtait pourtant pas au flirt. Mais Koko ne semblait pas l'entendre. Collée au sol comme par des semelles de plomb, elle ignorait résolument les couples qui se démenaient autour d'elle, se frottant éperdument contre Malko, comme une collégienne en chaleur, avec une hypocrisie perverse. Chacun des muscles de ses cuisses et de son ventre était en action. Cela se creusait, avançait, cognait, glissait, comme une bête tiède et aveugle. Malko chercha son regard. Koko fixait les colonnes de marbre qui encerclaient la piste d'un air absent...

Les autres, vautrés sur le canapé, attendaient sagement qu'ils aient fini leur danse... En cinq minutes de ce manège, Malko commença à s'éveiller sérieusement. Tout en se demandant si la belle Koko ne poussait pas les lois de l'hospitalité un peu loin...

Ce genre de distraction n'était plus de son âge et M. Kawashi risquait d'en prendre ombrage... Légitimement. Il se pencha à son oreille :

— *We should sit down, I think.*

Elle sourit sans répondre, comme si elle n'avait pas compris. Son ventre continuant à onduler contre le sien. Il essaya de s'écarter d'elle, mais elle le retint avec une force inattendue. Toujours aussi digne jusqu'à la ceinture. Elle s'était aperçue de l'effet qu'elle provoquait, et son mont de Vénus partait à l'assaut de ce qui restait de dignité chez Malko.

En un ultime effort, elle parvint enfin à son but. Le spasme discret de Malko déclencha le sien. Ses yeux battirent rapidement, et elle se serra contre lui à perdre l'équilibre. Ils oscillèrent quelques secondes. Ailleurs. Dieu merci, les couples voisins leur offraient une barrière protectrice... Le souffle encore court, Koko s'écarta de lui comme s'il avait la peste. Pourtant, avant de revenir à la table, elle lui serra très fort les doigts. Comme pour le remercier... Malko admira cette façon discrètement perverse d'être infidèle. Personne ne semblait s'être aperçu de rien.

Presque aussitôt, M. Kawashi recolla son sparadrap... Cinq minutes plus tard, ils étaient dehors. La Lincoln avait du mal à passer dans les rues étroites de Roppongi. Puis, ils filèrent au-dessous du Shuto Expressway. De nouveau, Kuniko s'était discrètement lovée contre Malko. En dix minutes, ils furent à l'*Imperial*.

M. Kawashi prit la peine de descendre pour échanger quelques courbettes avec Malko. Kuniko lui tendit sa main à baiser, Koko et les Yamato inclinèrent poliment la tête. Et la longue Lincoln s'éloigna dans Hibaya Dori!

Laissant Malko stupéfait. Il n'avait pas dit un mot au sujet de leur rencontre!

*
* *

Al Borzoï rit de bon cœur devant la déconvenue de Malko.

— Vous ne connaissez pas les Japonais! Kawashi n'avait pas besoin de dire quoi que ce soit. Le dîner a scellé le pacte.

— Vous croyez vraiment?

Malko était nettement incrédule.

— Ces types-là vont retourner Tokyo, affirma l'Américain. Ils connaissent tout le monde, savent tout.

— Mais ils n'ont aucun contact avec les terroristes du Sekigun, objecta Malko. Comment vont-ils réussir là où la police a échoué?

— Il y a des gens qui parleront avec eux, alors qu'ils ne diraient rien à la police.

— Quel couple étrange, Yamato et son Islandaise, remarqua Malko.

Al Borzoï sourit :

— Elle admire Yamato aveuglément. C'est sa force qui l'excite. Pourtant, il lui flanque des trempes épouvantables... Ce qui ne l'empêche pas d'être prête à s'envoyer n'importe qui : elle n'a pas le droit de sortir seule dans Tokyo... Une fois, il l'a récupérée avec un pilote de ligne hollandais qu'il a à moitié tué.

— Vous avez des nouvelles de Tom Otaku? demanda Malko.

L'Américain secoua la tête.

— Le truc habituel. Les gens du Kohan fouillent les milieux universitaires, mais sans résultat.

— Et la fille qui a essayé de me faire sauter?

— Rien. On n'a même pas pu l'identifier... Ils cherchent à retrouver sa trace, grâce aux débris de sa cape.

Al Borzoï eut un sourire sans joie.

— Votre tête n'a pas plu à la belle Hiroko.

Malko prit congé de l'homme de la C.I.A. Il faisait beau et frais. Il marcha un peu, longeant l'*Okura,* descendant vers le centre par des petites rues sans trottoir. Dieu que Tokyo était laid! Du dégueulis d'architecte, surmonté par des autoroutes urbaines construites n'importe comment, avec de gros buildings gris qui surgissaient comme des champignons...

Ecœuré, il finit par prendre un taxi, dont le chauffeur en gants blancs ne parlait pas un mot d'anglais. Heureusement, il savait dire « hôtel *Imperial* » en japonais...

*
* *

La nuit tombait lorsque Malko regagna l'*Imperial*. Il était quatre heures et demie : la pollution et le mauvais temps. Comme d'habitude, le grand hall grouillait d'animation avec des rangées de Japonais assis sur les banquettes le long de la cafétéria.

Au moment où Malko prenait sa clef, un jeune Japonais en col roulé s'approcha de lui et lui dit quelque chose dans sa langue. Rendu prudent par son expérience précédente, Malko, sur ses gardes, s'écarta de son interlocuteur. Ce dernier ne paraissait pourtant pas animé de mauvaises intentions... Jeune, avec un col roulé, il souriait, expliquant quelque chose. Malko se fit traduire par une des filles du *desk*.

— Il vient vous chercher, dit-elle, de la part d'un de vos amis.

— Qui?

Echange de gazouillis.

— L'ami avec qui vous avez dîné hier soir, expliqua la Japonaise.

L'honorable Kawashi... Malko emboîta le pas au Japonais. Ce dernier l'emmena à une grosse Nissan noire avec des rideaux blancs sur la lunette arrière et l'installa à l'arrière. Puis il prit le volant. Intrigué, Malko se demanda où ils allaient.

CHAPITRE VII

La Nissan noire stoppa au milieu d'une rue si étroite que ses flancs frôlaient les palissades, des deux côtés. Tout le quartier était un dédale de vieilles maisons avec de minuscules jardins, dans le quartier des ambassades, Minato-ku. Avec de mini-collines, et quelques rares buildings.

Le Japonais en col roulé se précipita pour ouvrir la portière à Malko, puis lui montra une petite maison moderne, entourée d'un microscopique jardin. Il ouvrit la porte, s'effaça; Malko pénétra à l'intérieur. Cela sentait l'encens et le jasmin. La première chose qui frappa son regard fut le superbe décolleté de Goudroune, la femme de Yamato, agenouillée au milieu du living en face de son mari, assis sur une chaise. Avec ses cheveux blonds relevés en chignon, son corsage lacé très bas découvrant deux seins laiteux, elle ressemblait à une gravure ancienne.

Elle leva les yeux sur Malko et sourit. Tout en continuant à délacer les chaussures de son époux. Sans se préoccuper de Malko, elle enleva une à une les chaussures, puis fit glisser la chausette gauche découvrant le pied nu.

— *Come on in!* cria Yamato [1].

Malko s'avança dans la pièce, serra la main du Japonais. Ce dernier semblait nettement plus détendu qu'en présence de son patron. Goudroune achevait de déboutonner son gilet, et de défaire ses boutons de manchettes. Il se leva, pieds nus, ôta le gilet, retroussa ses manches, ôta ses lunettes.

— Asseyez-vous, dit-il. Je n'ai pas eu le temps de m'entraîner ce matin. Nous aurons peut-être à nous défendre aujourd'hui...

C'était la première allusion au pacte tacite entre Kawashi et Malko. Celui-ci grillait de lui demander pourquoi il l'avait fait venir.

Au moment où il allait poser la question, Goudroune revint, portant trois planches rectangulaires, épaisses de deux centimètres chacune, qu'elle posa par terre. Puis elle roula le tapis, dégageant un espace libre au milieu de la pièce. Yamato se concentra quelques secondes puis commença une série de mouvements tantôt rapides et brutaux, tantôt lents et souples, d'une beauté surprenante et sauvage.

Pendant plusieurs minutes, il dansa cet étrange ballet, se mettant en garde contre un adversaire invisible, se détendant d'un coup, tournoyant. Goudroune contemplait et le regardait avec les yeux humides de plaisir. Elle éprouvait visiblement une joie sexuelle à cette exhibition. Quand Yamato se détendit en poussant un cri rauque et glacial qui fit sursauter Malko, les yeux de la jeune Islandaise se révulsèrent. Yamato s'immobilisa d'un coup, en sueur, essoufflé.

— Les planches, jeta-t-il.

[1] Entrez.

Goudroune prit une des planches et la tint verticalement devant elle, à un mètre du sol, à deux mains, le visage tendu. Yamato se concentra, puis, avec une vitesse fulgurante sa jambe se détendit. Malko eut l'impression que son pied n'avait fait qu'effleurer la planche épaisse. Pourtant, elle se fendit en deux avec un craquement sec. Goudroune poussa un cri de douleur : une écharde lui avait percé la main, le sang coulait. Yamato l'ignora.

— Tu m'as fait mal! gémit Goudroune.

— Tais-toi, fit le Japonais avec une brutalité qui choqua Malko.

Goudroune ravala ses larmes, prit les deux planches qui restaient et les tint à deux mains, après avoir enveloppé son doigt blessé d'un mouchoir. De nouveau, Yamato se concentra. Son poing droit fermé se balançait comme un piston de locomotive, tout son corps accompagnant le mouvement... Le cri rauque fit vibrer la porcelaine. Yamato avait détendu les bras. De nouveau, Malko crut qu'il effleurait seulement les deux planches de son poing fermé. Mais les quatre morceaux tombèrent à terre. Brisés net. Ce qui faisait six centimètres de bois dur... Goudroune, oubliant son doigt en sang, lui jeta un long regard langoureux. Sa poitrine se soulevait rapidement. Yamato se recoiffa et remit ses lunettes.

— Fantastique, admira Malko.

Le Japonais hocha modestement la tête.

— Ce n'est rien, dit-il. Mon *sensé* [1] arrive à briser des pierres avec le tranchant de sa main. Moi je peux seulement faire éclater le crâne d'un homme d'un coup de pied ou de poing. Par l'utilisation totale de l'énergie. C'est une question d'influx nerveux, et d'entraînement. Je frappe trois

[1] Maître.

cents coups tous les matins contre une planche flexible. L'onde de choc peut provoquer des lésions internes importantes.

Il avait fini de reboutonner son gilet, remis ses lunettes, et ressemblait de nouveau à un petit comptable bien tranquille...

— Allons-y, dit-il.

Goudroune lui jeta un regard plein de reproche. Visiblement, déçue de ne pas profiter de toute cette bonne énergie.

***

La Nissan filait sur le Shuto Expressway contournant le Palais Impérial. Malko aperçut des cygnes noirs, nageant dans les douves.

— Où allons-nous? demanda-t-il.

— Voir le père de cette Hiroko, annonça-t-il. C'est une idée de Kawashi-san.

Malko dissimula sa déception... Si c'est tout ce que le féroce racketteur avait trouvé... Mais il ne voulut pas contrer ce premier geste. La Nissan avançait à une allure d'escargot sur l'Expressway en surélévation, surplombant des rues bloquées par les voitures. Tokyo devenait de plus en plus invivable... Puis ils redescendirent pour s'engager dans un dédale de rues étroites au cœur du quartier de Ueno. Le chauffeur demandait son chemin tous les cent mètres. Finalement, la Nissan stoppa à l'entrée d'une voie non pavée, bordée de minuscules maisons de papier.

— Il faut aller à pied, dit Yamato.

Deux gamins jouaient au base-ball devant un poissonnier, un marchand de thé vert bloquait la rue avec son brasero, son petit plateau, et ses verres microscopiques. Des étals en plein air s'alignaient le long des maisons, avec de grosses lanternes de papier vantant la qualité de la marchandise. C'était un grouillement de femmes en kimono et en socques, trottinant entre les échoppes. Un jeune homme calligraphiait avec une application d'écolier, sur un poteau télégraphique, de splendides caractères dénonçant l'ignominie des grands trusts. Un marchand de soupe chinoise, accroupi, son balancier sur l'épaule, urinait tranquillement, en face d'un petit atelier où Malko vit une demi-douzaine d'ouvriers appliqués à peindre des poupées.

— C'est là, dit Yamato.

Il n'y avait pas de numéro, mais comme la rue n'avait pas non plus de nom, cela n'avait pas grande importance...

Les ouvriers s'arrêtèrent net en voyant l'étranger. L'un d'eux courut au fond de la boutique d'où émergea un Japonais aux cheveux gris coupés en brosse. Yamato se cassa en deux et le festival de courbettes se prolongea cinq bonnes minutes, entre Malko, Yamato et le père d'Hiroko. Un ouvrier courut dans la rue héler d'une voix aiguë le marchand de thé, un autre essuya un billot de bois pour que l'honorable étranger puisse s'asseoir... Dehors, quelques enfants s'attroupaient discrètement devant ce spectacle inouï; un étranger en visite dans l'atelier du vieil Okada.

Yamato avait commencé un long récit, ponctué par le menuisier de signes de tête attristés... Le thé arriva... Tout le monde but, au milieu de nouvelles courbettes. Puis le père d'Hiroko prit à son tour la parole : Yamato traduisant au fur et à mesure, dans son anglais approximatif.

— Il n'a pas vu sa fille depuis près de deux ans... C'est une telle perte de face qu'il n'ose plus prononcer son nom. Il vous supplie de ne pas parler de lui. Il ne sait rien pour nous aider. La police est déjà venue bien souvent. Il ne comprend pas. Il avait économisé pour acheter à Hiroko un appartement de huit nattes, dans une maison voisine, pour qu'elle puisse se marier... A un moment, elle voyait souvent un jeune homme à lunettes qui venait la chercher...

Malko dressa l'oreille. Mais le menuisier ne put en dire plus. Pas de nom, pas de précisions. Il l'avait déjà dit à la police, d'ailleurs... Le malheureux frottait ses deux mains l'une contre l'autre, l'air désespéré. Malko comprit qu'il n'y avait rien à en tirer et se leva.

Ils commencèrent à battre en retraite. Le menuisier s'adressa alors à Malko d'une voix pressante. Yamato traduisit.

— Il vous demande respectueusement de tuer sa fille si vous la retrouvez. Sa honte sera moins grande et il vous souhaite Mille Années de Bonheur.

*
* *

— Mais vous n'allez pas à l'*Imperial?*

La Nissan venait de tourner avant l'hôtel dans Harumi Dori et s'enfonçait dans Ginza vers le port. Yamato frotta ses mains grassouillettes et mortelles l'une contre l'autre.

— Nous allons voir un ami de Kawashi-san. Il peut nous aider. Il sait qui vend et achète des armes à Tokyo.

Le cœur de Malko battit plus vite. C'était plus sérieux que le vieux menuisier... Comme ils stoppaient à un feu rouge, Yamato lui montra une minuscule boutique au milieu d'un terrain vague, juste en face d'un théâtre de kabuki.

— Vous voyez, c'est la plus vieille boutique d'accessoires de kabuki de Tokyo. Un promoteur veut construire un immeuble ici, mais ne peut pas à cause du propriétaire. Il refuse de vendre, même à un prix très élevé. Parce que son grand-père et son père étaient déjà à cet emplacement... Il a dit qu'il partirait quand le théâtre partirait. Le promoteur a essayé d'acheter le théâtre, mais c'est impossible.

— Il ne peut pas le faire expulser? demanda Malko.

Yamato eut un rire poli et choqué.

— Cela ne se fait pas...

Etrange pays. Le métro ressemblait à une foire d'empoigne, mais on se séparait avec deux cents courbettes...

Yamato franchit un petit canal qui ressemblait à un *khlong* thaïlandais et stoppa en face d'une enfilade de bâtiments de ciment.

— Voilà le marché aux poissons.

Ils descendirent de la Nissan, faillirent buter sur des centaines d'énormes thons gisant sur le sol de ciment, numérotés et étiquetés. Des manutentionnaires, un foulard blanc noué autour de la tête, couraient partout, chargés de poissons. Ils entrèrent dans une petite galerie bordée de restaurants minuscules. Celui où ils pénétrèrent comportait seulement un comptoir derrière lequel officiaient des serveurs, des tabourets et une banquette pour ceux qui attendaient. Deux tabourets étaient libres. Ils les prirent.

— Vous avez faim, Malko-san? interrogea Yamato.

— Un peu, dit Malko.

Le Japonais sourit.

— Attention... Ici, tout est cru.

Malko ravala son appétit. La C.I.A. exigeait vraiment bien des sacrifices. Déjà un des garçons déposait devant eux des morceaux de thon enroulés dans un bout d'algue. Les hors-d'œuvre... Yamato les avala goulument. Déjà, on apportait à Malko des oursins sur canapé de riz. Ce dernier cuit, par chance!

De l'autre côté du comptoir, il y avait des dizaines

de petits casiers avec des variétés différentes de poissons et de crustacés. Les « cuisiniers » les roulaient avec du riz, les découpaient avec une habileté et une vitesse incroyable. Chacun choisissait ce dont il avait envie. Tout était servi avec du riz. Malko dut s'y faire. Les oursins étaient délicieux, mais les algues passaient vraiment mal... Malko cala devant un bout de pieuvre avec ses ventouses, avala stoïquement quelques cubes de merlan cru et termina sur des filets d'anguille, tandis que Yamato continuait à gober des huîtres à la sauce rouge, servies sans coquille. Après ça, même la bière avait un goût de poisson.

Malko luttait contre une nausée sournoise lorsqu'un personnage extraordinaire poussa la porte du restaurant. Un Falstaff nippon. Une véritable barrique, poussant devant lui une panse distendue, si énorme que sa tête en paraissait microscopique. Ses yeux disparaissaient derrière des bourrelets de graisse et une énorme moustache à la Gengis Khan n'arrivait pas à lui donner l'air farouche... A grand-peine, il s'installa à cheval sur deux tabourets, à côté de Yamato, s'empara de baguettes et commença un véritable tapis roulant entre sa bouche et les petits plats de bois qu'on posait devant lui.

Entrecoupant sa déglutition de borborygmes à l'intention de Yamato, sans un regard pour Malko. Au moment où ce dernier s'était enfin décidé à vomir sur les genoux du monstre, Yamato glissa de son tabouret et lui fit signe de le suivre. Dès qu'ils furent dehors, Malko demanda :

— Il y a longtemps qu'il s'est échappé du zoo?

Yamato rit poliment. Habitué aux facéties des Américains qui n'avaient jamais vraiment fait la différence entre un Asiatique et un singe.

— C'est le plus grand trafiquant d'armes de Tokyo, dit-il. Pendant la guerre, il s'est caché dans la jungle de Birmanie et n'a mangé que des racines et des feuilles pendant trois mois. Maintenant, il ne peut plus s'arrêter. Il va mourir.

— Alors, il savait quelque chose?

— Oui, dit Yamato. Il connaît les gens qui donnent les armes au Sekigun.

Malko respira avec une volupté double l'air marin, après l'atmosphère du restaurant. Enfin!

— Qui?

Yamato monta dans le Nissan avant de répondre :

— Un Arabe.

— Un Arabe?

Malko crut avoir mal entendu. Mais Yamato précisa.

— Un fonctionnaire de l'ambassade d'Arabie saoudite. Il a une voiture allemande blanche. C'est lui qui fournit des armes à Hiroko depuis trois mois.

C'était tellement bizarre que Malko demanda :

— Pourquoi l'homme que nous avons vu le dénonce-t-il?

Yamato hocha la tête tandis que la Nissan reprenait le chemin de Ginza.

— Il n'est pas content, Malko-san. Lui leur vendait des armes. Très cher. L'Arabe les leur donne.

— Arrêtez! dit Malko.

Yamato transmit l'ordre au chauffeur. Dès que la Nissan fut au bord du trottoir, Malko bondit vers un des innombrables petits taxiphones rouges qui semaient Tokyo et composa le numéro d'Al Borzoï, après avoir glissé une pièce de dix *yens*. Dès qu'il eut l'Américain, il lui fit part de sa découverte. Le chef de poste de la C.I.A. n'hésita pas :

— C'est Mahmoud Fouad, le chef des services spéciaux saoudiens. Il a une BMW blanche. Bizarre. Son gouvernement n'est pourtant pas de ce côté-là. Et pourtant, ça colle comme signalement.

— Il faut le filer, dit Malko.

Al Borzoï fit claquer sa langue, ce qui fit un bruit horrible dans l'écouteur.

— Ne quittez pas, un instant, dit-il, j'appelle sur une autre ligne.

Malko demeura muet, perdu dans ses pensées, regardant machinalement la foule qui s'écoulait autour de lui. Jusqu'à ce que la voix endormie de Borzoï lui dise :

— J'ai appelé les Saoudiens. Soi-disant pour inviter Fouad à un raout officiel. On se connaît... Il est en conférence et s'en va ensuite à quatre heures...

— Merci, dit Malko. Où est l'ambassade?

— Dans Minato-ku, au sud, à côté de celle des Chinois.

*
* *

— C'est lui! exulta Malko.

Une BMW blanche venait de franchir la grille de l'ambassade des Saoudiens et filait devant eux, dans la rue étroite en pente raide. Yamato, qui avait pris le volant de la Nissan, démarra aussitôt. Cela faisait deux heures qu'ils tournaient autour de l'ambassade dans un lacis de petites voies tarabiscotées, pleines de charme. En face, flottait le drapeau rouge des Chinois.

La nuit tombait déjà, ce qui facilitait la chasse. La BMW tourna à droite dans une large avenue qu'elle suivit pendant un kilomètre, puis se mit dans la file de gauche pour rattraper l'Expressway n° 4, vers l'est. Il y avait seulement le conducteur à bord.

La voiture avait bien des plaques diplomatiques. Malko se demandait où cette filature allait les conduire... Peut-être tout simplement chez le diplomate-barbouze saoudien... Il ne semblait pas du tout se rendre compte de la filature. Mais, sur l'Expressway,

Yamato faillit le perdre, tant la circulation était intense. Tendu, ses grosses lèvres en avant, Yamato n'avait plus du tout l'air inoffensif... Il se dérida quelques instants pour dire :

— Aujourd'hui, c'est le dernier jour du mois, Malko-san, la moitié de Tokyo est en train de courir après l'autre pour récupérer de l'argent...

Un quart d'heure plus tard, la BMW plongea dans une rampe de sortie, suivie par la Nissan, rejoignit Yasukuni, la grande avenue de Shinjuku. Trois cents mètres plus loin, le Saoudien gara la BMW dans un endroit interdit, descendit et s'enfonça dans une petite rue transversale. Yamato s'arrêta derrière et ils descendirent à leur tour. Cette fois, la nuit était tombée, ruisselante de néons. Shinjuku ressemblait à Ginza ou à Roppongi, avec cent bars au mètre carré.

Le Saoudien marchait devant eux dans une étroite rue sans trottoir, les mains dans les poches de son manteau. Ils passèrent un étrange château fort déguisé en bar, et, cent mètres plus loin, le Saoudien s'engouffra dans un immeuble. Ils attendirent quelques minutes, le nez sur un étalage de kimonos, puis rejoignirent l'endroit où il avait disparu. Un escalier vertigineusement raide plongeait vers le sous-sol, et un néon annonçait *Black Cat, american bar*. Yamato et Malko se regardèrent.

— Il faut savoir qui il va retrouver, dit Malko.

Yamato n'était pas chaud.

— Il risque de nous repérer.

— Attendons cinq minutes, proposa Malko, puis allons-y. S'il rencontre quelqu'un, il faut savoir qui.

Yamato paraissait mal à l'aise.

— Je connais cet endroit, avoua-t-il. C'est un lieu de rendez-vous connu des étudiants de gauche.

Malko bouillait. Sûr de tenir enfin une piste. Ils marchèrent d'un bout à l'autre de la rue, sans perdre de vue l'entrée du *Black Cat*, comptant les secondes. Enfin, Malko s'engagea dans l'escalier. Il avait l'impression de descendre une échelle d'incendie!

Le *Black Cat* ressemblait à un abri antiaérien. Même pour les normes japonaises, il était minuscule, avec un plafond si bas qu'on pouvait tout juste se tenir debout. A gauche, un bar tenait toute la longueur du local, surmonté d'une énorme conduite d'aération, avec des tabourets lilliputiens. A droite, des compartiments, type chemin de fer, avec des banquettes face à face. Tout le bar était tapissé de vieux « 78 tours » et un électrophone tonitruait du jazz à faire vibrer des briques. Les deux hommes s'installèrent au bar, à côté de l'éternel téléphone rouge. Dans un box, un étudiant dormait la tête dans ses bras. Un couple d'amoureux s'enlaçaient dans un autre et, au fond, ils virent le Saoudien assis en face d'une fille laide comme un pou, boutonneuse et blafarde, avec une frange et de grosses lunettes. Ils discutaient avec animation mais, étant donné le vacarme, on ne pouvait rien saisir de leurs paroles...

Malko et Yamato s'appliquèrent à ne pas regarder. Le barman aux cheveux longs leur apporta deux dés à coudre de *J & B*. Malko se mit à penser à Furuki. Que lui était-il arrivé? Ses craintes étaient-elles fondées? Assourdi de musique, il entendit à peine le téléphone sonner. Le barman décrocha puis hurla quelque chose.

Aussitôt, la fille au visage blafard assise en face du Saoudien vint prendre l'appareil. Yamato se laissa glisser un peu sur le bar... La fille parlait la bouche tout contre l'écouteur. Pas longtemps, puis elle raccrocha, revint à sa place.

Presque aussitôt, sans un mot, Yamato posa deux

billets de mille *yens* sur le comptoir et entraîna Malko. Ce ne fut qu'en haut de l'escalier qu'il lui annonça triomphalement :

— Ils ont rendez-vous! Avec une femme! Ils parlaient l'argot gauchiste, mais je le comprends. Ils ont parlé de livrer quelque chose...

Malko avait envie d'embrasser le petit Japonais lippu. Il était en train de griller le Kohan sur son propre terrain.

— Nous allons les suivre, dit-il.

Ils n'avaient pas d'armes mais, sur un simple coup de téléphone, Borzoï rappliquerait avec toute la police japonaise. Il pensa à la tête de Tom Otaku. Il y avait de bons moments en perspective. A trente mètres du *Black Cat,* ils surveillaient la sortie. Le Saoudien et la fille blafarde apparurent cinq minutes plus tard et s'éloignèrent vers la voiture du diplomate.

Malko et Yamato débouchèrent dans la grande avenue trente secondes derrière eux. Ils étaient en train de monter dans la BMW.

Tout à coup, Malko poussa un rugissement.

— La voiture!

La Nissan avait disparu. Fébrilement, il balaya l'avenue du regard, croyant à une erreur. Yamato traversait déjà en courant. Malko le rejoignit. Il y avait des signes cabalistiques à la craie sur la chaussée, là où ils avaient garé la Nissan.

— La police, bredouilla Yamato. Ils ont enlevé la voiture, parce qu'on était mal garés.

La BMW déboîtait. Malko agita frénétiquement le bras pour arrêter un taxi. Son geste attira le regard du Saoudien. Il le vit se retourner, puis la fille. Le taxi pila, et les deux hommes se ruèrent dedans. Malade de rage, Yamato parlait comme une mitraillette, brandissant des billets de dix mille *yens.* Le chauffeur en gants blancs sembla enfin comprendre et accéléra. La BMW était déjà cent mètres devant...

De nouveau ce fut l'Expressway n° 4. Le taxi suivait tant bien que mal, en dépit des exhortations furieuses de Yamato. La BMW roulait à une vingtaine de mètres, pas très vite. Malko commençait à se détendre un peu quand il vit la voiture blanche obliquer brutalement vers la gauche et plonger dans une rampe de sortie. Yamato hurla :

— *Abounaï* [1]!

Le chauffeur essaya bien de se rabattre, mais un concert de klaxons l'intimida. Malko aperçut fugitivement la fille blafarde qui les dévisageait avec insistance, puis la BMW disparut en contrebas. Yamato agonisait le chauffeur d'injures. Ils repartirent à tombeau ouvert. La rampe suivante se trouvait à plus d'un kilomètre. Ils se retrouvèrent dans un quartier industriel désert, tournèrent en rond plus de vingt minutes, remachant leur rage, sans rien voir. Le chauffeur terrorisé n'osait plus se retourner.

— Ils m'ont repéré quand j'ai appelé le taxi, dit Malko.

Yamato frotta ses mains grassouillettes l'une contre l'autre.

— Kawashi-san va être très déçu...

Et Malko donc! Il bouillait de rage en pensant que les occupants de la BMW étaient peut-être en train de retrouver Hiroko. Mais il n'y avait rien à faire. Qu'à prier pour avoir moins de malchance la fois suivante.

— Rentrons, dit Malko, dégoûté.

*
* *

Hiroko s'appliqua à ne pas lever la tête lorsque

[1] Attention!

Malko traversa le hall pour donner sa clef. Grâce au traitement intensif qu'elle suivait, l'enflure de ses yeux diminuait, ce qui la rendait beaucoup moins reconnaissable. En plus, elle portait des lunettes fumées. Assise devant un thé, comme beaucoup de gens attendant un client ou un ami, dans l'énorme cafétéria en contrebas du hall, elle n'attirait pas l'attention. La haine le disputait à l'excitation de venir défier son adversaire sur son terrain. Elle que toute la police recherchait! Elle était venue avec la même Datsun qui avait déjà servi à leur fuite, après l'échange des otages. Garée dans la petite rue le long de l'*Imperial*. Dans la poche de son imperméable, elle avait son Beretta, et trois chargeurs. Dans l'autre, deux grenades défensives.

Elle brûlait de haine. Sa complice chargée des liaisons avec les Saoudiens l'avait mise au courant de la filature. Le signalement d'un des deux correspondait à celui qui avait mené l'échange. Puisque Yokohi n'avait pas réussi à l'éiiminer, elle s'en chargerait elle-même... Grisée par sa puissance, elle observa le hall.

Attendant l'occasion favorable, il fallait qu'elle donne l'exemple. Sinon, sa bande se disloquerait. Or, elle voulait continuer. Avant de quitter la maison, elle avait encore torturé horriblement Furuki avec de fines lames de bambou qu'elle avait enfoncées sous ses ongles, dans le méat de son sexe, dans son anus. Après les avoir enduites de piment. Il était toujours attaché au pilier. Nourri de riz et de poisson. Depuis bientôt quatre jours, pataugeant dans ses excréments. Il ne paierait jamais assez cher ses trahisons.

L'homme blond se dirigea vers la sortie. D'un geste naturel, Hiroko se leva, laissa deux cents *yens* sur la table et lui emboîta le pas, les mains dans les poches de son imperméable. La mort en marche.

CHAPITRE VIII

M. Yamato, le cheveu de nouveau impeccable, l'œil vif derrière les lunettes cerclées de fer, plongea dans une courbette au ras du sol. La Nissan noire était de nouveau là, arrachée aux griffes de la police par la puissante organisation de M. Kawashi. Un peu tard... Malko écouta d'une oreille distraite les excuses fleuries de Yamato qui avait dû se faire traîner dans la boue par le président du syndicat des racketteurs.

— Kawashi-san souhaite vivement que vous veniez le retrouver, annonça Yamato. Il est profondément affecté par la malchance qui nous a frappés...

Malko s'installa dans la Nissan où se tenait déjà un gigantesque Japonais au crâne rasé, bâti comme un lutteur, avec un visage plat aux traits durs, enveloppé dans un kimono noir. Il salua Malko d'une profonde inclinaison de tête. Celui-ci remarqua qu'il lui manquait les premières phalanges de l'index et du médius gauche. La voiture fila aussitôt vers le sud. Malko se demandait où ils allaient. Après leur échec de l'après-midi, il pensait que Kawashi allait mettre un certain temps avant d'avoir de nouveaux tuyaux.

Les télex angoissés de la C.I.A. s'entassaient chez Al Borzoï. Il fallait coûte que coûte retrouver Furuki. Savoir ce que le Sekigun préparait contre les U.S.A. Tom Otaku n'osait même plus téléphoner au chef de station de la C.I.A. Même les journaux parlaient moins de Hiroko. Un navire atomique frappé d'une avarie tournait en rond autour des ports japonais et cela mobilisait l'actualité. Malko rageait; quand retrouverait-il une piste comme celle du Saoudien?

De nouveau, il pleuvait à verse.

*
* *

Hiroko frissonna sous son imperméable, courant vers sa voiture garée dans la petite rue qui longeait l'*Imperial*.

Au dernier moment, elle avait renoncé à attaquer Malko. Les deux hommes qui se trouvaient avec lui l'inquiétaient, surtout le plus grand. Cela sentait le Milieu. Or, Hiroko devait se garder pour sa mission.

D'ailleurs, pour avoir remonté aussi vite ses sources d'armes, il fallait qu'il ait trouvé des aides hors des services officiels. C'est ce qui lui faisait peur.

Brûlante de haine, elle s'engouffra dans sa petite Toyota beige. Dès qu'elle fut au volant, elle ôta ses lunettes et posa son Beretta sur le plancher, laissant les grenades dans les poches de l'imperméable. Il fallait tuer son adversaire avant la nuit. Sinon, elle perdait la face.

La Nissan, devant elle, ne roulait pas vite. Ils s'éloignaient du centre, vers l'aéroport, traversaient un quartier de plus en plus industriel.

*
* *

La Nissan, après avoir tourné dans les rues sombres et étroites, stoppa devant une petite maison devant laquelle brillait une superbe lanterne en papier et une enseigne en anglais : *Utamaro*. Il n'y avait pas de trottoir, comme d'habitude. Une file de grosses voitures stationnait en face. Yamato et le géant en kimono noir précédèrent Malko dans un petit hall.

Aussitôt, les trois hommes furent entourés d'une nuée de jeunes Japonaises au maquillage outrancier, toutes vêtues du même kimono blanc s'arrêtant à mi-cuisses. Au milieu d'une profusion de courbettes, plusieurs ôtèrent le manteau de Malko, délacèrent ses chaussures, les remplaçant par des pantoufles et le poussèrent dans un escalier étroit au milieu de gazouillements joyeux. Yamato avait subi le même traitement. Il sourit à Malko.

— Kawashi-san dit toujours qu'un mauvais coup des dieux mérite une compensation, Malko-san. *Utamaro* est le meilleur *Turoko Bath*. Il appartient d'ailleurs à Kawashi-san.

Le premier étage était un bar douillet, avec télévision et musique japonaise. A peine Malko était-il assis qu'une ravissante aux yeux en amande vint s'agenouiller devant lui, les yeux baissés, offrant un plateau de thé.

Yamato, qui s'était éclipsé, revint, suivi de deux filles. L'une épanouie, avec un petit nez retroussé, une bouche charnue et rieuse, de longs cheveux noirs tombant sur les épaules et des cuisses fuselées découvertes par le kimono, l'autre, une fillette frêle, enveloppée, elle, dans un vrai kimono, chaussée de chaussettes blanches, avec une bouche trop grande pour ses traits fins, qui lui donnait l'air perverse.

Les deux filles s'agenouillèrent devant Malko.

— Malko-san, dit Yamato, Mademoiselle Paix Jaillissante serait heureuse de vous détendre après vos ennuis d'aujourd'hui. Kawashi-san lui a fait l'honneur de la désigner lui-même...

Refuser eût été de la dernière goujaterie.

— Et l'autre? demanda Malko.

— C'est Mademoiselle Riz Précoce, expliqua le Japonais. Elle serait très heureuse si vous vouliez bien lui permettre de rester avec sa sœur.

C'eût été criminel de séparer une famille aussi unie. Malko n'eut pas le mauvais goût de s'enquérir de l'âge de Mademoiselle Riz Précoce. Pas plus de treize ans, en tout cas. Yamato transmit son acceptation. Les deux *geishas* eurent des petits rires gênés, à la japonaise, le visage caché dans leurs mains, puis, on passa aux choses sérieuses... Mademoiselle Paix Jaillissante l'entraîna le long d'un couloir étroit bordé de « salons » de massage. Quelques portes ouvertes, et Malko put apercevoir des saunas, des plantes vertes et des lits de repos. Toutes les cloisons étaient en papier huilé, ce qui nuisait fâcheusement à l'intimité.

Il se retrouva dans une petite pièce qui tenait du jardin japonais et de la salle de gymnastique avec des plantes vertes, un tub en bois, un sauna et une couche. Mademoiselle Paix Jaillissante commença par s'incliner profondément devant lui, le regard faussement pudique, tandis que Mademoiselle Riz Précoce s'agenouillait sur ses talons, en face de lui.

Avec grâce, Mademoiselle Paix Jaillissante se débarrassa de son kimono, et apparut entièrement nue. Elle avait des seins fermes, en poire, écartés, un mont de Vénus entièrement épilé.

Jugeant que Malko l'avait assez admirée, Mademoiselle Paix Jaillissante entreprit de le déshabiller, ponctuant ses gestes de petits *sumimasen* [1] gazouillés.

Mademoiselle Riz Précoce les recueillait ensuite pieusement et les pliait sur une chaise.

Mademoiselle Paix Jaillissante fit enfin glisser le slip avec une lenteur calculée, s'arrêtant pour pousser quelques petites exclamations admiratives d'une politesse raffinée. Mademoiselle Riz Précoce avait relevé la tête et s'instruisait.

Malko se retrouva nu, debout sur le carrelage, et Mademoiselle Paix Jaillissante se mit en devoir de le récurer comme une vieille casserole, frottant chaque centimètre de sa peau avec un gant de crin, l'air absent, comme un bijoutier polissant une bague. Lorsque Malko n'eut plus un atome de saleté, elle le fit asseoir sur un tabouret et lui brossa les dents à lui arracher les gencives. Pendant ce temps, Mademoiselle Riz Précoce faisait couler l'eau chaude dans le tub.

Malko se sentait l'âme d'un bœuf de Kōbé avant l'abattoir... Mademoiselle Paix Jaillissante n'épargnait pas sa peine, explorant tous les orifices naturels avec une patience admirable. Lorsque sa caresse déclencha chez Malko une réaction virile, ses yeux se remplirent de joie. Du coup, Mademoiselle Riz Précoce faillit faire déborder le tub.

Savonné comme un nouveau-né, Malko fut entraîné par la main vers le tub. Au prix d'un effort de volonté fantastique, il parvint à ne pas rejaillir de l'eau brûlante immédiatement. C'était, à peu de chose près, la recette de la truite au bleu. Les genoux remontés sous le menton, à cause de la taille exiguë du baquet de bois, conçu pour des Japonais, Malko se laissa cuire stoïquement.

Ravies de son endurance, ses deux bourreaux déversaient allègrement des torrents d'eau chaude

[1] Excusez-moi.

sur lui, lavant la mousse. Lorsque Mademoiselle Paix Jaillissante le tira enfin du tub, Malko avait la couleur d'un Comanche...

Il disparut aussitôt sous les serviettes chaudes, et on le remit sur son tabouret. Très vite, les serviettes tombèrent. Jusqu'ici, ce n'était pas d'un érotisme fabuleux... Cela tenait plutôt de la préparation aux Jeux Olympiques. Cette fois, les deux sœurs s'y mirent ensemble. Mademoiselle Paix Jaillissante entreprit de jouer des castagnettes sur son dos, avec le tranchant de ses deux mains, le massant avec une brutalité inouïe.

Il allait hurler lorsqu'il éprouva une sensation délicieuse dans le bas ventre. Baissant les yeux, il aperçut Mademoiselle Riz Précoce, le visage concentré, en train de lui chatouiller le dessous des testicules avec une paille de riz et une délicatesse extrême. Curieusement, cette caresse légère provoqua chez lui un effet fulgurant. Il crut que Mademoiselle Riz Précoce allait battre des mains. Mais elle était trop consciencieuse pour s'interrompre. Elle ne reposa sa paille de riz que lorsque Mademoiselle Paix Jaillissante prit Malko par la main et l'entraîna vers le lit recouvert d'un drap blanc. Cela avait un côté morgue mais Malko n'en était plus à un détail bizarre près. On le força à s'allonger sur le dos. Il sentit une odeur agréable de citron. Mademoiselle Paix Jaillissante était en train de s'enduire les mains d'une crème jaunâtre.

Puis elle commença à le masser. Mais d'une façon très différente. Avec une douceur incroyable. D'abord la poitrine et le ventre. Puis elle passa aux jambes et aux pieds, étirant chaque orteil avec un soin maniaque sous l'œil critique de Mademoiselle Riz Précoce. Puis, peu à peu, sa caresse remonta, se transformant en un massage beaucoup plus localisé et précis. En profitant même pour le violer de son index, avec une onction impitoyable. Cette sensation inhabituelle ne fit qu'augmenter l'effet du massage.

Grâce à la crème jaune, qui facilitait le glissement des deux peaux l'une contre l'autre, Malko avait l'impression d'une bête chaude montant et descendant le long de lui, et non d'une main humaine. Sérieuse comme une caissière, Mademoiselle Paix Jaillissante dosait ses effets. Dès qu'elle sentait Malko au bord de l'explosion, elle transformait son va-et-vient en caresse circulaire, rafraîchissante. A force pourtant de jouer avec le feu, elle réalisa à des contractions imperceptibles qu'elle avait atteint le point de non-retour. Les doigts de Mademoiselle Paix jaillissante se refermèrent autour de lui, si fort qu'il faillit crier, puis ils semblèrent se multiplier par dix, ses ongles griffèrent sa chair la plus délicate et il eut l'impression qu'un geyser jaillissait de son ventre. Tendu en arc de cercle, il s'entendit crier.

Pendant plusieurs secondes, le monde n'exista plus pour lui. Lorsqu'il reprit conscience de la réalité, il croisa le regard plein d'une satisfaction perverse de Mademoiselle Riz Précoce.

Dépassé, Malko murmura un des rares mots japonais qu'il sache :

— *Itchibang!* [1]

Flattée, Mademoiselle Paix Jaillissante se cassa en deux. Il comprenait maintenant le sens évident de son nom. Mademoiselle Riz Précoce y alla également de sa courbette : unies dans l'hommage comme dans la peine. Puis, fila vers le sauna. C'étaient des stakhanovistes de l'amour!

En voyant le parallélépipède de bois, avec un couvercle rabattant sur le dessus et un trou pour la

[1] Numéro 1.

tête, Malko se dit qu'il allait encore jouer au homard. Mais c'était apparemment la condition indispensable à d'autres voluptés. Les Japonais étaient des gens organisés. Tout semblait avoir été programmé sur ordinateur... Tandis que la vapeur chauffait, Mademoiselle Paix Jaillissante, à genoux sur la natte, entreprit de lui administrer une fellation extrêmement lente et profonde, comme si son gosier n'avait pas de fond. Mademoiselle Riz Précoce regardait cette performance, béate d'admiration : la fellation contrôlée! Hélas, le sauna était prêt. Les jambes flageolantes, Malko se laissa installer entre les parois de bois comme dans une baignoire. Les deux Japonaises rabattirent le couvercle, ne laissant dépasser que la tête. Avec un soin tatillon, Mademoiselle Riz Précoce bloqua le loquet, en bas de la paroi. Comme si Malko allait essayer de s'échapper.

Instantanément, Malko sentit la sueur dégouliner sur sa peau. Mademoiselle Paix Jaillissante sourit.

— O.K.?

Son anglais s'arrêtait là. Malko l'assura qu'il n'était pas encore cuit. Il se demandait quelle serait la prochaine volupté, offerte par le bon M. Kawashi. Au titre de la coopération C.I.A.-Racketteurs.

*
* *

Hiroko tournait depuis une demi-heure autour de *Utamaro*, cherchant une idée. Impossible d'entrer en force. Trois hommes de Kawashi, dont le géant en kimono noir, surveillaient l'entrée. Ils n'étaient peut-être pas armés, mais sûrement experts au couteau et en karaté.

Il n'y avait presque pas de piétons dans les rues, le quartier ne comptant guère que des entrepôts. De temps en temps, une « masseuse » de l'*Utamaro* courait en kimono jusqu'au coin de la rue boire une bière dans un bar minuscule. C'était la seule animation.

Hiroko cracha dans l'obscurité. Révoltée. Elle mourait d'envie de jeter ses grenades dans le petit hall, pour faire griller ces putains et ces porcs.

Finalement, elle rentra précipitamment dans l'ombre. Trois hommes sortaient et montaient dans une Mercedes. Il fallait qu'elle agisse vite. Si son hyperthyroïdie ne l'avait pas protégée du froid, elle aurait été frigorifiée. La crosse du Beretta, au fond de sa poche, pesait agréablement. Comme le poids des deux grenades dans l'autre poche. Elle s'éloigna dans l'obscurité, cherchant à résoudre son problème. Il y avait sûrement une solution. Distraite, elle se heurta à une fille qui courait, enveloppée frileusement dans un kimono.

Une des masseuses de l'*Utamaro*. Elle s'excusa de plusieurs courbettes. Hiroko, figée, ne répondit pas à ses politesses. Elle venait d'avoir son idée.

*
* *

Malko se sentait une âme de langouste. La vapeur montant des interstices du bois lui humectait le visage. Il en avait assez. Les Japonais avaient vraiment une curieuse idée de la sexualité.

— Stop! proposa-t-il.

Gentiment, Mademoiselle Paix Jaillissante secoua négativement la tête. Le cérémonial était immuable. Pas de sauna, pas d'amour. Même pour les amis de Kawashi-san...

Dans un coin, Mademoiselle Riz Précoce, toujours à genoux, le regardait cuire. Attendant la suite avec une expression gourmande. Quelque part dans le *Turoko Bath*, le tout-puissant Kawashi devait cuire aussi dans son jus. A moins que son rang ne le dispense de ce genre de simagrées... Mais les Japonais étaient traditionalistes.

La veille, un commerçant de Ginza ruiné par la récession avait préféré se faire hara-kiri que d'affronter la honte du tribunal commercial...

La porte coulissa silencieusement derrière Malko sur quelqu'un qu'il ne pouvait voir.

Mademoiselle Paix Jaillissante leva la tête et jeta quelques mots incompréhensibles d'une voix furieuse. Malko tourna la tête et vit le kimono blanc, une autre « masseuse ». Puis la nouvelle venue s'avança, et il put voir ses traits.

Pendant quelques secondes, il douta. A cause des yeux dégonflés et de la situation. Ce fut l'expression de son visage, méprisante et haineuse, qui lui ôta ses derniers doutes.

Hiroko le contemplait, les mains dans les poches de son mini-kimono.

Interdite, Mademoiselle Paix Jaillissante interpella l'intruse d'une voix furieuse.

Sans un mot, Hiroko sortit son poing droit de sa poche et l'écrasa en plein visage de Mademoiselle Paix Jaillissante. Alourdi d'une grenade. Avec une force incroyable pour une femme. La masseuse dérapa sur le carrelage humide, tomba en arrière comme une masse, sa nuque portant sur le sol. Mademoiselle Riz Précoce se dressa, hurlant comme une sirène, et se jeta sur le corps inanimé. Hiroko s'était déjà retournée vers Malko.

Il photographia le rictus, la grenade dans la main, de toutes ses forces essaya de sortir de sa prison de bois, n'arrivant pas à décoincer le loquet verrouillant le couvercle.

Alors, il hurla :

— Yamato!

Tranquillement, Hiroko dégoupilla la grenade et la glissa par l'ouverture du sauna. Malko sentit la masse ronde rouler le long de son ventre et s'arrêter sous lui. Déchaîné, il secouait les parois de sa prison de bois. Il lui semblait entendre le chuintement du détonateur à retard de la grenade... Abruti par la chaleur, terrifié, il ne se rendit même pas compte qu'Hiroko avait disparu.

Au même moment, une des parois de papier et bois vola en éclats sous le poids de M. Yamato, nu comme un ver, en pleine érection! Il atterrit à quatre pattes sur le dallage, à côté de Mademoiselle Riz Précoce en pleine crise d'hystérie.

— *She dropped a grenade inside* [1], hurla Malko.

Yamato se rua sur le sauna dans une gerbe de moulinets féroces. Il frappa violemment le couvercle du tranchant de la main. Le bois vola en éclats comme sous la pression d'une explosion. L'eau gicla de tous les côtés. La grenade roula sur le carrelage, n'y resta pas plus d'un dixième de seconde. Avec un cri rauque, Yamato l'expédia dans le couloir d'un shoot précis, et se jeta sur Malko en train de s'extirper des débris de planches.

L'explosion secoua *Utamaro* jusqu'aux fondations. Ce qui restait de la cloison se désintégra sous le souffle. Mademoiselle Riz Précoce hurla encore plus fort. Des éclats mortels filèrent à travers les cloisons. Malko et Yamato se relevèrent ensemble et foncèrent le long du couloir dévasté.

Des hurlements de douleur commençaient à jaillir de partout. Une masseuse, au milieu du couloir, contemplait son moignon de bras avec une expression ahurie. Un homme, agenouillé dans une chambre, encore nu, essayait de retenir un jet de sang qui jaillissait, à l'horizontale, de sa carotide éclatée. Un autre client, le visage couvert de sang, gisait sur le dos, dans le couloir.

[1] Elle a jeté une grenade à l'intérieur.

La grenade avait explosé à dix mètres de la pièce où se trouvait Malko.

Le hall était un tohu-bohu incroyable. Les gardes de corps couraient dans tous les sens, rassuraient les filles en pleine hystérie. Un des hommes de Kawashi agonisait, dans un réduit près de l'escalier. Hiroko lui avait tiré trois balles dans le ventre au passage. Il avait été mourir honorablement dans le coin du personnel.

On amena de la rue une fille décoiffée, nue, le visage en sang, tremblante, hagarde. Soutenue par deux autres masseuses qui l'avaient trouvée gisante dans la ruelle derrière *Utamaro*. Celle qui avait été assommée par Hiroko. Ensuite, la terroriste avait enfilé son kimono et les gardes de corps, accoutumés au va-et-vient, l'avaient prise pour une des masseuses.

Hiroko n'avait plus eu qu'à ouvrir les portes les unes après les autres, en s'excusant avec une politesse exquise. Jusqu'à ce qu'elle ait trouvé Malko.

Ce dernier réalisa tout à coup qu'il grelottait et qu'il était entièrement nu. Il n'était pas le seul d'ailleurs. Un Japonais au crâne en forme de cacahouète s'enfuit littéralement, ses affaires sur le bras et monta dans sa voiture... Le désordre était à son comble. Une masseuse, en larmes et confuse, enveloppa Malko dans un kimono. Deux Toyota blanches de la police stoppèrent devant *Utamaro*, crachant une meute de policiers.

Le silence se fit d'un coup.

Enveloppé dans un kimono bleu ciel, M. Kawashi apparut en haut de l'escalier étroit guidé par le géant en kimono noir car il n'avait pas eu le temps de recoller ses sparadraps.

Visiblement ivre de rage. Malko se dit que c'était la fin de son roman d'amour avec le racketteur... Puis Yamato vint vers lui et l'entraîna.

— Kawashi-san vous demande de l'attendre chez lui, Malko-san, dit-il. Le temps qu'il parle à la police.

*
* *

Malko avait l'impression qu'un bulldozer se promenait sur sa nuque. Il s'efforça d'admirer le « Giacometti » voisinant avec une tapisserie birmane de toute beauté et un bouddha volé dans un temple de Pékin. Se demandant ce qui allait se passer.

Hiroko avait agi avec une audace stupéfiante... Ici, dans cet appartement somptueux, tout cela semblait irréel... Yamato entra, l'air soucieux, et dit d'une voix sifflante de colère :

— Il y a eu quatre morts, dont Mademoiselle Paix Jaillissante et deux clients, ce qui est extrêmement fâcheux. Six filles sont blessées, dont une qu'il faudra amputer. La maison est très abîmée. Kawashi-san va être obligé de dédommager les familles.

Malko en avait honte.

— Dites à M. Kawashi que je le prie d'accepter toutes mes excuses, dit-il. Jamais je n'aurais pensé que cette fille puisse s'attaquer à moi chez lui. Notre organisation paiera pour les dégâts. Et je le tiendrai désormais à l'écart de mes problèmes.

Yamato eut un haut-le-corps.

— Kawashi-san ne peut tolérer qu'on s'attaque à ses biens et à sa personne. Il me charge de vous dire que, désormais, il va consacrer tous ses moyens à l'élimination de votre ennemi commun.

Malko crut avoir mal entendu. Mais Yamato insista.

— C'est une perte de face terrible, Malko-san. Kawashi-san doit remporter une revanche éclatante. Il va mettre en jeu toute sa puissance.

Malko se dit tout à coup qu'Hiroko avait peut-être commis une erreur de trop.

CHAPITRE IX

On n'entendait plus dans l'appartement que le bruissement de la cascade du jardin d'hiver. Malko et Yamato respectaient le silence de M. Kawashi qui venait de rentrer. Plus raide que jamais avec sa chemise empesée. Il avait collé ses sparadraps directement sur ses sourcils, et ses yeux étaient grands ouverts. Pleins de rage. Les explications avec les honorables policiers avaient dû être difficiles... Malko se souvint tout à coup de quelque chose. Rompant le silence, il dit à Yamato :

— J'ai remarqué que Hiroko avait les yeux beaucoup moins gonflés que la première fois où je l'ai vue. Elle doit suivre un traitement. La maladie qu'elle a est assez rare. Il faudrait savoir comment se soigne l'hyperthyroïdie et retrouver la pharmacie qui lui vend les médicaments...

M. Kawashi ponctuait la traduction de Yamato de « Ah so! » admiratifs. Jusqu'au moment où Malko parla de s'adresser à la police. Le président du syndicat des racketteurs lâcha une phrase brève, prit la rose de son bureau et commença à la broyer entre ses doigts noueux... Yamato tourna sa grosse lippe vers Malko. Ennuyé.

— Kawashi-san ne veut rien devoir à la police. C'est maintenant une affaire entre lui et cette honorable abominable terroriste.

Il avait traduit mot à mot du japonais. Malko ne voulut pas le brusquer. Se promettant de poser quand même la question à Borzoï ou à Tom Otaku. Pour changer de conversation, il demanda :

— M. Kawashi a-t-il une idée?

Echange rapide, puis Yamato expliqua :

— Kawashi-san n'en a pas pour l'instant mais, dès ce soir, tous ceux qui lui doivent quelque chose à Tokyo se mettront à la recherche de cette personne. Il va maintenant se reposer.

Malko se leva. Lui aussi en avait besoin. M. Yamato sortit avec lui après les courbettes d'usage. N'en revenant pas de l'insigne honneur que le vieux racketteur avait fait à Malko en l'emmenant dans sa propre demeure. La pluie redoublait. Tandis que la Nissan le ramenait à l'*Imperial*, Malko se demanda où se terraient Hiroko et les siens, pour pouvoir ainsi défier la police. En arrivant à l'hôtel, il essaya d'appeler Al Borzoï. L'Américain n'était pas chez lui. A peine dans son lit, il tomba comme une masse. Les effets conjugués de Mademoiselle Paix Jaillissante et de la grenade d'Hiroko.

*
* *

— Nous ne quitterons pas Tokyo tant que notre tâche n'aura pas été accomplie! hurla Hiroko.

Subjugués, les six garçons et filles se turent. Assis sur leurs talons dans la plus grande pièce de la maison, ils faisaient face à Hiroko. Ko, le plus âgé, qui avait participé au coup de l'ambassade U.S., avait suggéré qu'il faudrait peut-être quitter le Japon, qu'ils jouaient avec le feu. Hiroko avait pris cela comme une insulte personnelle.

La radio lui avait appris l'échec de son expédition contre Malko, ce qui l'avait plongée dans un état voisin de l'hystérie. De plus, à cause de son traitement qui avait tendance à la rendre asthénique, elle se bourrait d'amphétamines, ce qui ne lui arrangeait pas le caractère. C'était une véritable boule de nerfs. Pourtant, elle sentait que ses fidèles commençaient à se laisser gagner par la peur, qu'il fallait maintenir une discipline de fer... Elle promena le regard de ses yeux encore proéminents sur les six visages et sursauta.

D'un bond, elle se rua sur Tieko, une des deux filles présentes. Assez jolie, avec des boucles d'oreilles fantaisie. Férocement, Hiroko les arracha l'une après l'autre, enlevant avec un morceau de lobe, et les jeta sur la natte.

— Tu n'as pas honte ! hurla-t-elle. Ces bijoux sont la preuve que tu manques de ferveur révolutionnaire, que tu ne consacres pas toutes tes pensées à Sekigun!

Tieko ravala ses larmes, terrorisée. Baissa la tête sans même essayer de discuter. Personne ne protesta. Hiroko apostropha Jinzo, le plus jeune :

— Bats-la! ordonna-t-elle. Jusqu'à ce que je te dise d'arrêter.

Jinzo se leva d'un bond, se jeta à coups de pied et à coups de poing sur Tieko.

Recroquevillée, celle-ci essayait de ne pas trop crier. Dehors, la loque humaine qui avait été Furuki rappelait qu'Hiroko avait encore le droit de vie et de mort sur les siens. En cachette, quand elle n'était pas là, ses anciens amis donnaient de l'alcool ou du poisson à Furuki, sinon il serait mort de froid et d'épuisement. Mais personne ne tenait à subir son sort. Jinzo frappait, la mâchoire serrée, comme si cela avait été son pire ennemi. Le bruit des coups était horrible. Tous pensaient la même chose. Allait-il la tuer?

— Arrête, dit tout à coup Hiroko.

Un silence terrifié suivit la punition infligée à Tieko. Hiroko dit lentement, en scrutant les visages fermés devant elle :

— Tieko aurait dû être punie plus sévèrement. Nous devons être vigilants.

Soulagés, les cinq approuvèrent bruyamment. Hiroko mit la main sur l'épaule de Jinzo.

— C'est bien, dit-elle. Mais tu as obéi bien facilement. Aurais-tu, toi aussi, trahi la révolution?

Jinzo essaya de ne pas trembler. Sa pomme d'Adam montait et descendait. Il parvint à dire :

— Mais non, Hiroko, je te le jure.

Le regard des gros yeux proéminents ne le lâchait pas.

— Je crois que tu ne me dis pas toute la vérité, dit-elle d'une voix glaciale. Que tu es un traître, toi aussi. Il va falloir que tu te confesses, sinon...

*
* *

— C'est ce qu'on appelle la maladie de Basedow, dit le médecin aux cheveux gris. Ou encore le goître exophtalmique. La thyroïde fonctionne trop. Le sujet a une accélération du rythme cardiaque, souffre d'amaigrissement, d'énervement. L'éclat de son regard est insoutenable, il a les mains moites et souffre également d'hyperthermie. Il n'a jamais froid...

Malko échangea un regard avec Al Borzoï, vautré dans sa position habituelle sur le bras de son fauteuil, tiraillant la lèvre supérieure.

— C'est exactement cela, confirma-t-il. Comment soigne-t-on cette maladie?

— Avec des antithyroïdiens, expliqua le médecin de l'ambassade. A base d'iode radio-actif qui produit des rayons gamma détruisant partiellement la thyroïde. On les prend par voie buccale, à raison de dix comprimés par jour. Cela agit en une semaine environ.

— Est-ce qu'on trouve ce médicament en pharmacie facilement? demanda Malko.

— Oui, je pense, fit le médecin. C'est un produit assez courant.

C'était gai. S'il fallait chercher toutes les pharmacies du Japon! Malko serra la main du médecin.

— Al, dit-il, vous communiquez ce renseignement à Tom Otaku. Je vais rejoindre Yamato. Il paraît qu'il a un renseignement.

*
* *

La fille était assise, les jambes croisées, dans un coin de la pièce. Impossible de savoir si elle avait quinze ou vingt-cinq ans. Elle avait des dents qui se chevauchaient, des cheveux courts, les yeux tellement bridés qu'on les voyait à peine, une silhouette fluette d'adolescente et des bas gris fumée détonnant étrangement dans cet aspect sage. A cause de ses jambes croisées haut, on voyait leurs attaches, sans qu'elle cherche à cacher ses cuisses.

— Elle connaît Hiroko, expliqua Yamato.

Le bureau était au huitième étage d'un immeuble de verre et d'acier, en plein centre de Tokyo. L'éternelle Nissan noire était venue chercher Malko. La fille inclina la tête timidement.

— J'ai bien connu Mlle Hiroko, dit-elle dans un anglais scolaire et maladroit. Nous étions en classe ensemble. Il y a longtemps que je ne l'ai pas revue.

— Mlle Shiganobu travaille comme hôtesse au *Mikado*, commenta Yamato. Elle avait dit à sa mama-san qu'elle connaissait l'autre personne... Le système de renseignements de M. Kawashi fonctionnait bien...

Mlle Shiganobu eut un petit rire gêné.

— Quand avez-vous vu Hiroko pour la dernière fois? demanda Malko.

— Il y a quatre ans, gazouilla Mlle Shiganobu.

Malko échangea un regard avec Yamato. Celui-ci fit signe à Shiganobu de s'en aller. Au moment où elle atteignait la porte, Malko eut soudain une inspiration, et la rappela :

— Miss, vous n'avez jamais connu un garçon qui sortait avec Hiroko? Avec des lunettes. Quand elle habitait encore chez son père...

Mlle Shiganobu réfléchit quelques secondes puis son visage plat s'éclaira :

— Si, si, Osami! Le pharmacien.

— C'était un surnom? demanda Malko, alerté.

Shiganobu secoua la tête.

— Non, non, il faisait sa pharmacie. Je me souviens, il était de Kyoto. Il venait souvent voir Hiroko, elle était très belle, à ce moment-là.

— Pourquoi ont-ils cessé de se voir?

La jeune femme se troubla, baissa la tête :

— Je... Je ne sais pas, Malko-san. Peut-être parce qu'Hiroko a commencé à être malade à ce moment-là... Cela lui a donné mauvais caractère.

Il eut l'impression qu'elle lui cachait quelque chose. Mais il poursuivait son idée. Sûr de tenir une piste encore meilleure que celle des armes.

— Vous pourriez le reconnaître, cet Osami?

— Oh oui!

Elle corrigea aussitôt son enthousiasme :

— Je pense, il avait des lunettes et l'accent *kansai* de Kyoto. Il disait toujours que, ses études terminées, il retournerait dans sa ville.

— Il a terminé maintenant?

Shiganobu compta sur ses doigts :

— Oh oui, depuis deux ans au moins.

— Et vous ne vous souvenez pas de son prénom?

Elle hésita :

— Je crois que c'était quelque chose comme Siroko ou Sikoyo...

Malko se décida immédiatement :

— Shiganobu, dit-il, il faut que vous alliez à Kyoto. Que vous fassiez le tour de toutes les pharmacies jusqu'à ce que vous retrouviez cet Osami. C'est très important.

La jeune fille rougit violemment, jeta un coup d'œil à Yamato. Celui-ci, pendant qu'elle bavardait avec Malko, la fixait d'un air gourmand, sa grosse lippe en avant. Il eut un sourire faussement paternel.

— Tu peux faire ce que te dit Malko-san, Shiganobu-san. Si tu réussis, Kawashi-san sera très satisfait.

Shiganobu se troubla encore plus en entendant le nom du tout-puissant racketteur.

— Mais mon travail? demanda-t-elle timidement.

— Ne crains rien, affirma Yamato, je m'en occupe. Je vais te donner de l'argent et tu vas partir pour Kyoto aujourd'hui même par le Tokkaïdo. Dès que tu auras retrouvé cet Osami, tu me téléphoneras.

Malko intervint.

— Shiganobu, dit-il, ce que je vous demande est dangereux. Si vous retrouvez Osami, ne parlez pas de moi. Faites comme si vous étiez à Kyoto par hasard.

La jeune fille hocha la tête affirmativement. Yamato était déjà en train de compter des billets. Il tendit une enveloppe à Shiganobu qui disparut en marchant à reculons, ponctuant chaque pas d'une courbette. Dès qu'elle fut sortie, Malko expliqua :

— C'est peut-être cet Osami qui fournit à Hiroko ses médicaments...

Yamato hocha la tête gravement, puis demanda :

— Où allez-vous maintenant, Malko-san?

— A l'*Imperial*.

— Je vais avec vous, dit le Japonais.

Il se leva et prit une boîte noire avec une poignée, comme une trousse de médecin. Intrigué, Malko demanda :

— Qu'est-ce que c'est?

Les grosses lèvres de Yamato s'ouvrirent en un sourire plein de fierté : il ouvrit la boîte. Malko aperçut, posé sur un coussin de soie, un parabellum P. 08 bien briqué, avec un chargeur de quatorze coups. Yamato avait déjà refermé le couvercle.

— C'est une arme dont je me sers parfois pour la protection personnelle de Kawashi-san, expliqua-t-il. Maintenant, c'est vous qui êtes en danger.

— Mais je suis armé, protesta Malko.

Kawashi risquait de se retrouver derrière les barreaux pour plusieurs années en transportant une arme pareille... Malko avait son pistolet extra-plat coincé dans sa ceinture Hermès. Prêt à servir. M. Kawashi était en tout cas prudent.

— Allons à pied, proposa Malko.

La pluie s'était arrêtée, et il avait envie de se dégourdir les jambes. Yamato lui emboîta le pas, sa petite boîte noire à la main. Plus que jamais l'air d'un comptable bien convenable... Au carrefour suivant, une procession hurlante leur coupa la route. Plusieurs centaines de manifestants avançant sur six rangs, brandissant des banderoles et des affiches de toutes les couleurs. Certains avaient le front ceint d'un bandeau blanc avec un slogan expliquant la manifestation... Ils hurlaient en cadence des slogans. Comme le feu passait au rouge, ils s'arrêtèrent sagement pour laisser passer les voitures et se turent pour que les haut-parleurs du carrefour puissent donner des indications aux piétons...

— Que crient-ils? demanda Malko.

— Dix mille ans de malheur au Dragon de l'abominable inflation, traduisit Yamato.

Un camion bleu équipé de plusieurs haut-parleurs avançait parallèlement au défilé, déversant des flots d'éloquence sur les manifestants... Yamato sourit :

— Ce sont des gauchistes, dit-il. Le camion, c'est la droite. Il les injurie pendant tout le parcours.

Le feu passa au vert. La manifestation se remit en marche, drapeaux au vent, les slogans recommencèrent, entrecoupés des vociférations de la droite...

A l'*Imperial*, un mot attendait dans sa case : Kuniko Hirimasen lui demandait de passer au *Hawa*, à partir de neuf heures du soir.

* * *

Tous cils dehors, Kuniko vint à la rencontre de Malko. La plupart des filles étaient agglutinées au bar. La taxi-girl semblait encore sortie d'une cellophane, éblouissante dans un fourreau, copie d'un couturier français, auquel elle avait ajouté une fente sur le côté, ouverte jusqu'à la hanche. Elle entraîna aussitôt Malko dans un box, fixa sur lui un regard brûlant. Ses étranges prunelles vertes semblaient irradier de l'électricité.

— Je suis contente de vous revoir, Malko-san!

Il eut envie de lui dire qu'il y avait d'autres endroits pour se retrouver que le *Hawa* où le sourire coûtait mille *yens*. Un grand lit de milieu, par exemple...

— Moi aussi, dit-il prudemment. Nous pourrions aller chez *Castel* lorsque vous aurez terminé ici?

Kuniko balaya *Castel* d'un petit geste impatient de ses griffes rouges et se pencha si près que ses conques effleurèrent le front de Malko.

— J'ai appris quelque chose, dit-elle à voix basse. A propos de cette Hiroko.

Malko en oublia ses projets érotiques.

— Quoi?

— « Ils » ont demandé des faux passeports, dit-elle. A quelqu'un que je connais.

C'était tellement inattendu que Malko demanda :

— Comment êtes-vous au courant?

Les seins laiteux se soulevèrent avec impatience.

— Kawashi-san a prévenu tout le monde à Ginza... Celui qui s'occupe des passeports me connaît bien. Il me l'a dit. J'ai voulu vous prévenir aussitôt.

— Pourquoi? demanda Malko.

Sans illusion.

— Vous avez promis une somme très importante? Vous me la donnerez si je vous aide?

Lorsqu'elle clignait des yeux, on pouvait voir passer des dollars... Malko réfléchissait. Cela pouvait être un piège. Il ne savait rien d'Hiroko.

— Je crois qu'il vaudrait mieux prévenir le Kohan, dit-il, ou M. Kawashi.

Les yeux verts s'éteignirent.

— Mon ami n'aime pas Kawashi-san, dit froidement Kuniko. Il ne veut pas lui faire plaisir.

C'était sûrement un mensonge. Invérifiable. Kuniko le tenait bien.

— O.K., dit-il. Que faisons-nous?

Fiévreusement, elle consulta sa Seiko.

— Dans une heure, je viens avec vous. Mon ami ne parle pas anglais.

— Vous êtes sûre de cet homme?

Un sourire pervers illumina son beau visage plat. Les longs cils battirent.

— Totalement.

Pas besoin de demander pourquoi.

Malko dissimulait sa satisfaction. Hiroko ne savait pas ce qu'elle avait déclenché en attaquant l'*Utamaro*. Il avait peut-être une chance de retrouver Furuki.

Ne perdant pas le nord, Kuniko était déjà en train de commander deux autres cognacs. Du coup, le garçon apporta une bouteille de Gaston de Lagrange sur la table. Pour les tenter, Kuniko s'en versa un plein verre.

— Je suis un peu nerveuse, expliqua-t-elle.

***

Deux vieux Japonais esseulés regardèrent avec envie Malko monter dans la Mercedes 450 SL de Kuniko. La jeune femme avait mis par-dessus sa robe du soir une étole de vison blanc. Au moment où elle démarrait, elle demanda à Malko :

— Vous êtes armé?

Son pistolet extra-plat pesait dans sa ceinture. Tandis qu'ils remontaient le Shuto Expressway, Kuniko posa négligemment la main sur la cuisse de Malko, puis remonta... Sans quitter la route des yeux. Impossible de savoir si cela faisait partie du *deal* ou si elle avait envie d'exotisme... Toujours est-il qu'en arrivant à Roppongi, Malko aurait fait honte à un chimpanzé adulte.

Kuniko retroussa ses belles lèvres peintes dans un sourire prometteur.

— Après, murmura-t-elle. Nous aurons tout le temps.

Elle ne mélangeait pas le plaisir et les affaires. Ils venaient d'arriver à Roppongi Crossing, dégoulinant de néons. Elle tourna à droite dans la grande avenue, puis plongea dans une ruelle étroite, s'arrêta devant un néon vert qui annonçait le *Who*. Ils dégringolèrent un escalier raide et pénétrèrent dans un bar d'une dizaine de mètres, agrandi par une grande glace courant le long du mur. A peine éclairé, mais Malko remarqua tout de suite qu'il n'y avait que des femmes. Sauf le barman. Toutes vêtues de kimonos de couleurs violentes, avec un curieux maquillage blanc qui les faisait ressembler à des pierrots. Kuniko échangea quelques mots à voix basse avec le barman, puis se pencha vers Malko.

— Attendez-moi, je vais téléphoner.

Elle fila au fond du bar. Aussitôt, une des filles s'approcha de Malko, s'appuya contre lui et posa la main sur sa cuisse. Malko sentit sa main remonter peu à peu et commencer une caresse très précise à l'abri du bar. Bonne maison. Mais ce n'était vraiment pas le moment. Attendri pourtant par un sens de l'hospitalité aussi développé, il se contenta de repousser la fille en lui caressant la joue.

Horreur. Sous la poudre blanche, le visage était râpeux! Il regarda de plus près sa voisine. C'était un homme. Vexé, ce dernier s'écarta. Mais deux autres couvaient Malko d'un air gourmand... Même le barman déposa un Pepsi-Cola devant lui avec un sourire tendre... Heureusement, Kuniko revenait. Les traits figés en un masque dur.

— Ça ne répond pas chez lui dit-elle. Il aurait dû être ici depuis près d'une heure... Je ne comprends pas.

— Attendons, proposa Malko, malgré son dégoût.

— Non, fit-elle, cela ferme bientôt. Il faut aller chez lui.

C'était évident. Pourtant, elle hésitait. Malko comprit son dilemme :

— N'ayez pas peur, Kuniko, promit-il, vous aurez l'argent.

Elle se décida d'un coup.

— Bien. Allons-y.

De nouveau, ils remontèrent dans la Mercedes, mais, cette fois, Kuniko n'avait pas envie de flirter. Elle conduisait vite, nerveusement. Malko essayait vaguement de se repérer, mais c'était impossible. Ils traversèrent Roppongi, filèrent vers l'est, traversant Harad Juki Avenue, les Champs-Elysées de Tokyo. Tous les dix mètres, il y avait un restaurant coréen. A croire qu'ils faisaient des petits.

— Vous ne voulez pas prévenir M. Kawashi? demanda Malko.

Kuniko secoua ses conques rousses.

— Non.

C'était définitif. La pluie s'était remise à tomber. Il faisait un temps effroyable. En dépit des essuie-glaces, Malko voyait à peine à travers le pare-brise. Kuniko abandonna une grande artère pour une rue étroite. C'était un quartier assez élégant, avec des petites maisons, des buildings modernes, des jardins. Un peu comme le quartier des ambassades... Enfin, elle stoppa devant une maison d'un étage.

— C'est là.

Tout était éteint. Malko fit un geste vers la portière, mais Kuniko l'arrêta.

— Attendez, je préfère y aller seule.

Malko ne discuta pas. Il venait de repérer une cabine téléphonique à dix mètres.

— D'accord, dit-il, je vous attends.

Il attendit que Kuniko ait disparu dans la villa pour sortir à son tour de la Mercedes et courir vers la cabine. Il glissa une pièce de 10 *yens* dans la fente, puis composa le numéro d'Al Borzoï. La troisième sonnerie fut interrompue par un hurlement strident qui fit sursauter Malko.

Cela venait de la villa.

Sans même raccrocher, il se rua hors de la cabine. Le cri continuait, filé, affreux.

Un cri de femme.

CHAPITRE X

Pistolet au poing, Malko s'engouffra dans un petit hall sombre, trébucha sur une marche qu'il n'avait pas vue, parvint dans une pièce d'où filtrait de la lumière, guidé par les cris de Kuniko. En face d'une table ronde, encombrée de colliers de perles, il s'arrêta.

Un homme était affaissé sur le dossier de sa chaise, les bras pendants. Un Japonais au visage rond, presque chauve, les yeux fixes, la bouche entrouverte. Sa chemise blanche n'était plus qu'un plastron de sang. Un manche de corne sortait de sa poitrine, à la hauteur du cœur. Malko fit le tour de la table et mit une main sur la bouche de Kuniko. Ses hurlements le rendaient fou... La jeune femme se laissa tomber dans un divan, secouée de sanglots.

— Ils ont tué Katsimoto-san! cria-t-elle, ils l'ont tué!

Malko examina le cadavre, compta huit blessures, toutes dans la poitrine. Quelqu'un avait dû lui tenir les bras derrière la chaise, tandis qu'un autre le frappait. Tout à coup, il réalisa que le sang coulait encore des blessures. Donc, le meurtre remontait seulement à quelques minutes. Et les assassins étaient peut-être encore dans la maison.

Il prit Kuniko par le bras. Il voulait la mettre à l'abri dans la voiture avant d'explorer la maison.

Presque à la même seconde, la porte d'entrée claqua! Instinctivement, Malko se rua sur le commutateur électrique, éteignit. Puis, à tâtons, retrouva le téléphone et décrocha. Le fil lui resta dans la main. Coupé.

Contre lui, il sentait trembler Kuniko. Folle de terreur. Il y eut un frôlement dans l'entrée et il tira au jugé. Kuniko poussa un hurlement. Trois coups de feu claquèrent aussitôt. Une glace vola en éclats derrière lui. Il pensa soudain aux grenades... chères à Hiroko. Puis, prenant Kuniko par la main, il l'entraîna vers l'escalier. Ils montèrent, arrivèrent dans une chambre en désordre. Malko ferma la porte et poussa une coiffeuse devant.

Il alluma. C'était une chambre tendue de soie jaune. La fenêtre donnait sur un jardin sombre.

— Il faut sauter par là, dit Malko.

Kuniko fixa l'ouverture, paralysée de terreur.

— Je ne peux pas, murmura-t-elle. Je vais me tuer.

— Ils vous tueront, s'ils vous trouvent ici, murmura Malko.

Il ne pouvait pas l'abandonner. Il regarda la porte fermée derrière laquelle ses adversaires s'apprêtaient à donner l'assaut. Cherchant une idée.

*
* *

Hiroko demeura collée au mur, le cœur cognant dans la poitrine, prête à tirer de nouveau. Le vent glacial qui soufflait sur Tokyo lui avait joué un mauvais tour... Sans cette rafale malencontreuse, elle surprenait son adversaire. Elle siffla pour attirer l'attention de son compagnon, Jinzo.

— Je suis là, souffla-t-il.

Elle pouvait presque l'entendre trembler... Le matin même, il lui avait fallu plus de deux heures de menaces effroyables pour le forcer à avouer qu'il avait été demander des passeports. Lui qui fabriquait des machines infernales depuis deux ans, sans faillir! Mais la pression psychologique était trop forte. Maintenant, Hiroko savait qu'elle devait se méfier de tout le monde : des mendiants, des putains, des tenanciers de bar.

M. Kawashi lui avait déclaré une guerre beaucoup plus inexpiable que celle de la police.

Parce qu'elle était motivée par des raisons personnelles... Les fonctionnaires se fatigueraient. Kawashi non. Son empire était en jeu. S'il ne prouvait pas rapidement qu'on ne pouvait le défier impunément, tout l'équilibre du racket risquait de s'effondrer... Hiroko le savait. C'était pourquoi elle avait décidé d'exécuter M. Katsimoto, honorable trafiquant de passeports et marchand de perles « vertes »[1].

— Alors, grinça-t-elle dans le noir, il ne nous avait pas vendus?

Jinzo ne répondit pas. Ils avaient surpris le trafiquant au moment où il rangeait ces perles. Il s'était à peine défendu quand Hiroko lui avait réuni les bras derrière le dos du fauteuil. Elle l'avait interrogé longuement. Essayant de savoir à qui il avait révélé ce qu'il savait. Puis, elle avait ordonné à Jinzo de le frapper à coups de couteau. Jusqu'à ce qu'il meure.

C'était la condition absolue de sa propre survie, à lui.

[1] Pas venues à maturité.

Le jeune terroriste s'était exécuté, maladroitement, d'abord. Puis, frappant de plus en plus fort, pour faire taire les cris horribles de M. Katsimoto. Finalement, il avait laissé le poignard enfoncé dans le cœur, n'osant plus le retirer. C'était la première fois qu'il tuait quelqu'un et il aurait donné n'importe quoi pour fuir. Ils s'étaient presque heurtés à Kuniko en fuyant, et s'étaient cachés dans la cuisine donnant dans le petit hall. Ce n'est qu'en entendant la voix de son ennemi haï qu'Hiroko avait décidé de ne pas fuir.

Maintenant, ils guettaient les bruits de la maison.

— Partons, suggéra Jinzo, la police va venir.

— Lâche! siffla Hiroko. Nous allons les tuer d'abord.

Ils ne pouvaient pas prévenir la police : les fils du téléphone étaient coupés. Les coups de feu s'étaient à peine entendus dehors. C'était une occasion unique de terminer enfin ses comptes...

Elle avança jusqu'à l'entrée de la pièce où se trouvait le cadavre. On n'entendait plus rien. L'odeur fade du sang faillit faire vomir Jinzo qui dut s'appuyer au mur. Hiroko « sentit » qu'il n'y avait plus personne dans la pièce. Elle alluma.

Jinzo sursauta. Elle eut un sourire méprisant.

— Si tu ne veux pas être puni, ne sois pas poltron. Ils sont en haut. Ils ont peur.

— Ils sont armés, objecta Jinzo, il ne faut pas que tu risques ta vie...

— Tu as raison, approuva Hiroko ironiquement. Aussi, tu vas monter l'escalier le premier.

Elle le poussa, en lui enfonçant le canon de son Beretta dans le dos.

— Monte ou je te tue.

Jinzo commença à gravir les marches, serrant le pistolet automatique dont il ne s'était jamais servi. Le bois craquait effroyablement. A chaque seconde, il s'attendait à recevoir une balle en pleine poitrine. Au loin on entendait le grondement de la circulation. Mais dans cette maison, ils étaient dans un autre monde...

Il arriva au palier. Hiroko le suivait, rampant le long des marches.

— Essaie d'ouvrir, souffla-t-elle.

Réunissant tout son courage, Jinzo tourna la poignée. Un coup de feu claqua aussitôt, et un trou apparut dans la porte. Jinzo fit un bond en arrière, mort de terreur.

***

Kuniko était verte. Elle serrait l'une contre l'autre ses longues mains pour les empêcher de trembler. Elle poussa un cri quand la douille encore chaude du pistolet extra-plat atterrit sur sa main.

— Il faut sauter par la fenêtre, répéta Malko. Ce n'est pas haut. Tenter une sortie par l'escalier, c'est aller au massacre.

Kuniko étouffa un sanglot.

— Je ne peux pas, j'ai peur!

Ses longues jambes étaient plus faites pour se nouer autour des hanches d'un homme que pour la gymnastique. Malko se maudit de ne pas avoir eu le temps de prévenir Borzoï.

La porte ne serait pas assez solide pour résister à un assaut sérieux... Les autres allaient la faire sauter et jeter une grenade... De l'autre côté de la cour, il y avait la façade aveugle d'un grand building. Tout à coup, il eut une idée. Tirant le lit, il dressa le matelas et le sommier contre la porte, arracha les rideaux et les jeta dessus. Puis il ouvrit la fenêtre voisine de la porte en grand.

— Vous avez un briquet? demanda-t-il à Kuniko.

D'une main tremblante, la jeune femme fouilla

dans son sac et lui tendit un petit bloc d'or massif. Malko fit jaillir une flamme claire.

— Allez dans la salle de bains, ordonna-t-il, trempez deux serviettes dans l'eau et ramenez-les.

Il s'approcha des rideaux, s'accroupit et promena la flamme du briquet à leur base. Une flamme jaillit presque aussitôt. Kuniko, qui ressortait de la salle de bains poussa un hurlement :

— Mais vous êtes fou!

— Non, dit Malko. Quelqu'un va voir le feu. Et appeler les pompiers. Ils ne viennent jamais sans la police.

Le lit commençait à brûler, dégageant une épaisse fumée, qui envahissait la chambre. Malko prit une des serviettes mouillées et l'appliqua contre sa bouche, intimant l'ordre à Kuniko d'en faire autant...

Plusieurs détonations claquèrent et trois trous apparurent dans le chambranle. Des balles s'enfoncèrent dans le mur, frôlant la jeune femme. Malko la tira violemment en arrière et riposta, tirant deux fois. Maintenant, c'était une course contre la montre... Les flammes jaillissaient de la fenêtre, commençant à lécher le toit en auvent.

Malko pria pour qu'il prenne feu... Que cela se voit de loin.

Mais l'atmosphère devenait de plus en plus irrespirable. Kuniko fut prise d'une quinte de toux, cracha, pleura. Malko essaya de la réconforter.

— Il faut tenir. C'est une question de minutes.

Les Japonais étaient très sensibilisés à l'incendie, Tokyo étant en partie composée de maisons de bois... Mais l'asphyxie ou Hiroko aurait peut-être raison d'eux avant l'arrivée des secours.

*
* *

La rage déformait les traits d'Hiroko. Penser qu'elle

avait son pire ennemi à portée de la main et qu'elle n'arrivait pas à l'achever...

La fumée filtrait sous la porte, et elle avait très bien compris la raison de cet incendie provoqué.

Les balles qu'elle avait tirées à travers le battant, c'était plus par rage que par efficacité. Et aussi pour le repousser au fond de la chambre. Appliquant l'extrémité du canon du Beretta en biais contre la serrure, elle appuya sur la détente. La détonation fit vibrer les murs, mais la porte ne s'ouvrit pas.

Hiroko continua à appuyer sur la détente de l'automatique jusqu'à ce que la culasse de l'arme reste ouverte, maintenant le canon contre le battant. Puis elle recula et envoya un violent coup de pied à la hauteur de la serrure. Cette fois, le mécanisme, désarticulé, céda. Le battant s'entrouvrit. Et deux balles traversèrent aussitôt le bois, tirées de l'intérieur de la chambre. Accroupie contre le mur, Hiroko posa une grenade par terre et remit un chargeur neuf dans le Beretta.

— Tu vas tenir la porte entrouverte, ordonna-t-elle à Jinzo.

Tout ce qu'il fallait, c'était jeter la grenade dans la chambre.

— Viens!

Le jeune Japonais était figé.

— Ecoute!

Hiroko essaya de ne pas entendre la rumeur qui venait de l'extérieur, des sirènes.

Parmi elles, Hiroko reconnut le son caractéristique d'une sirène de police qui se rapprochait dangereusement... Jinzo était déjà dans l'escalier.

— Partons!

— Non, fit-elle.

De toutes ses forces, elle poussa la porte. Un flot de fumée jaillit aussitôt. Les yeux irrités, elle n'y voyait plus rien... Et elle avait besoin de ses deux mains pour dégoupiller, puis jeter la grenade. Jinzo cria dans son dos :

— Hiroko-san! Vite, vite, partons.

Le son de la sirène de police frappa enfin ses oreilles. Dangereusement près. Pleurant de rage, elle dévala l'escalier après avoir dégoupillé la grenade posée contre la porte, traversa le petit hall et se retrouva dans la ruelle pluvieuse. Au moment où Jinzo et elle disparaissaient au coin de la ruelle, un convoi de voitures s'arrêta devant la maison en feu.

*
* *

Chaque fois que Malko respirait, il avait l'impression qu'il allait cracher ses poumons. Il fit signe au pompier japonais qui lui appliqua de nouveau le masque à oxygène. C'était comme un grand vent glacé qui balayait les scories et la fumée... Il essaya de maîtriser les battements de son cœur. Ils étaient vivants, c'était le principal. La grenade avait pulvérisé la porte, sans les blesser : ils étaient à plat ventre et les éclats étaient passés au-dessus d'eux.

Il avait fallu faire une piqûre de calmant à Kuniko pour arrêter sa crise d'hystérie. Elle gisait dans l'ambulance à côté de Malko, inconsciente, sous oxygène aussi... Quant à la maison, ce n'était plus qu'un brasier en dépit des efforts des pompiers... La casquette bleue d'un policier japonais apparut à la porte de l'ambulance. Un officier. Il demanda en anglais à Malko :

— Sir, saviez-vous qu'il y avait un homme assassiné dans cette maison?

Malko ôta le masque pour répondre.

— Oui. Et je sais même qui l'a assassiné. Prévenez Tom Otaku, au Kohan. Dites-lui que le Prince Malko Linge est avec vous.

Le policier contempla Malko, stupéfait.

*
* *

Hiroko conduisait à tombeau ouvert en dépit de la pluie. Il fallait aller plus vite que d'éventuels barrages. Si Jinzo n'avait pas perdu la tête, ils auraient eu le temps de venir à bout de leurs adversaires! La fatigue commençait à calmer sa rage. Son traitement l'épuisait. Elle avait hâte d'ôter ses chaussures, de boire un thé brûlant et amer. Elle sentait que le cercle se rétrécissait autour d'elle.

Sa source d'armes était tarie. C'était trop dangereux de recontacter l'Arabe.

Quel serait le prochain coup?

Brutalement, Hiroko se rendit compte qu'elle était sur la défensive, et cela la rendit folle de rage. Si Furuki ne s'était pas fait prendre, elle serait en train de faire sauter les usines Boeing, à Seattle. Et bien d'autres choses. Au lieu d'être terrée dans une vieille maison à Tokyo, traquée par la police, les gangsters et la C.I.A.

*
* *

Malko était en train de déjeuner dans le restaurant chinois du sous-sol de l'*Imperial* lorsque Yamato fit son apparition. Depuis deux jours, le Japonais ne s'était pas manifesté. Comme pour punir Malko d'avoir agi seul, lors de l'épisode Kuniko. Traumatisée, la jeune taxi-girl n'avait pas repris son travail. Elle se terrait chez elle, bourrée de calmants. Persuadée qu'Hiroko allait venir l'assassiner... Malko avait passé son temps à courir dans les différents services de police japonais, à la recherche de quelques indices. M. Katsimoto avait emporté son secret dans la tombe. Hiroko et les siens avaient plongé une fois de plus dans la clandestinité, sans laisser de traces. Tom Otaku préférait ne même plus aborder le sujet de sa capture... Cela faisait une semaine que l'échange d'otages avait eu lieu. Et Malko n'était toujours pas plus avancé... M. Yamato s'assit et s'enquit poliment de sa santé. Comme si Malko était en visite touristique. Non moins poliment, ce dernier demanda des nouvelles de M. Kawashi.

— Kawashi-san est très fatigué, dit Yamato. La perte de face qu'il a subie l'a beaucoup affecté. Et aussi le fait que vous ayez manqué de confiance en lui...

— Ce n'est pas moi, protesta Malko. Kuniko m'a forcé la main.

Yamato suivit d'un œil humide une grande Chinoise au visage hiératique qui sortait du restaurant. Avec ses grosses lèvres salivantes, il évoquait irrésistiblement le chien des Baskerville... Puis, il revint à Malko.

— Shiganobu-san a retrouvé Osami-san, annonça-t-il.

CHAPITRE XI

Malko regardait le cône gigantesque du Fuji-Yama sur la droite disparaître peu à peu.

Le Tokkaido filait à 250 à l'heure le long de l'énorme montagne. Ensuite, de nouveau, ce fut la campagne japonaise, morcelée, super-cultivée, avec de curieux toits de tuiles mauves ou vertes... Il fallait deux heures et demie pour rejoindre Kyoto, l'ancienne capitale du Japon. A côté de Malko, Kuniko, moulée dans une tenue de cuir noir, dormait. Méconnaissable.

Malko avait failli ne pas la reconnaître lorsqu'elle était venue le chercher à l'*Impérial* moins d'une heure après la visite de Yamato. Heureusement qu'elle passait le dimanche chez elle... La somptueuse crinière rousse avait fait place à des cheveux noirs coupés courts. Les extraordinaires prunelles vertes avaient disparu aussi. Kuniko avait les yeux noirs, comme toutes les Japonaises. Bordés de cils minuscules et presque invisibles. Sans le lourd maquillage, on distinguait les légères cicatrices de son nez refait. L'opération qui lui avait débridé les yeux avait été mieux réussie. Il fallait s'approcher de très près pour voir les fins traits du bistouri... Même les mains semblaient différentes sans les faux ongles interminables. Devant l'étonnement de Malko, Kuniko avait pris le parti de rire :

— Quand j'étais petite, j'étais très laide. Alors, j'ai juré d'être très belle. Sur mon premier salaire, je me suis fait refaire la poitrine. Avec des silicones. Ce que j'ai fait en dernier, ce sont les lentilles de contact vertes.

Ainsi, même les globes somptueux qui tendaient le pull de laine blanche n'étaient pas naturels... Kuniko était un peu produit du Japon industriel. Elle avait tapoté sa grosse boîte à maquillage de cuir noir, avec un sourire mi-gai, mi-amer.

— J'ai tout là-dedans. Ce soir, je ne vous ferai pas honte...

Elle avait bien failli ne pas venir. Il avait fallu toute la diplomatie de Malko pour convaincre Yamato. Il espérait aborder Osumi, le pharmacien, en couceur. Avec la tête de Yamato, c'était difficile. Shiganobu, après avoir retrouvé l'ancien flirt de Hiroko, était rentrée à Tokyo, reprendre son travail au *Mikado*. Malko avait dû jurer au gangster que Kuniko ne se laisserait plus entraîner par sa rapacité naturelle...

La neige apparut sur les bas-côtés. Le Tokkaido traversait un massif montagneux. Par miracle, le train était bien à l'heure. Car, depuis quelque temps, les trains ultra-rapides qui faisaient la gloire du Japon perdaient leurs boulons et tombaient sans cesse en panne... Kuniko bougea et posa la tête sur l'épaule de Malko. Le noyant dans un nuage de parfum. Tout ce qui restait de l'autre Kuniko. Le train débouchait dans une plaine spongieuse. Malko s'attendait à trouver un bijou, une petite bourgade semée d'œuvres d'art. Il vit une grande ville plate, serrée entre les flancs d'une large vallée, hérissée de béton, avec de grandes avenues sans grâce, se coupant à angle droit.

Il réveilla Kuniko.

— Nous arrivons.

Comme toutes les gares japonaises, celle de Kyoto était immense, avec plusieurs niveaux pour les trains de différentes vitesses. Le Tokkaido glissa lentement le long des quais et s'arrêta. Malko prit les deux sacs de voyage et sortit. Il faisait encore plus froid qu'à Tokyo et il tombait un crachin insidieux. Ils prirent place dans un taxi pour le *Kyoto Hôtel,* en plein centre.

A l'hôtel, sans même leur demander leur avis, on leur donna une suite. Malko avait hâte de rencontrer le pharmacien qui avait été amoureux de la terrible Hiroko. Son sixième sens lui disait que cela faisait trop de coïncidences. Malheureusement, la pharmacie était fermée le dimanche. Il fallait attendre jusqu'au lendemain. A peine arrivée, Kuniko se barricada dans la salle de bains avec sa boîte à malices.

*
* *

De nouveau, Kuniko incarnait le rêve impossible du Japonais moyen. Tout y était. Le cuir noir lui allait aussi bien que les paillettes. Malko n'avait pas eu la goujaterie de lui demander si ses fesses rondes et cambrées étaient aussi filles d'un bistouri, mais rien n'était impossible. Cela n'avait pris qu'une demi-heure.

— Mais où sont donc les temples qui ont fait la renommée de Kyoto? s'enquit Malko.

— Un peu partout, dit Kuniko, sur le pourtour de la ville. Il y en a des dizaines. Ainsi que le château du Shogun. Vous voulez en voir un? Je vais vous emmener au Kinkaku-Ji, c'est le plus beau.

Pourquoi pas? se dit Malko. Kuniko semblait prendre très bien leur intimité. Il se demanda comment la nuit se passerait.

Ils hélèrent un taxi. En dix minutes, ils atteignirent l'entrée d'un parc, sur une colline, au nord-ouest de Kyoto. Ils payèrent quelques *yens* et partirent à pied. Au détour d'un sentier, Malko découvrit un spectacle beau à coupler le souffle.

Une pagode de trois étages, qui paraissait coulée dans de l'or massif, se reflétait dans l'eau verte et calme d'un petit lac aux contours tourmentés.

Le Temple de la Pagode d'Or.

Respectueusement, ils firent le tour du lac. Il n'y avait presque personne. A part quelques vieux couples japonais, fêtant leurs noces de diamants... Kuniko s'arrêta, appuyée au bras de Malko.

— C'est beau, n'est-ce pas? Une fois, je suis venue ici au printemps, c'était fabuleux...

A quelques mètres de la pagode, il y avait un petit stand. Kuniko acheta plusieurs petites feuilles couvertes de caractères japonais qu'elle roula, puis alla accrocher, comme des bigoudis, aux branches d'un arbre. Tous les arbres autour de la pagode étaient couverts de ces étranges fleurs.

— Qu'est-ce que cela signifie? demanda Malko.

Kuniko pouffa, embarrassée.

— C'est pour se marier, avoua-t-elle. On demande aux dieux de nous faire trouver l'homme que nous voulons.

Son regard s'était brusquement voilé. Malko se demanda quel âge elle avait : entre trente et quarante. Brusquement, Kuniko, comme si elle en avait trop dit, lui prit le bras en riant :

— Je me marierai cet été! Puisque nous sommes venus ici...

Avant, il y avait autre chose à faire...

*
* *

La salle à manger du *Kyoto* était bizarrement divisée en deux parties. L'européenne et la japonaise, séparées par une estrade où se produisaient de simili-geishas...

Malko et Kuniko s'étaient installés du côté japonais, les pieds pendant dans la fosse, sous la table, permettant le passage des tuyaux de gaz. L'eau du *shabu-shabu* bouillait à gros bouillons. Kuniko se goinfrait de viande coupée en lamelles.

Ils finirent par une soupe très épicée, chose rare au Japon, puis quelques minuscules fruits confits.

Il n'y avait plus qu'à se coucher. Dans la suite, il y avait une grande télé couleur en face d'un canapé. Kuniko disparut dans la chambre et revint, une bouteille de cognac à la main. N'ayant gardé qu'un slip et un soutien-gorge. Elle tripota les boutons de la télé, s'installa sur le divan, les jambes allongées devant elle, déboucha la bouteille et en but à même le goulot. C'était du cognac de Lagrange. probablement « subtilisé » au *Hawa*.

— Venez ici, dit-elle à Malko, après avoir reposé la bouteille.

Il s'installa près d'elle. Kuniko posa une main sur sa cuisse et l'oublia aussitôt.

*
* *

Sur l'écran, des samouraï aux mines farouches s'entre-tuaient pour les beaux yeux d'une péronnelle si engoncée dans son kimono qu'on ne voyait que le bout de ses doigts. Sensuelle comme un cierge de cathédrale. Ce n'étaient que glapissements sauvages, cliquetis des épées, râles d'agonie des traîtres et roulements d'yeux du héros qui sautait comme une grenouille en brandissant un sabre aussi grand que lui.

Kuniko avait les larmes aux yeux lorsque l'écran s'éteignit. Elle s'étira, but une gorgée de cognac, puis se pencha sur Malko. Sans un mot, elle défit les boutons de sa chemise, le dénudant jusqu'à la taille et, glissant ses longues mains sous le tissu, commença à lui griffer doucement le torse. Son parfum noya Malko. Elle commença à lui embrasser, avec une délicatesse exaspérante, la poitrine. Puis, sans cesser de l'embrasser, elle se laissa glisser à genoux au pied du divan. Sans presque s'en rendre compte, Malko se retrouva nu, la bouche de Kuniko beaucoup plus bas sur son corps, prenant possession de lui millimètre par millimètre.

Elle s'interrompit pour boire une rasade de cognac. A assommer un samouraï, puis fila dans la chambre.

Elle réapparut très vite, drapée dans un kimono de soie bleue, un petit flacon à la main.

— Qu'est-ce que c'est? demanda Malko.

— Une liqueur qui vient de ma province, dit Kuniko. On l'utilise pour les jeunes mariés.

Elle renversa le flacon, versa un peu du liquide sombre dans le creux de sa main droite et commença à masser le sexe de Malko. D'abord, cela le picota légèrement, puis il ressentit une sensation de froid qui se transforma en chaleur brûlante. Comme si son pouls s'était brusquement accéléré.

Elle continua à le masser, agenouillée sur la moquette. Malko éprouva peu à peu une sorte de vertige, comme lorsqu'on est au bord de l'évanouissement. Il lui semblait que son sexe grossissait indéfiniment, qu'il l'envahissait, que lui-même n'était plus qu'un sexe. Il ressentit une sensation étrange, lorsque Kuniko s'empala sur lui, lentement, comme si elle avait peur de le blesser, ses longs doigts agrippés à sa poitrine.

Dans l'état où il se trouvait, Malko ne s'attendait pas à prolonger son plaisir. Mais il eut l'impression que Kuniko le chevauchait des heures avant qu'il sente un spasme d'une violence extraordinaire monter de sa colonne vertébrale. Kuniko lui griffa la poitrine, puis se laissa tomber sur lui.

Malko était trempé de sueur, le cœur battant la chamade... A sa grande surprise, il s'aperçut que son orgasme n'était pas venu à bout de son désir. Kuniko l'observait, les yeux mi-clos.

— Tu vois que ma liqueur est utile, Malko-san, dit-elle doucement.

Glissant sur lui, elle l'effleura de sa bouche et il jaillit comme un saumon d'un torrent. Avec l'impression d'avoir une bête brûlante et avide, agrippée au ventre, insatiable.

Brutalement, il poussa Kuniko contre le divan, le visage dans les coussins, la prit de nouveau avec une fureur insatiable. Il n'y avait plus qu'un point brillant sur l'écran de la télé lorsqu'il reprit conscience du monde extérieur...

Ils se reposèrent de nouveau. Malko somnola, fut réveillé par la langue agile et chaude de Kuniko, l'entourant comme un serpent.

Son désir n'était pas calmé.

Puis, Kuniko le supplia de s'enfoncer encore en elle, mélangeant les mots obscènes anglais et les interjections en japonais. De nouveau, la bête qui l'habitait se déchaîna. Puis il s'endormit, sans même quitter le ventre de Kuniko, se réveilla. Pas encore assouvi. Kuniko s'écarta de lui, prit dans la poche de son kimono une petite ampoule de verre, la tendit à Malko :

— Lorsque tu sentiras que tu ne peux plus attendre, brise-la et aspire très fort.

Rapidement, elle ranima son désir. La tête lourde, Malko recommença à éprouver la même brûlure délicieuse. Lorsqu'il se sentit au bord de l'orgasme, il cassa l'ampoule et aspira.

Ce fut comme si ses artères explosaient. Sa tête se vida d'un coup, toutes ses sensations se concentrèrent dans son sexe. Cela explosait indéfiniment, comme les roulements de la foudre, cela durait des siècles; en même temps une main de géant lui ouvrait la poitrine, lui soufflait de l'air brûlant.

Son cœur battait à deux cents pulsations, il eut soudain peur, se demanda s'il n'allait pas mourir là, en pleine jouissance. Si Kuniko n'était pas un piège mortel, envoyé par ses ennemis. Puis il perdit conscience d'un coup, comme on tire un rideau.

*
* *

Lorsqu'il revint à la surface, Malko ignorait s'il était demeuré inconscient une minute ou une heure. Kuniko n'était plus à côté de lui. Il n'y avait plus de lumière, seulement la faible lueur de l'écran de la télé. Il tourna la tête et aperçut la Japonaise, allongée sur le divan, une jambe passée par-dessus le dossier, écartelée. Sa main allait et venait rapidement entre ses jambes, elle avait la tête rejetée en arrière.

Cela dura longtemps, puis elle eut un spasme bref, un drôle de petit cri étouffé et demeura immobile, dans la même position, comme morte. Cette fois, Malko s'endormit pour de bon.

*
* *

A son réveil, il avait l'impression d'avoir dormi un siècle avec un ours lubrique. Il tituba jusqu'à la douche, sentit avec délices l'eau tiède pénétrer dans tous ses pores. Il aurait pu boire un litre de Perrier. Lorsqu'il en sortit, Kuniko était devant lui, habillée comme la veille, avec le visage lisse et sage d'une collégienne. Elle lui sourit :

— Je n'ai pas voulu vous réveiller, Malko-san.

Il l'attira contre lui.

— Pourquoi ce déchaînement?

Elle baissa modestement les yeux.

— Je voulais que vous me pardonniez les ennuis

que vous avez eus à cause de moi... L'ampoule, c'est ce qu'on donne aux cardiaques lorsqu'ils ont une crise... Cela fait marcher le cœur plus vite.

Pas seulement le cœur, se dit Malko. En allant dans le living prendre le petit déjeuner, il buta contre un objet rond, par terre près du divan. Kuniko poussa un cri, mais il l'avait déjà ramassé. C'était une poupée de bois, d'une vingtaine de centimètres. Il croisa le regard embarrassé de la jeune femme et comprit. Il avait déjà vu de ces *widows dolls* [1] sur les lithographies érotiques japonaises. Kuniko dit à voix basse :

— Il faut me pardonner, Malko-san. Je n'ai jamais pu avoir de plaisir avec un homme.

Il eut honte de son indiscrétion involontaire. Pour dissiper le malaise de Kuniko, il lui demanda :

— Voulez-vous téléphoner à la police locale? Tom Otaku doit avoir arrangé quelque chose.

Tandis qu'il achevait de s'habiller en prenant son thé, Kuniko s'installa au téléphone. Cela dura un bon quart d'heure; enfin, elle raccrocha et annonça :

— Une voiture va venir nous chercher.

*
* *

La grosse Toyota bleue avançait au pas dans l'étroite rue animée, non loin de l'hôtel. A l'avant, il y avait un médecin et le policier qui conduisait, à l'arrière, Malko, Kuniko et le superintendant de la police de Kyoto. Celui-ci se tourna vers Malko :

— Voici la pharmacie, Sir.

Il désignait une petite officine, à vingt mètres sur la droite, serrée entre un fleuriste et une épicerie.

— Attendez-moi là, dit Malko, je ne voudrais pas l'effrayer tout de suite.

[1] Poupées de veuves.

Il descendit avec Kuniko, la prit par le bras.

— Vous allez dire que je suis journaliste, expliqua-t-il. Avant de faire intervenir la police, je veux voir s'il n'y a pas moyen de le faire parler d'une autre façon.

Ils entrèrent dans la pharmacie. Il y avait quelques clients, et, derrière le comptoir, une Japonaise aux cheveux gris et un jeune homme avec de grosses lunettes d'écaille, une mèche de cheveux sur l'œil, l'air d'un étudiant bien sage. Kuniko s'avança vers lui. Il leva les yeux, avec une certaine curiosité, puis brusquement, Malko le vit se raidir et regarder derrière lui. Malko se retourna et vit la Toyota qui avait avancé. Avec le policier en uniforme au volant et le phare sur le toit!

Instantanément, le préparateur plongea dans l'arrière-boutique. Malko appela :

— Osami!

Puis, il fit le tour du comptoir devant les clients ébahis et fonça à la poursuite du jeune homme, tandis que Kuniko appelait les policiers à l'aide. La porte de la réserve était fermée de l'intérieur. Malko mit près d'une minute à la défoncer à coups d'épaule, au milieu des cris effarés de la pharmacienne et des clients.

Il se rua à l'intérieur, traversa des rangées d'étagères, déboucha dans une cour vide, s'enfonça dans un dédale de ruelles, Kuniko et les policiers sur les talons. Il émergea enfin sur une voie plus large. Juste à temps pour voir Osami s'engouffrer dans un taxi. Malko eut beau faire des signes désespérés, le véhicule s'éloigna. Les deux policiers arrivaient derrière lui, donnant de violents coups de sifflet. Un second taxi stoppa aussitôt. Ils s'entassèrent tous les quatre à l'intérieur, le superintendant donnant des ordres au chauffeur d'une voix hachée par l'émotion.

— Mais pourquoi s'est-il sauvé ainsi? demanda le Japonais.

Ivre de rage, Malko lui jeta :

— Parce qu'il sait où se cache Hiroko!

Ils étaient projetés les uns contre les autres par les virages. Mais le taxi ne gagnait pas un mètre sur l'autre. Ils sortaient de la ville par le sud. Ils arrivèrent sur la rivière, la traversèrent, grimpèrent une côte, évitèrent un freeway. L'autre taxi tourna à gauche, contournant une colline. A travers les arbres on apercevait un grand temple de bois. La route devenait plus étroite... Il y avait une sorte de rond-point d'où partait un raidillon encombré de boutiques de souvenirs. Le premier taxi s'arrêta là, le jeune pharmacien en sauta et fila en courant dans la rue étroite.

Malko et les autres arrivèrent vingt secondes plus tard. La foule dans le raidillon était si dense qu'on ne voyait déjà plus le fuyard. Malko fonça dans la foule, culbuta une vieille en kimono qui se mit à pousser des cris d'orfraie, envoya un coup de coude dans le ventre d'un homme qui se mettait en travers de son chemin; Kuniko le rattrapa, essoufflée.

— C'est un cul-de-sac, cria-t-elle, il n'y a que le temple de Kyomizu par là!

Le raidillon se terminait sur une placette, précédant un énorme temple shintoïste suspendu en *cantilever* au flanc de la montagne. Par un système de passerelles de bois, il communiquait avec d'autres constructions plus petites, dispersées sur la colline boisée. Une foule importante s'y pressait. Malko aperçut le pharmacien qui détalait en zigzag, contournant le bâtiment principal, se faufilant sur les grandes terrasses en surplomb qui faisaient ressembler le temple à un gigantesque chalet de montagne.

Le policier en uniforme revint à la hauteur de

Malko, pistolet au poing. Il tira un coup de feu en l'air. Aussitôt, deux gardes qui se trouvaient à l'autre extrémité de la plate-forme se précipitèrent vers le fuyard pour l'intercepter.

Osami s'arrêta brusquement. Les deux gardes lui barraient le chemin de la montagne. Malko et les autres arrivaient derrière lui. Il se précipita vers l'intérieur du temple, une succession de pièces vides, comprit que c'était sans issue, s'arrêta, revint sur ses pas. Malko cria à Kuniko :

— Dites-lui de ne pas avoir peur!

Kuniko glapit d'une voix de tête aiguë. Tout à coup, le pharmacien se précipita comme un trait vers la balustrade de bois surplombant le vide de près de cinquante mètres. Il sembla voler par-dessus, tant il la franchit vite.

La foule cria.

Le corps disparut dans le vide au moment où les policiers se rejoignaient. Malko eut le temps de le voir tournoyer puis s'écraser en contrebas, sur un sentier, et demeurer immobile...

— Par là! cria Kuniko. Faisons le tour.

Ils se ruèrent derrière le temple, bousculant les badauds affolés, trouvèrent le sentier qui descendait au pied du temple, coururent à perdre haleine... Malko arriva le premier, se pencha sur le corps, vit les yeux fixes, ouverts, la nuque disloquée. Il n'y avait plus rien à faire pour Osami.

Les balustrades du temple étaient noires de curieux horrifiés penchés vers eux. Une brusque vague de dégoût le submergea. Osami s'était suicidé. Sans hésiter. Pour ne pas risquer de parler, vérifiant sa théorie.

Le médecin constata le décès. On fouilla les poches du mort. Sans rien trouver, sauf ses clefs.

— Retournons à la pharmacie, dit Malko.

*
* *

— Il a commandé quatre fois ce médicament antithyroïdien, confirma le médecin après avoir consulté les registres de la pharmacie. Il payait les factures lui-même et personne ne s'en apercevait.

C'était le secret de l'ex-amoureux d'Hiroko. Grâce à lui, elle allait reprendre figure humaine pour quelque temps. Mais elle ne pourrait plus s'en procurer... Le cercle se refermait.

— Les policiers vont perquisitionner chez lui, dit Kuniko, bouleversée, voulez-vous venir avec eux?

— Allons-y, dit Malko.

Ils roulèrent peu. Le pharmacien habitait une chambre minuscule dans le quartier des geishas. En un quart d'heure, les policiers eurent retourné la chambre, sans rien trouver.

Au moment où ils allaient partir, Malko aperçut un bout de papier qui dépassait de la glace de la salle de bains. Il tira avec précaution, ramenant une photo-couleur. Une Japonaise en kimono à fleurs, avec les chaussettes blanches, les socques, la coiffure compliquée pleine d'épingles, tendrement accrochée au bras d'Osami, dans une attitude qui ne laissait aucun doute sur leur intimité.

Derrière, il y avait une date. 1969. Et quelques caractères japonais. Malko s'approcha de Kuniko :

— Qu'est-ce que cela veut dire?

Elle lui traduisit :

— A mon amour de printemps. Osami.

La fille était Shiganobu, la taxi-girl du *Mikado*, envoyée retrouver Osami.

CHAPITRE XII

Le Tokkaido glissait lentement entre les néons de Ginza. Les caractères japonais illuminaient la nuit de leurs courbes bizarres, apportant une touche de poésie à cette ville foncièrement laide. Le cerveau vide, Malko regardait défiler les quais de la gare de Tokyo. Ne pouvant s'empêcher de revoir Osami se précipiter dans le vide. Kuniko dormait sur son épaule. Epuisée nerveusement. Lorsqu'elle était fatiguée, les cicatrices de la chirurgie esthétique ressortaient bizarrement. Elle se réveilla brusquement, les yeux pleins d'horreur. Malko l'avait entraînée dans un monde brutal et sanglant si différent de l'univers feutré et confortable où elle vivait d'habitude...

— Nous sommes arrivés, dit Malko.

Il l'aida à descendre. Il faisait froid. A côté du quai, il aperçut dans un kiosque la photo d'Osami sous une manchette incompréhensible et énorme.

— Que disent-ils? demanda Malko.

Kuniko parcourut rapidement la première page.

— Qu'un membre du Sekigun s'est suicidé pour ne pas tomber entre les mains de la police et d'agents de la C.I.A.

Et vive la discrétion! Malko maudit les journalistes. Shiganobu était désormais sa seule piste. Elle en savait sûrement plus après la conversation qu'elle avait eue avec son ancien amant. Il chercha des yeux M. Yamato qui devait venir le chercher, l'aperçut au fond du couloir, bien rassurant avec ses lunettes et son gilet, sa petite boîte noire pleine de mort subite à la main.

Il vint aussitôt vers Malko. Ce dernier lui avait téléphoné de Kyoto.

— J'ai fait le nécessaire, Malko-san, dit-il aussitôt. Shiganobu est au *Mikado*. Elle n'en sortira pas tant que nous ne l'aurons pas vue... Je viens avec vous.

Il échangea quelques mots en japonais avec Kuniko. Celle-ci se tourna vers Malko.

— Je crois que je vais aller me coucher... Je n'en peux plus.

Pour le *Mikado*, il n'avait pas besoin d'elle. Le *Mikado*, c'était une des attractions n° 1 de Tokyo. La plus grande usine à taxi-girls du monde. A cause de la crise, la direction avait réduit le nombre des entraîneuses à sept cents... A côté, le *Lido* faisait figure de bar confidentiel.

*
* *

La Nissan noire les déposa en face d'une façade éblouissante de néons où le nom du *Mikado* scintillait en lettres mauves de trois mètres de haut, écrasant la rue étroite. Des taxis déversaient sans cesse de nouveaux clients. Malko aperçut en face une ruelle avec une douzaine de pousse-pousse sagement alignés. Incongrus dans ce décor ultra-moderne.

— On se déplace encore en pousse-pousse? demanda-t-il.

Yamato écarta ses grosses lèvres en un sourire gourmand.

— Seulement les geishas. C'est leur quartier, ici. Elles continuent à se rendre chez leurs clients de cette façon traditionnelle. Ainsi, personne ne voit leur visage. Mais cela coûte de plus en plus cher...

A l'époque atomique, il y avait encore des geishas. Etonnant Japon. L'immeuble du *Mikado* était légèrement en retrait avec une avancée sous laquelle stationnaient une douzaine de grosses limousines noires avec des chauffeurs. Ceux des riches clients qui se détendaient à l'intérieur. Malko se heurta à l'un d'eux escorté par trois taxi-girls de la boîte, en kimono. Elles encerclèrent sa limousine multipliant les courbettes et les sourires tandis qu'il s'installait. Elles continuèrent tandis que la voiture démarrait, restant cassées en deux alors que le véhicule était déjà loin.

Elles rentrèrent ensuite dans le *Mikado*, se tenant par la main, trottinant sur leurs socques de bois. Une quinzaine de serveurs, alignés comme des bouteilles sur un bar, s'emparaient des nouveaux arrivants. Le hall grouillait de filles en kimono ou vêtues à l'occidentale. Seules ou escortant des clients pris de boisson, repoussant les avances trop précises avec l'éternel petit rire gêné.

Evitant les serveurs, Yamato se dirigea vers un groupe à l'écart. Deux Japonais monstrueux qui devaient peser un quart de tonne chacun, bardés de graisse, boudinés dans des costumes ridiculement trop serrés, et le grand en kimono noir et au crâne rasé que Malko avait déjà vu à l'*Utamaro*. Les deux monstres tentèrent en vain de se plier en une courbette respectueuse puis se contentèrent d'un sourire peu rassurant. Yamato donnait ses instructions d'une voix sèche. Les autres firent leur rapport.

— Shiganobu-san est avec un client, expliqua Yamato. Que voulez-vous faire?

— Qu'elle termine, dit Malko. Nous la verrons ensuite.

Avec les trois féroces, il y avait peu de chance qu'elle s'échappe... Les cinq hommes s'engagèrent dans l'escalier menant à la salle, aux murs tapissés d'œuvres de grands maîtres contemporains. Le *Mikado* avait les moyens...

— Ce sont d'anciens lutteurs de *sumo*, expliqua Yamato. Kawashi-san les utilise pour intimider ses ennemis.

Une musique assourdissante les agressa dès qu'ils pénétrèrent dans une salle qui n'aurait pas tenu dans le grand hall de l'aéroport d'Orly. Sur la musique d'un vieil air japonais, *Sept petits corbeaux*, une trentaine de Japonaises aux jambes arquées dansaient un french-cancan endiablé, face à des dizaines de petits boxes capitonnés entre lesquels circulaient les taxi-girls et les serveurs.

Il y avait une seconde salle plus haut, une sorte de balcon gigantesque, avec d'autres boxes. Un serveur, avec la dextérité d'un prestidigitateur, entassa Malko et ses quatre compagnons dans un box choisi par Yamato. Ce dernier devait avoir une certaine autorité car le serveur chassa littéralement vers un autre coin de la salle un paisible businessman aux yeux bridés occupé à conter ses malheurs à deux taxi-girls blasées.

Malko jeta un coup d'œil distrait à la carte. A gauche, il y avait le prix des consommations, à droite celui des filles. Deux mille *yens* l'heure, ensuite, cinq cents *yens* le quart d'heure. Nettement plus abordable que le *Hawa*... Dans le box voisin une espèce d'ogre japonais, gigantesque et barbu, contemplait le show d'un œil bovin, une main énorme enserrant la cuisse de la taxi-girl en kimono qui lui tenait compagnie... Yamato se pencha vers Malko.

— Shiganabu est là-bas, à la troisième table.

Il regarda dans la direction indiquée, eut du mal à reconnaître la timide fille aux bas gris dans cette geisha en kimono de soie brodée, avec un gros obi jaune, un maquillage presque blanc, les lèvres réduites à deux traits rouges et une grosse perruque qui la vieillissait. La main serrée entre celles d'un Japonais aux cheveux gris, le regard absent, une sorte de demi-sourire mécanique plaqué sur ses traits. Soudain, elle aperçut Malko, Yamato et les autres. Son expression changea, les coins de sa bouche s'abaissèrent.

Elle avait peur.

Malko se leva aussitôt, alla vers elle. Avec un sourire d'excuse pour son client, il lui dit en anglais :

— J'ai été à Kyoto. Osami s'est suicidé. Il faut que je vous parle.

Il vit ses prunelles s'agrandir, elle balbutia quelques mots incompréhensibles, arracha sa main, secoua la tête comme pour chasser une mouche invisible. Choquée. Déjà Malko s'éloignait. Il voulait lui donner le temps de réfléchir. De se remplir les yeux des lutteurs de *sumo*. M. Kawashi ne les avait pas envoyés pour lui tenir la main. Malko devinait la férocité du vieux racketteur. Si Shiganobu savait quelque chose, elle serait forcée de le dire. Il lui donnait une chance. Une fois entre les mains des trois tueurs, il ne pourrait plus rien pour elle. Il espérait qu'elle avait compris le message. Peut-être ne savait-elle rien? Lorsqu'il revint à la table, Yamato luttait contre une meute de taxi-girls acharnées à leur tenir compagnie.

Exaltant, dans un gazouillis pressant, le charme des deux lutteurs, les comparant à Paul Newman, à Alain

Delon, à des idoles à la beauté incomparable, Yamato dut élever la voix...

Les girls du french-cancan avaient laissé la place à une chanteuse philippine qui hurlait un tango italien en espagnol avec l'accent américain. Une nacelle s'avança soudain au-dessus de Malko, glissant suspendue à un rail qui faisait le tour de la salle, portant quatre filles vêtues uniquement d'un cache-sexe en strass, saluant la foule comme un président américain...

Sans arrêt, les filles circulaient entre les boxes, bavardant entre elles, accompagnant un client ou chassant...

Le *Mikado* était un gigantesque divan de psychanaliste. Les clients venaient là sans trop d'espoir sexuel, simplement pour raconter leurs malheurs à une créature attrayante, qui ponctuait son attention de petits « hai » [1] pleins de commisération. Malko surveillait Shiganobu, dont le client était en train de noter scrupuleusement le numéro de téléphone, faux à cent pour cent. Elle sortit soudain de sa poche une petite boîte noire et appuya dessus.

— Que se passe-t-il? demanda Malko.

— La mama-san vient de lui signaler qu'un nouveau client la demande, expliqua Yamato. On va le guider jusqu'à elle. Si elle ne peut le prendre, elle s'excusera et l'enverra à une amie.

C'est beau, le maquereau électronique...

Malko continua à observer Shiganobu, en train de prendre congé de son client. Un jeune homme apparut dans son champ de vision, se frayant un passage vers le box où elle se trouvait, guidé par une autre taxi-girl. Très jeune, les cheveux longs sur la nuque, carré d'épaules, avec une allure un peu gauche, les cheveux très courts, le visage

[1] Oui.

fermé. Quelque chose dans son allure et dans son expression alerta Malko. Il détonnait dans ce décor, il n'avait pas l'air de chercher à s'amuser, bousculait les filles comme un somnambule.

Marchant droit sur Shiganobu.

Malko se pencha sur Yamato.

— Regardez l'homme en complet marron!

Yamato jeta un cri bref. Les trois « gorilles » se levèrent d'un seul bloc, bousculant la table. L'homme qui s'avançait sur Shiganobu tourna la tête, les vit, accéléra son allure. Il lui restait dix mètres à parcourir. Elle ne l'avait pas encore vu.

Les cinq hommes tentaient déjà de se frayer un chemin au milieu des filles agglutinées dans le passage. Deux masses noires se ruèrent au milieu d'elles, distançant Malko, Yamato et le Japonais au crâne rasé. Les ex-lutteurs de *sumo*. L'homme au complet marron les vit arriver sur lui. Il ne devait pas peser plus de soixante kilos. Il s'arrêta brusquement, se ramassa comme un fauve, puis se rua sur eux, dans un moulinet de manchettes et de coups de pied.

Le premier monstre succomba sous une rafale de manchettes au foie. Il resta quelques secondes hébété, la bouche ouverte, avant de s'effondrer sur un couple en plein flirt.

L'autre n'avait plus de dents. D'un revers fulgurant le jeune homme lui avait fait sauter toutes celles de devant. Pour faire bon poids, il lui assena une estocade au plexus, qui le foudroya.

Alors seulement, il reprit sa marche vers Shiganobu. Clouée sur place, la Japonaise le regardait venir.

Malko, grimpant sur une table, dépassa Yamato et le crâne rasé, englués dans un groupe compact, atterrit entre l'agresseur et Shiganobu. Bousculé par les gens qui s'enfuyaient, il avait peur de tirer. Déjà, son adversaire fonçait sur lui. Malko vit un visage crispé, des yeux brillant d'un éclat insoutenable, étendit le bras pour tirer à bout portant. Devina plus qu'il ne vit un poing partir vers lui. Il se sentit soulevé de terre, entendit un cri rauque, eut l'impression de recevoir un coup de pied de cheval dans le ventre. Plié en deux, il s'effondra sur quelque chose de mou qui hurla. Il vomit, se remit à quatre pattes, vit dans un brouillard la silhouette de l'homme qui l'avait frappé atteindre Shiganobu presque en même temps que Yamato et l'homme au crâne rasé. Il entendit le cri aigu de la Japonaise.

Il parvint à se relever totalement pour voir Shiganobu, sans perruque, vomir un jet de sang, et une masse confuse, faite de l'agresseur, de Yamato et du Japonais au crâne rasé tournoyer au milieu de la mêlée.

*
* *

Le visage du jeune homme en costume marron n'était plus qu'une bouillie sanglante. Etendu sur le dos, dans l'allée étroite, il ne respirait plus. Un coup direct de Yamato lui avait pulvérisé la trachée artère, l'homme au crâne rasé avait fait le reste... Trop tard pour sauver Shiganobu. Son corps à elle avait été étendu sur une banquette, avec une serviette pour dissimuler le visage. Malko, la bouche amère, contempla le cadavre.

— Que lui a-t-il fait?

Yamato semblait tassé sur lui-même. Quelle perte de face! Ses lunettes avaient sauté, et il clignait des yeux comme un hibou surpris par la lumière, frottant ses mains l'une contre l'autre.

— Il lui a fait éclater le cœur, Malko-san, murmura-t-il. C'est de ma faute. Lui aussi était karatéka.

Le Japonais au crâne rasé avait l'œil gauche fermé par un énorme hématome et ne pouvait visiblement plus se servir de son bras droit. Quant aux deux lutteurs de Sumo, ils préféraient rester à l'arrière-plan. Honteux. Les casquettes plates de plusieurs policiers japonais apparurent à l'entrée. L'orchestre continuait à jouer sans enthousiasme, car on était à cinq minutes de la fermeture. Les curieux se penchaient au balcon, essayant de voir quelque chose. Un cercle de taxi-girls terrifiées entourait les deux corps. M. Yamato poussa discrètement sous une table la boîte contenant le P. 08. Malko réalisa qu'il tenait toujours son pistolet extra-plat dans son poing crispé et le rentra précipitamment. Il y avait tellement de sang sur le tueur abattu qu'il était impossible de savoir où la balle l'avait touché.

Il s'en voulait à mort. Ils avaient tous pensé à empêcher Shiganobu de sortir du *Mikado*. Sans songer à empêcher le tueur d'entrer. Il reconstituait facilement le meurtre. Hiroko avait appris par les journaux ou la radio le suicide d'Osami. Or, ce dernier avait dû lui faire part de la visite inattendue de Shiganobu. La terroriste avait lié les deux choses et réagi avec sa férocité habituelle.

Les policiers arrivaient. Résigné, Malko se tourna vers M. Yamato, qui cuvait sa honte, la tête baissée, ses mains inutiles le long du corps.

— Demandez-leur de prévenir Tom Otaku, le directeur du Kohan. Cela évitera beaucoup d'explications.

*
* *

Le corps de Shiganobu reposait au milieu d'une allée, recouvert d'un kimono blanc, couleur de deuil. L'énorme *Mikado* était vide. Les mains dans les poches de son pardessus, Tom Otaku répétait à Malko pour la dixième fois qu'il aurait dû laisser faire le Kohan et ne pas s'amuser à jouer avec le feu.

Malko était tenté de lui donner raison. M. Katsimoto était mort. Mademoiselle Paix Jaillissante aussi, Osami et Shiganobu également, et lui n'avait réchappé que par miracle.

Le jeune homme au complet marron n'avait aucun papier sur lui, mais on l'identifierait probablement grâce à ses empreintes. La mort lui avait donné un visage d'enfant. Ses mains étaient étonnantes : des cals énormes renforçaient les phalanges, les ongles n'existaient presque plus... De vraies massues.

Pour se réconforter, Malko se répéta que toutes les polices japonaises n'étaient pas arrivées à mettre la main sur Hiroko en trois ans. Qu'au moins il la gênait.

Mais maintenant, il ne voyait vraiment pas comment s'attaquer de nouveau à elle. Toutes les pistes s'étaient terminées tragiquement. D'une oreille distraite, il écouta les recommandations de Tom Otaku, serra la main du policier japonais et s'éloigna en compagnie de Yamato. Il avait fallu son intervention énergique pour qu'on n'embarque pas l'homme de confiance de M. Kawashi. La boîte noire contenant le P. 08 avait mystérieusement disparu.

Les témoins ayant établi la légitime défense, Malko n'avait pas eu trop de problèmes. Pourtant, les Japonais avaient insisté pour confisquer le pistolet. Poliment, mais fermement. On le rendrait à Malko, les essais de balistique effectués. Il avait dû céder.

Il sortit du *Mikado* avec M. Yamato. Il n'était que minuit et demi, mais la plupart des bars avaient déjà fermé. La rue était calme et obscure, tous néons éteints.

— Ma voiture est partie ramener les blessés,

dit Yamato. Nous allons marcher pour trouver un taxi.

Comme toujours, la rue n'avait pas de trottoir. Seules les enseignes des maisons de geishas brillaient dans l'obscurité. Avec quelques bars attardés. Malko ne pouvait s'empêcher de penser à l'avenir. Les chances de retrouver Furuki vivant s'amenuisaient. Hiroko avait dû le tuer depuis longtemps. Ils marchaient en silence lorsque Yamato lui dit :

— Regardez, Malko-san.

Un rickshaw venait vers eux, pédalant au milieu de la chaussée, hâlé par un Japonais pieds nus, en dépit de la pluie. Hermétiquement fermé. Cela avait un air anachronique adorable, au milieu des chromes des voitures. Malko pensa à l'homme raffiné qui faisait venir ainsi une geisha pour le distraire ou l'aimer... Agréable façon de vivre. Le Japon était un vieux pays féodal, il ne fallait pas l'oublier. Où, un siècle plus tôt, les samouraï louaient leur sabre au plus offrant. Souvent pour des causes douteuses. Comme lui faisait pour la Central Intelligence Agency...

Le bruit léger du rickshaw se rapprochait. Malko essaya d'apercevoir la geisha à travers les rideaux tirés. Soudain, son regard accrocha un objet noir dépassant légèrement d'un des rideaux.

Le canon d'une arme.

CHAPITRE XIII

— Attention!

Malko poussa violemment Yamato et l'entraîna dans sa chute sur le trottoir glissant et froid. Ils roulèrent par terre au moment où une rafale d'arme automatique pulvérisait la vitrine d'un restaurant éteint, s'enfonçant dans l'asphalte au-dessus d'eux.

Redressant la tête, Malko vit le pousse-pousse s'éloigner à toute vitesse. Le temps que les deux hommes se relèvent, il tournait déjà dans une ruelle. des flammes oranges en jaillirent de nouveau et des balles s'enfoncèrent dans des voitures en stationnement. Ni Malko ni Yamato n'étaient armés : c'était de la folie de poursuivre leurs agresseurs.

Tout s'était passé si vite que les quelques policiers qui se trouvaient encore à l'intérieur du *Mikado* ne s'étaient rendu compte de rien.

Ils s'avancèrent avec précaution jusqu'au coin où le pousse-pousse avait tourné. Une étroite ruelle sombre. Ils en aperçurent plusieurs à l'arrêt. Aucun signe de vie. Ils s'enhardirent et avancèrent encore. Un pousse était abandonné au milieu de la ruelle. Malko trouva un chargeur de mitraillette oublié sur la banquette. Mais aucune trace de leurs agresseurs. Ils continuèrent, débouchant dans une rue plus large, bien éclairée. Un taxi passa et ralentit, vide.

Yamato réalisa tout à coup que son oreille droite dégoulinait de sang. Une balle l'avait effleuré. Il n'y avait plus qu'à rentrer à l'hôtel. Ils stoppèrent un taxi. Malko pensait à l'intrépidité sans limites de Hiroko. Elle avait eu l'audace de rester à rôder autour du *Mikado* pour tenter une nouvelle fois de le tuer... Elle était complètement folle. Quel serait son prochain coup?

Il fut soulagé de retrouver le grand hall de l'*Imperial*. Malko se sentait vieilli de cent ans. Quelle journée! Le suicide d'Osami, le meurtre sauvage de Shiganubo, et, maintenant, cette ultime tentative pour les éliminer tous les deux. Malko se força à sourire à Yamato, défait.

— M. Kawashi doit maudire le jour où il m'a rencontré, dit-il.

Les prunelles noires de Yamato s'assombrirent encore :

— Kawashi-san est un homme de grande patience, dit-il. Même si cela doit durer très longtemps, il viendra à bout de cette personne.

A moins qu'Hiroko ne vienne à bout de Malko avant.

*
* *

Malko sortit de l'immeuble en brique rouge du ministère de l'Intérieur avec soulagement. D'abord, il avait fallu récupérer son pistolet extra-plat. C'est tout juste si l'Empereur Hiro-Hito n'avait pas été obligé d'intervenir en personne. Finalement, Al Borzoï avait moralement « tordu quelques bras », et un policier à lunettes avait rendu solennellement son arme à Malko après lui avoir fait signer une déclaration en sept exemplaires où il jurait sur ce qu'il avait de plus sacré de ne plus s'en servir sur le territoire japonais, quelles que soient les circonstances.

Mais tout cela n'était que du folklore. Le fait brut demeurait. Hiroko tenait tête à tout le monde. Pourtant, Malko lui avait porté des coups sévères.

A Washington, les gens de la C.I.A. viraient à l'hystérie.

Il FALLAIT retrouver Furuki. L'honneur de la *Company* était à ce prix. Lorsque Al Borzoï lui apprit tout cela, Malko eut envie de lui dire, que s'ils y tenaient tellement, ils n'avaient qu'à ne pas l'échanger contre l'ambassadeur. Des diplomates, il y en avait à la pelle. On aurait même pu leur donner Kissinger. Ce qui aurait rempli certains de joie...

*
* *

Furuki toussait presque sans arrêt depuis la nuit précédente. Une toux rauque qui lui arrachait les poumons. Il avait refusé le riz imbibé de soja qu'on lui avait apporté au lever du soleil. A travers la peau diaphane, marbrée de coups, de son torse, on voyait toutes ses côtes. Jinzo s'approcha de Hiroko assise dans la plus grande pièce de la maison, à sa place habituelle, sous le kakimono.

— Furuki-san va mourir, dit-il.

Hiroko leva un regard indifférent. En ce moment, elle était très loin de Furuki. En train de faire des projets d'avenir. Ses yeux avaient presque dégonflé, mais le traitement brutal qu'elle se forçait à suivre la vidait, en dépit des amphétamines. A certains moments, elle avait du mal à se bouger. L'éclat extraordinaire de ses yeux, qui fascinait tellement ses partisans, avait disparu. De nouveau, elle était sensible au froid, et son cœur ne battait plus la chamade. Elle avait l'impression de s'éteindre.

— Non, il ne mourra pas, dit-elle. Je le tuerai avant.

Jinzo n'insista pas. Les rangs s'éclaircissaient autour d'Hiroko. Ko, le garçon tué au *Mikado*, était un des plus vieux compagnons de la terroriste. Osami aussi. Michiko avait milité depuis le début. La demi-douzaine qui demeurait se demandait comment tout cela allait finir... Bien sûr, ils avaient encore des armes en quantité, stockées depuis longtemps, de l'argent — grâce aux cinq cent mille dollars — et des complices. Grâce aussi à leur prudence, personne ne savait où ils se cachaient. Officiellement, la maison était louée à une secte contemplative. Ce qui expliquait l'absence de visites et le calme qui y régnait.

Hiroko se redressa et alla trouver Jinzo qui faisait chauffer du thé.

— Réuni tout le monde pour cet après-midi, annonça-t-elle. J'ai une communication importante.

Sa décision était prise, son plan mûri dans sa tête. L'échec du *Mikado* lui avait appris une chose : plus question d'improviser. Mais le temps lui était compté...

*
* *

Une petite lumière rouge s'alluma chez Malko lorsqu'il reconnut la voix saccadée de Max Sharon. Depuis que le journaliste-barbouze l'avait envoyé à Kawashi, il n'avait plus entendu parler de lui.

— Je voudrais vous voir, disait Sharon. Le plus tôt possible.

— Je peux venir maintenant, dit Malko.

— Très bien. Venez.

L'*Imperial* n'était qu'à cinq cents mètres. Intrigué, Malko se rua dans l'ascenseur et sortit par la porte latérale du grand hôtel. Dans la rue qu'il emprunta, longue de cent mètres, il y avait trois cinémas, jouant tous des films d'Alain Delon. La coqueluche des Japonais...

Max Sharon tirait sur sa pipe, assis derrière son bureau. Il était seul. Toujours exquisement poli, il s'enquit de la santé de Malko, des progrès de son enquête, des restaurants qu'il avait fréquentés... Puis il tapota la pipe contre le cendrier et dit de sa petite voix sèche :

— Bon. J'ai une proposition à vous transmettre...

— De qui? interrompit Malko.

Max Sharon leva la main.

— Attendez! Tenez-vous toujours à récupérer un certain Furuki?

Malko eut du mal à garder son calme. Ou Max Sharon était un maître de l'humour noir ou il se moquait de lui...

— Nous avons mis Tokyo à feu et à sang à cause de ce Furuki, dit-il. Alors...

— Bon.

Sharon semblait considérer cela comme une excellente nouvelle. Il remit du tabac dans la pipe, gratta le bout de son nez pointu et dit :

— Les gens qui détiennent Furuki sont prêts à l'échanger. Ils m'ont chargé de vous contacter. Pour savoir si cela vous intéressait?

— Que veulent-ils en échange? demanda Malko qui connaissait déjà la réponse.

Max Sharon pointa la pipe sur lui.

— Vous.

Un désagréable petit frisson parcourut l'épine dorsale de Malko. Si Hiroko était prête à abandonner Furuki contre sa modeste personne, ce n'était sûrement pas pour jouer aux cartes. Il essaya de faire l'imbécile.

— Pourquoi, moi? demanda-t-il.

Max Sharon eut un petit rire sec.

— Je n'en sais rien. Et ce n'est pas mon problème. Je suis seulement chargé de vous transmettre cette proposition. A vous d'accepter ou de refuser.

Les yeux dorés de Malko essayaient de lire sur le visage impassible et ridé. En vain.

— Vous savez bien qu'Hiroko me veut pour me tuer, dit-il. Elle a déjà essayé trois fois.

Max Sharon écarta les bras en signe d'impuissance, avec une mimique significative.

— C'est possible, mais cela ne me regarde pas. C'est vous que cela concerne. Vous me dites seulement oui ou non.

— J'ai besoin de réfléchir, dit Malko.

— Pas longtemps, fit Max Sharon. On doit me rappeler demain matin, pour que je donne la réponse. Si elle est négative, Furuki sera immédiatement exécuté.

Malko plongea ses yeux dans ceux du journaliste :

— Sharon, dit-il, vous savez très bien pour qui je travaille. Pour les mêmes gens que vous. Si vous savez quelque chose, dites-le. Hiroko est dangereuse.

Le journaliste ne se troubla pas.

— Cela ne change rien, fit-il. Si je peux aider la *Company,* c'est parce que j'ai des amis partout. Et puis... (Il hésita un peu.) J'ai beaucoup changé depuis que je suis arrivé au Japon.

Autrement dit, il ne désapprouvait pas entièrement Hiroko... Malko comprit que ce n'était pas la peine d'insister.

— Très bien, dit-il, je vais en parler à Al Borzoï.

Au moment où il atteignait la porte, Max Sharon ajouta :

— Bien entendu, pas de police. Sinon, il n'y a pas d'échange...

— Bien entendu, dit Malko.

Il trépigna dans l'ascenseur d'une lenteur exaspérante, sauta dans le premier taxi.

— A l'ambassade américaine.

Malgré lui, une boule d'angoisse lui bloquait l'estomac. C'était la confrontation finale. Voulue par Hiroko. Avec pour but avoué de le tuer.

*
* *

Une fumée épaisse emplissait le petit bureau de Tom Otaku, le patron du Kohan. On avait dû voler des chaises dans tous les bureaux voisins pour tenir la conférence convoquée d'urgence. Le chef de la « tranche K » du ministère de l'Intérieur, plusieurs officiers du Kohan, Al Borzoï, deux autres Américains de la C.I.A., le préfet de Police de Tokyo.

Tom Otaku, le regard retranché derrière ses grosses lunettes, écoutait le préfet de Tokyo développer sa thèse. Il traduisit pour Malko :

— Hasaki-san, dit-il, est absolument opposé au principe de cet échange. Il ne veut pas prendre la responsabilité de votre sécurité. S'il vous arrivait quelque chose. De toute façon, il s'oppose à laisser un groupe terroriste kidnapper un citoyen d'une nation amie sur le territoire japonais. S'il peut arrêter Hiroko ou ses complices, il le fera, quels que soient les engagements pris avec elle.

C'était clair et net. Les officiels japonais avaient été traumatisés par l'enlèvement de l'ambassadeur et ne voulaient à aucun prix se retrouver dans la même situation.

Malko échangea un regard avec Al Borzoï. Celuici se tourna vers Tom Otaku.

— Qu'en pensez-vous, Tom?

Le Japonais frotta sa bajoue droite de la main gauche et dit lentement :

— Je pense qu'il faudrait tendre un piège à ces terroristes pour tenter de les capturer. Que c'est peut-être une occasion unique. Mais qu'à aucun prix il ne faut les laisser s'emparer du Prince Malko Linge.

— Vous sentez-vous capable d'assurer sa sécurité? demanda Borzoï, si nous envisagions quelque chose de semblable.

Tom Otaku secoua lentement la tête :

— Non. Si le Prince accepte ce risque, c'est sous sa propre responsabilité. La décision lui appartient.

Tous les Japonais présents tournèrent la tête vers Malko. L'observant comme une bête curieuse. Il s'entendit dire d'une voix qu'il ne reconnaissait pas :

— J'accepte.

*
* *

— Bon, voilà, fit rondement Max Sharon. Vous êtes seul. Avec moi. Hiroko viendra avec Furuki. Il repartira avec moi, et vous repartirez avec elle.

Debout derrière son bureau encombré, Max Sharon observait Malko, les yeux plissés, le regard perçant.

— Et si Hiroko m'abat dès qu'elle me voit? objecta Malko.

— Impossible, fit Sharon. Elle m'a donné sa parole.

Malko scruta le visage japonisé du journaliste-barbouze pour voir s'il parlait sérieusement. Mais il était aussi impénétrable qu'un vrai Japonais. Cela n'empêcherait sûrement pas la terroriste de dormir, de se renier. Comme si Sharon devinait ses pensées, il ajouta :

— Les gens du Sekigun sont très sensibilisés à l'opinion que certaines personnes ont d'eux. Il y a des choses qu'ils ne peuvent pas faire. Me trahir en fait partie. Ce serait trop long de vous expliquer pourquoi. Alors?

— C'est oui, dit Malko.

Max Sharon retira la pipe de sa bouche.

— Bien, fit-il. Sans changer d'expression. Alors, vous venez demain ici à quatre heures.

Il serra la main de Malko, le raccompagna jusqu'à l'ascenseur. Celui-ci se retrouva dans Harumi Avenue, marchant comme un automate. Le ciel était bleu. Il faisait très froid. Un vent violent avait chassé le mauvais temps.

Malko se dit qu'il était complètement fou

CHAPITRE XIV

Hiroko repoussa la cloison de papier et s'avança vers Furuki. Avec, dans la main droite, une longue baïonnette japonaise effilée et fine. Le prisonnier l'observa avec terreur, mais il était si faible qu'il n'eut même pas la force de redresser la tête. Convaincu qu'elle avait perdu la raison, mais malheureusement aucun des autres membres du Sekigun ne semblait le réaliser...

Hiroko glissa la lance de la baïonnette entre les liens qui le retenaient au poteau de bois et les trancha d'un coup sec. Sans un mot. Surpris, Furuki s'effondra en avant sur le plancher de bois de la véranda, puis roula sur le sable bien peigné du jardin *zen*. Il resta prostré, tremblant de froid, ahuri de douleur, n'osant pas lever la tête, se demandant ce que dissimulait cette soudaine magnanimité.

— Relève-toi, ordonna Hiroko.

Furuki se mit d'abord à quatre pattes, puis se redressa en s'appuyant au poteau où il avait été attaché. Hiroko alla dans un coin de la véranda et en ramena une pioche qu'elle tendit à Furuki. Ensuite, elle lui désigna le rectangle de gravier du jardin *zen* :

— Tu vas creuser ici. Un trou de deux mètres sur soixante centimètres, un mètre de profondeur.

Furuki n'osait pas comprendre. La terreur lui donna le courage de demander :

— Pour quoi faire?

Hiroko le fixa avec une expression impénétrable :

— Les traîtres doivent creuser leur tombe eux-mêmes.

Elle s'éloigna un peu et s'assit sur une grosse pierre, le surveillant. Comme Furuki ne bougeait pas, elle lui cria :

— Creuse ou je t'arrache les yeux.

Il donna un faible coup de pioche. Ignorant s'il s'agissait d'un bluff macabre ou si c'était vraiment la fin. Après neuf jours de supplice...

*
* *

Une carte à grande échelle de Tokyo avait été épinglée sur un des murs du bureau de Tom Otaku. Le chef du Kohan prit une baguette et expliqua à Malko :

— Vous partirez de votre hôtel. Dès que vous sortirez de l'immeuble de Sharon-san, vous activerez l'émetteur radio cousu dans votre veste en appuyant sur le premier bouton. Cet appel alertera les hommes à pied qui surveilleront les alentours, les équipes dans différents véhicules tout autour et mon bureau.

« A partir de ce moment, tout le dispositif de surveillance ne vous lâchera plus. En plus des voitures et des gens à pied, trois hélicoptères seront en alerte, sur le toit du ministère, prêts à décoller avec un préavis d'une minute. Chaque appareil aura huit tireurs d'élite de l'armée, équipés de fusils à lunette. Si vous partez par le métro, les hommes à pied vous suivront. Ils sont assez nombreux pour ne pas vous perdre. Nous avons mobilisé tous les gens de la « Tranche K ». Tous sont équipés de radios reliées à mon P.C. Si vous étiez amené à prendre le train, les hélicoptères prendront le relais.

— Quelles sont leurs consignes? demanda Malko.

Tom Otaku se rassit et fixa Malko.

— Abattre Hiroko et ses complices dès qu'ils seront en position de le faire.

Malko se souvint des Jeux Olympiques de Munich. Là aussi, il y avait un déploiement incroyable de forces policières... Cela avait quand même fini très mal.

— Et si vous me perdez dans le métro?

Le policier japonais eut un sourire rassurant.

— Il y a un policier dans chaque station! Dans la veste, il y a des pastilles. Si quelque chose d'imprévu s'est passé, vous en prenez une, vous la laissez tomber par terre et vous l'écrasez. Trente secondes après, elle dégagera une épaisse fumée orange qui alertera le policier de garde à la station. Il y a très peu d'étrangers dans notre métro. Vous serez facilement reconnaissable... De toute façon, votre émetteur radio enverra des tops toutes les dix secondes. Or, nous aurons cent vingt véhicules, voitures et motos, tous munis de radios qui quadrilleront tout Tokyo, se déplaçant en même temps que vous.

— Bien, dit Malko avec philosophie. Espérons qu'il n'y aura pas d'impondérable.

Quand les Japonais s'y mettaient, c'était le bulldozer. Tom Otaku retira ses lunettes et croisa les jambes. Malko se dit qu'il avait des cuisses monstrueuses... Le chef du Kohan, s'il était inquiet, dissimulait en tout cas, parfaitement ses craintes.

— Prenez votre veste, dit-il. Elle sera votre meilleure protection.

Il se leva et lui tendit ce qui semblait être une veste de tweed. Malko faillit la laisser tomber : elle pesait environ dix kilos. Sous le tissu, il y avait plusieurs couches de nylon intercalées avec de minces plaques d'acier spécial. Seules, les manches n'étaient que partiellement blindées. La doublure recelait encore un puissant émetteur transistorisé, automatique, avec son antenne dont les fils étaient répartis dans la veste.

Malko ôta la sienne et la mit. Il faillit éclater de rire : les manches étaient ridiculement courtes et il pouvait à peine enfiler les épaules.

— Nous avons pris la plus grande, se hâta de dire Tom Otaku.

Heureusement, Malko aurait un imperméable par-dessus. On remit la veste dans un sac, et le chef du Kohan secoua la main de Malko à l'arracher.

— Tout se passera bien, affirma-t-il.

Malko sortit de son bureau avec une légère sensation de malaise. Une chose était claire : les Japonais voulaient se débarrasser de Hiroko à n'importe quel prix. Sa sécurité à lui passerait au second plan. Il risquait de se trouver pris entre deux feux. En traversant Hibaya Park, il pensa au superbe caveau qu'il avait fait aménager dans la chapelle du château de Liezen, pour y être enterré à côté de ses ancêtres.

Cela risquait d'être sa dépense la plus utile.

***

M. Yamoto avait le regard humide derrière ses lunettes, toujours tiré à quatre épingles, le cheveu soigneusement calamistré. Il tira sur son gilet et se gratta la gorge.

— Kawashi-san vous prie d'accepter tous ses vœux de réussite, dit-il. Il m'a chargé de vous remettre un très modeste présent afin de vous encourager dans cette épreuve difficile.

Malko chercha ce qu'il voulait dire. Le Japonais avait les mains vides. Il l'avait trouvé dans le hall de l'*Imperial*, sagement assis sur une banquette, en rentrant de chez Tom Otaku. La veille, il avait averti ses alliés de l'offre d'Hiroko. En faisant préciser à Kawashi que les cinq cent mille dollars lui resteraient dus. A condition qu'on le retrouve. Il savait que le gangster japonais désapprouvait son initiative. Si la police arrêtait ou tuait Hiroko, il aurait perdu définitivement la face...

— Le cadeau est déjà dans votre chambre, précisa Yamato.

Malko remercia, prit sa clef et tendit la main à Yamato.

— Dites à M. Kawashi que je le remercie de son attention et que je l'invite à dîner chez *Maxim's* demain. Pour fêter notre victoire...

Il avait insisté sur le « *notre* ». Yamato plongea dans une courbette particulièrement prononcée.

— Je vous souhaite Mille Années de Bonheur, Malko-san.

Une dizaine ne serait déjà pas si mal... Malko monta dans l'ascenseur. Le temps semblait tout à coup s'écouler très vite. Il ouvrit la porte de sa chambre et demeura interdit sur le seuil. Mademoiselle Riz Précoce lui faisait face, assise sur ses talons à même la moquette, au pied du lit, drapée dans un kimono rouge, maquillée avec soin, une lueur ingénument perverse dans ses yeux bridés.

Elle s'inclina jusqu'à ce que sa perruque noire touche terre, se releva, trottina jusqu'à lui, s'inclina profondément et gazouilla quelques mots incompréhensibles d'une voix mal assurée.

Brusquement, Malko se souvint d'un livre qui se trouvait dans la bibliothèque de Liezen, sur le Japon ancien. Une vieille prescription du Bushidô, code d'honneur des samouraï, recommandait d'offrir à ceux qui allaient mourir une vierge à peine nubile.

*
* *

Furuki avait presque terminé de creuser la tombe. Les cailloux blancs et le sable bien peigné du jardin *zen* avaient fait place à une fosse grossière. Dix fois, Furuki s'était presque évanoui d'épuisement. Il avait des vertiges, des éblouissements. Chaque fois qu'il s'était arrêté de creuser, la voix impitoyable de Hiroko l'avait rappelé à l'ordre. Un soleil radieux brillait sur Tokyo, mais le froid sec paralysait Furuki. Plus que la peur. Il s'était habitué à l'idée de la mort. Comme un grand malade.

Maintenant, appuyé sur sa pioche, il cherchait à maîtriser le vertige qui l'empêchait de se tenir debout. Il eut envie de s'écrouler dans la tombe sans plus lutter.

Il regarda le mur qui entourait le jardin; il n'était pas très haut. Il entendait les bruits de la rue, des enfants qui s'interpellaient, des voitures qui passaient, ignorant l'horreur de cet îlot de sauvagerie médiévale en plein Tokyo...

Hiroko se leva et vint vers lui, la longue baïonnette à la main. Furuki la regarda s'approcher sans bouger. Même pas tenté de la frapper avec le manche de la pioche.

Résigné.

Elle s'arrêta à un mètre de lui.

— Le tribunal révolutionnaire t'a trouvé coupable d'avoir trahi le Sekigun, de nous avoir tous mis en danger et de manquer d'ardeur révolutionnaire...

Furuki écoutait machinalement. D'après la doctrine du Sukatzu, chaque chef d'accusation méritait la mort... Hiroko marqua une pause et ajouta :

— Le tribunal t'a condamné à la mort.

Ce n'était pas une surprise. Furuki lâcha la pioche et dit mécaniquement :

— Je ne suis pas coupable. Je demande l'indulgence du tribunal.

Il voulait encore croire que tout cela n'était qu'une des pompeuses mascarades qu'affectionnait Hiroko, pour se donner de l'importance.

Un éclair de satisfaction passa dans les yeux d'Hiroko. Furuki venait de tomber dans son piège. Elle avait la légalité — leur légalité — avec elle.

— Le tribunal ne peut pardonner à un traître, dit-elle douceureusement. Moi, je te pardonnerais volontiers, mais les autres ne l'accepteraient pas. Il faut que tu te sacrifies pour la Révolution.

Furuki écoutait les phrases creuses, voyait les yeux pleins de méchanceté, croyait entendre le ronflement des réacteurs du « 747 » qui l'amenait au Japon, à la mort. Il se dit qu'il aurait dû protester plus, ne pas se laisser emmener à l'abattoir. Mais c'était trop tard.

Hiroko s'avança, tenant la baïonnette à deux mains à l'horizontale. Elle en appuya la pointe entre les côtes de Furuki, appuya d'un coup sec, enfonçant la pointe d'un bon centimètre. Furuki poussa un cri, recula, trébucha dans la fosse ouverte, tomba à genoux. Hiroko, sans se presser, le rejoignit et enfonça de nouveau la pointe aiguë dans la peau blafarde. Là où un filet de sang coulait déjà. Comme si elle se servait d'un tournevis.

Pour fuir la pointe de la baïonnette, Furuki inclina le torse en arrière, de plus en plus, jusqu'à ce qu'il se retrouve couché sur le dos, avec le froid de la terre contre sa peau nue. Hiroko accompagna le mouvement, sans chercher à enfoncer plus la baïonnette. Un filet de sang suintait de la blessure. Puis, pesant de tout son corps sur le manche de l'arme, Hiroko l'enfonça d'un coup dans la poitrine de Furuki.

Celui-ci eut un râle bref, saisit la baïonnette à deux mains, les yeux révulsés. L'aorte sectionnée, le sang envahissait sa cage thoracique. Il eut quelques spasmes désespérés et, les deux mains crispées sur l'arme, comme pour l'arracher de sa poitrine, il mourut.

Hiroko se redressa, tirant à elle la lame couverte de sang. Cela s'était passé tellement vite. Elle fixa Furuki, déçue qu'il ne bougeât plus. Puis, la baïonnette au bout du bras, elle se dirigea vers la maison. Une nouvelle période s'ouvrait devant elle..

*
* *

Mademoiselle Riz Précoce observait Malko pardessous, avec un sourire jocondien, les mains cachées dans les manches de son kimono. Elle avait une bouche très grande pour son âge, relevée légèrement aux commissures, en une espèce de sourire figé.

La conversation n'était pas facile. Soudain, elle s'avança vers lui et commença à défaire les boutons de sa chemise, avec une dextérité inattendue, émettant un gazouillis totalement hermétique. Il voulut la repousser, mais elle s'accrocha, protestant d'une voix véhémente et aiguë.

Elle prit sa ceinture à deux mains et commença à la défaire. Il eut toutes les peines du monde à l'en dissuader. Comme il la repoussait, il vit de grosses larmes perler dans ses yeux trop maquillés... De guerre lasse, il se replia jusqu'au téléphone et composa un des numéros de M. Yamato. Par chance, le Japonais était à son bureau. Malko le remercia d'abord pour le « cadeau », tentant de lui expliquer qu'il ne pensait devoir en profiter. M. Yamato l'écouta avec patience, puis demanda à parler à Mademoiselle Riz Précoce. La conversation fut sèche et brève. Finalement, Mademoiselle Riz Précoce lui tendit le récepteur, une lueur de triomphe dans ses yeux noirs.

— C'est très ennuyeux, Malko-san, expliqua M. Yamato. Elle dit que vous la trouvez laide, que c'est une perte de face qui lui portera malheur.

— Je ne la trouve pas laide, fit Malko, excédé, mais je n'ai pas encore l'habitude de déflorer les petites filles de douze ans!

— Elle en a treize, remarqua onctueusement Yamato. Elle est très sensible. Elle est capable de se tuer, si vous lui faites perdre la face.

Dans d'autres pays, c'était plutôt le contraire. Malko renonça à argumenter et raccrocha. Aussitôt, pleine d'espoir, Mademoiselle Riz Précoce grimpa sur le lit et s'assit sur ses talons, en face de Malko.

Elle entreprit de le déshabiller comme si elle avait vingt ans de métier, pépiant comme un oiseau. Lorsqu'il fut entièrement nu, elle le contempla avec une admiration muette.

Ne disposant pas de paille de riz, elle se contenta de soupeser dans ses mains fines les parties nobles de Malko, appréciant d'un hochement de tête déjà connaisseur. Puis elle s'activa à un jeu moins innocent. La première amorce de résultat lui arracha un petit cri de satisfaction.

Se penchant ensuite sur lui, elle officia gravement jusqu'à ce qu'elle juge les préliminaires bien engagés. Malko avait l'impression de célébrer un rite païen insolite, tant cette copulation artificielle était bizarre... Mademoiselle Riz Précoce n'éprouvait sûrement aucun plaisir sexuel. Elle n'était que l'humble réceptacle du guerrier...

Elle se redressa, une lueur de fierté dans les yeux, contempla son œuvre quelques secondes, puis, dans le même mouvement, se laissa aller en arrière, toujours appuyée sur ses talons, jusqu'à ce que son chignon touche le lit. Alors, à deux mains, elle écarta le lourd kimono brodé, se découvrant jusqu'au nombril. Malko vit que le renflement glabre de son mont de Vénus avait été soigneusement épilé. Comme il ne réagissait pas à cette invite muette, elle l'interpella d'un ton comminatoire.

Résigné, il s'approcha. Aussitôt, Mademoiselle Riz Précoce l'enserra entre ses jambes fines, avec une force inattendue.

Le reste se fit presque tout seul. Mademoiselle Riz Précoce respirait fortement les yeux fermés, soulevant les reins pour aller à sa rencontre. Lorsqu'il la toucha, elle poussa un petit cri extasié. Puis l'instinct fut le plus fort, et il cessa de se retenir et la traita comme une femme. A sa grande surprise, il ne rencontra pas la résistance physiologique qu'il craignait.

Mademoiselle Riz Précoce demeura totalement immobile tout le temps qu'il la prit, en dépit de sa position inconfortable, le corps tendu en arrière, en arc de cercle. Puis, lorsqu'il s'arracha, elle se remit à genoux, comme une poupée mécanique, et s'inclina respectueusement devant lui. Sage comme une première communiante.

Malko se dit, pour tranquilliser sa conscience, qu'il l'avait sauvée du suicide... Mais ce n'était pas une bonne action dont il se vanterait dans les salons de Vienne. Il avait déjà assez mauvaise réputation...

Marchant à reculons, Mademoiselle Riz Précoce

s'éloigna vers la porte, s'inclina trois fois et sortit. Satisfaite du devoir accompli. Il restait tout juste à Malko le temps d'enfiler sa veste pare-balles-radio et de glisser son pistolet extra-plat entre sa ceinture et sa chemise.

*
* *

Le nez pointu de Max Sharon semblait s'être encore allongé. Il scruta Malko d'un air inquisiteur, la pipe à la bouche, les mains dans les poches de son manteau.

— Vous êtes prêt?

— Quel est le programme? demanda Malko.

— Vous me suivez, dit Max Sharon.

Ils sortirent du bureau, prirent l'ascenseur. Il soufflait un vent violent et glacial. Discrètement, dès qu'il fut dehors, Malko appuya sur le premier bouton de sa veste, déclenchant le signal radio alertant les forces de police. Max Sharon ne semblait s'être aperçu de rien.

— Nous allons prendre le métro à Hibaya Park, annonça-t-il.

De l'autre côté de Hibaya Avenue, Malko repéra une fourgonnette arrêtée en face du marchand de fleurs. Peut-être des policiers. Il chercha dans la foule ceux qui le suivaient, sans les voir. Ce qui le rassura. Max Sharon marchait à côté de lui, impénétrable. Absolument impénétrable. Malko essaya d'en savoir davantage.

— Nous allons dans leur « planque »?

— Non, répondit Sharon, sans sortir la pipe de sa bouche.

Il se ferma comme une huître et ne dit plus rien jusqu'au métro. Une douzaine d'autres voyageurs patientaient sur le quai. La rame arriva. Ils montèrent, s'assirent côte à côte sur une banquette de velours. Le métro de Tokyo était remarquablement propre et silencieux, tous les wagons communiquant entre eux par des soufflets, ce qui donnait au train l'aspect d'un énorme serpent creux. Il y avait pas mal de monde, mais, apparemment, il était le seul étranger. Au bout de trois stations, Max Sharon se leva.

— Nous descendons.

Malko suivit. Le nom de la station était en caractères occidentaux : Hamamatsucho.

Ils émergèrent en bordure d'un parc, dans une rue animée. Malko voyait qu'ils ne se trouvaient pas loin du port, mais c'était la seule indication, outre la longueur du trajet. Au bout de cent mètres, ils stoppèrent devant la vitrine d'un marchand de kimonos. Des choses affreuses et bon marché, avec, au milieu de l'étalage, un petit taxiphone rouge.

— Que se passe-t-il? demanda Malko.

— Nous attendons là, dit Sharon sans plus d'explication.

Malko se plongea dans la contemplation des kimonos. Pendant ce temps, les hommes du Kohan devaient grouiller de tous les côtés. Il s'appliqua à ne pas regarder autour de lui, pour ne pas donner l'éveil à Sharon.

Le téléphone rouge se mit à sonner. Aussitôt, Max Sharon décrocha, écouta quelques secondes, puis raccrocha.

Rien ne se passa pendant deux ou trois minutes. Puis un taxi arriva, vide. Il stoppa en face du marchand de kimonos. Aussitôt, Max Sharon poussa Malko vers le véhicule, dont la portière arrière s'était ouverte automatiquement, commandée par le chauffeur, comme sur tous les taxis.

— Montez.

A peine furent-ils à l'intérieur que le taxi démarra brutalement. Vingt mètres plus loin, il tourna à droite, dans un sens interdit, frôlant une voiture qui arrivait en sens inverse. Soudain, Malko réalisa que le taxi s'était arrêté avant que Sharon ne lui fasse signe... Celui qui le conduisait appartenait à la bande d'Hiroko! Il regarda son visage dans le rétroviseur. Un visage rond, jeune, attentif à la conduite.

Le taxi — probablement volé — se faufila hors du sens interdit, fila le long du port, slalomant entre les obstacles. Cherchant visiblement à déjouer toute filature. Malko pensa aux policiers lancés à ses trousses. Pourvu que sa radio fonctionne bien! A cause du métro, il n'avait pas dû être suivi par beaucoup de gens.

Inquiétant.

Le taxi continua encore cinq minutes, puis stoppa devant un bâtiment d'où partait une voie de ciment en surélévation. Sharon sortit le premier.

— Allons-y.

Malko ressentit un petit picotement désagréable dans la colonne vertébrale. Cette fois, il ne pouvait plus reculer.

— Où? demanda-t-il.

— Nous prenons le monorail pour Haneda, dit Sharon. Ensuite, nous recevrons d'autres instructions...

Le monorail serpentait du centre de Tokyo à l'aéroport de Haneda, en grande partie au-dessus du port.

Max Sharon prit deux tickets pour Haneda. Le monorail ne s'arrêtait qu'une fois avant, à Okeiba Jomae. Ils montèrent jusqu'à la plate-forme de départ. Une demi-douzaine de personnes étaient déjà assises dans la voiture. On apercevait les frondaisons du parc Shubaouschi et l'eau du port. Malko se demanda si on avait pu le suivre... Le taxi était reparti aussitôt. Max Sharon se tourna vers Malko.

— Donnez-moi l'arme que vous avez.

CHAPITRE XV

Malko hésita.

— Allons, fit Sharon de sa petite voix sèche. Dépêchez-vous. Ou nous repartons.

La rame était sur le point de partir. A regret, Malko prit son pistolet et le tendit au journaliste. Celui-ci l'enfouit dans la poche de son pardessus.

Malko monta derrière Max Sharon. Au moment où les portes se refermaient, il aperçut une voiture qui freinait brutalement en bas de la station, trois hommes qui en jaillissaient et se précipitaient dans l'escalier de ciment...

Son estomac se serra. A voir leur précipitation, il y avait gros à parier que c'étaient les premiers à reprendre contact. Malko se rassura en se disant que le parcours jusqu'à Haneda durait plus d'un quart d'heure. Cela laisserait le temps à ses anges gardiens, de « recoller » à la station intermédiaire. Le monorail glissait parallèlement aux voies du chemin de fer filant vers le sud, au-dessus d'un paysage de docks et d'entrepôts. Puis il se sépara des voies ferrées, filant vers l'Expressway n° 1. On apercevait les bateaux en train de décharger dans la baie. Bientôt, ce serait Haneda. Où donc Hiroko avait-elle fixé le rendez-vous? Peut-être voulait-elle partir directement de l'aéroport?

Il y eut soudain un brouhaha de voix et d'appels dans le wagon avant. Malko se raidit d'abord, puis se dressa sur son siège, afin de voir ce qui se passait. Max Sharon avait l'air sincèrement surpris, lui aussi. Le monorail ralentit soudain.

Malko regarda au-dessous d'eux : il vit une sorte d'îlot industriel isolé au milieu des bassins du port, relié à la terre ferme par un pont étroit rejoignant Kaïgan, la grande avenue qui longeait le port sur plusieurs kilomètres. Il aperçut un fourgon arrêté juste au-dessous d'eux. Il tourna la tête vers l'avant et son sang se figea. Un jeune homme braquait une mitraillette sur le conducteur du monorail. Un autre tenait en respect les passagers, stupéfaits et terrorisés.

Max Sharon retira sa pipe de sa bouche, et laissa tomber :

— Ah! nous sommes arrivés.

Une activité fébrile régnait sous le monorail. Plusieurs hommes, le visage masqué par un bas de femme, s'affairaient à appliquer une échelle métallique contre le pilier de béton supportant la voie du monorail! Ils jaillirent sur le « rail » de ciment. L'homme qui menaçait le conducteur força ce dernier à manœuvrer l'ouverture de la porte coulissante.

Trois terroristes armés de pistolets entrèrent dans le wagon et se dirigèrent droit vers Malko et Max Sharon, échangèrent quelques mots en japonais avec celui-ci.

— Nous descendons, annonça le journaliste.

Malko se leva, suivit les hommes masqués, descendit du monorail. Il se dirigea lentement vers l'échelle. A partir de maintenant, il fallait gagner du temps. A tout prix. Les terroristes le bousculèrent.

— Hayaku! Hayaku! [1]

Au moment où il s'engageait sur l'échelle, il vit le monorail redémarrer vers Haneda. Sans les terroristes.

Il mit pied à terre le premier, attendit Max Sharon. Celui-ci était toujours aussi calme. Ils avaient atterri dans un terrain vague bordé par un bras de mer et le mur d'un entrepôt. Les portes arrière de la camionnette s'ouvrirent. Malko aperçut un corps étendu et une femme coiffée d'un béret, les yeux protégés par des lunettes noires. Elle sauta à terre et vint vers eux.

C'était Hiroko.

*
* *

Tom Otaku raccrocha son téléphone et annonça d'une voix atterrée :

— Ils l'ont perdu!

Al Borzoï s'en était douté, à voir l'expression du Japonais.

— Où? fit-il.

— Près de la station Hamamatsucho de la ligne J.N.R. Notre agent n'a pas trouvé de taxi. Mais il a relevé le numéro du véhicule, nous le diffusons en ce moment, toutes nos voitures se dirigent vers cette zone.

L'Américain tira nerveusement sur sa lèvre supérieure. Cela commençait mal. Subitement l'atmosphère du bureau du Kohan lui parut irrespirable.

Des voix excitées sortaient sans cesse des haut-parleurs : celles des policiers luttant contre la circulation. Les mains à plat sur son bureau, Tom Otaku regardait le vide. Il jouait sa carrière.

Une voix tomba d'un haut-parleur, essoufflée et

[1] Vite! Vite!

hachée. Le chef du Kohan se redressa machinalement, annonça :

— Ça y est, ils l'ont retrouvé! Il vient de monter dans le monorail pour Haneda... six de nos voitures sont sur l'Expressway n° 1. Ils vont le prendre à l'arrivée. Je préviens l'aéroport.

Borzoï alluma une cigarette, un peu soulagé mais nerveux. Quand et où la rencontre aurait-elle lieu?

*
* *

Hiroko s'avança vers Malko, son Beretta « 38 » à la main. Malko étouffait de rage. Les voitures défilaient à trois cents mètres sur sa gauche sur l'Expressway n° 1. Sans remarquer le groupe de terroristes. Où étaient les centaines de policiers qui ne devaient pas le quitter d'une semelle?

Rageusement, il appuya sur le bouton de son emetteur radio.

Hiroko l'examinait, sans qu'il puisse voir l'expression de son regard, à cause des lunettes noires. Max Sharon lui dit quelque chose dans sa langue, et elle répliqua aussitôt, Malko vit les coins de la bouche du journaliste s'abaisser légèrement. Mauvais signe.

— Où est Furuki? demanda-t-il en anglais.

Hiroko répondit, dans la même langue :

— Furuki est là.

Sa voix était tendue, trop haute, artificielle. Deux des terroristes se précipitèrent dans la camionnette, prirent le corps étendu et le jetèrent sur le ciment, retirant la toile qui l'enveloppait. Malko vit la poitrine sanglante, yeux morts, la peau blafarde.

Le piège s'était refermé sur lui. Hiroko eut un sourire venimeux et demanda.

— Vous vouliez Furuki. Vous n'êtes pas satisfait?

Un silence tendu régna quelques secondes. Puis Max Sharon apostropha violemment en japonais

Hiroko. Elle l'écouta sans bouger, avant de répondre d'une voix pompeuse :

— Je vous remercie d'avoir amené ce criminel impérialiste ici. C'est une grande contribution à notre cause.

— Non, non, protesta. Sharon, c'est indigne de vous!

Hiroko haussa les épaules.

— Ne soyez pas ridicule, Sharon-san, rien ne passe avant la Révolution.

A l'expression de ses yeux, Malko vit qu'elle allait tirer. D'ailleurs, elle ne pouvait pas s'éterniser. Le monorail avait dû déjà arriver à la station avant Haneda. Dans quelques minutes, Hiroko aurait toute la police de Tokyo sur le dos... Alors, il se passa une chose étonnante. Calmement, Max Sharon sortit la main de sa poche, sans ôter la pipe de sa bouche, tenant fermement le pistolet de Malko.

— Nous repartons, dit-il à Hiroko. Vous avez manqué à votre parole.

Hiroko fut si surprise qu'elle resta quelques secondes sans réagir! Puis tout se remit en route en même temps. La terroriste leva les yeux vers le ciel et poussa un cri inarticulé : Malko suivit la direction de son regard : trois hélicoptères arrivaient droit sur eux, volant au ras de la mer!

Elle rabaissa son regard sur Malko, tendit le bras armé du Beretta vers lui.

Max Sharon cria :

— Hiroko-san, Abounaï! [1]

Les autres terroristes se ruaient vers la camionnette. Max Sharon leva son propre pistolet et appuya sur la détente. Il y eut un « petit clic ».

Il avait oublié d'armer.

Le Beretta claqua deux fois, coup sur coup. Max Sharon chancela et poussa un cri, lâchant sa pipe

[1]— Attention! Hiroko.

qui tomba sur le ciment. Désespérément, il appuya encore sur la détente, toujours en vain. Hiroko tourna alors l'arme vers Malko. Il fixa le trou noir du canon, assourdi par les deux détonations.

*
* *

Le Beretta sauta dans la main d'Hiroko, cracha une flamme presque incolore. Malko eut l'impression de recevoir un violent coup dans l'estomac. Il se plia en deux, pivota sous le choc d'un second coup violent dans l'épaule gauche. Etourdi, il vit le rictus triomphant de la terroriste. Elle n'avait pas encore réalisé que ses balles s'étaient seulement écrasées sur le gilet pare-balles.

Les hélicoptères approchaient en rase-mottes. Dans quelques instants, ils seraient au-dessus d'eux.

Malko réalisa qu'il bénéficiait de quelques secondes de surprise. D'un seul élan, il plongea vers le canal d'eau salée. Hiroko fut tellement surprise qu'elle mit une fraction de seconde à réagir. La balle qu'elle tira frôla Malko sans le toucher, juste avant qu'il ne crève la surface de l'eau. Il eut l'impression de pénétrer dans un bloc de glace!

Le froid était si brutal qu'il crut ne pas pouvoir remonter. D'ailleurs, il ne voulait pas quitter tout de suite la protection de l'eau. Aveuglé, il s'efforça de demeurer loin de la surface, vidant ses poumons...

Mais il dut remonter : le premier son qui frappa ses oreilles fut une rafale d'arme automatique : le second, le ronflement des pales d'un hélicoptère. Le visage au ras de l'eau, il photographia la scène. Deux hélicoptères suspendus au-dessus du ciment, des hommes en uniforme tiraient par la porte latérale sur la camionnette en train de franchir le pont. Puis le véhicule disparut derrière le dos d'âne, poursuivi par les hélicoptères.

Malko, alourdi par le gilet pare-balles et son par-dessus n'arrivait pas à se hisser hors de l'eau. Heureusement, le troisième hélicoptère se laissa tomber sur le ciment, près des deux corps étendus. Des policiers se précipitèrent et aidèrent Malko à sortir de l'eau glacée. On le força à quitter ses vêtements mouillés, on l'enveloppa dans une couverture.

Quelques minutes plus tard, deux voitures de police franchirent à toute vitesse le petit pont.

Malko était accroupi près de Max Sharon livide, les lèvres pincées. Doucement, Malko lui ota de la main droite le pistolet extra-plat dont il n'avait pas su se servir...

Une ambulance surgit, sirène hurlante. En quelques secondes on y chargea Max Sharon et elle repartit vers le centre. Malko n'arrêtait pas de trembler.

Al Borzoï arriva dix minutes plus tard, le visage inexpressif comme toujours, accompagné de Tom Otaku. Il secoua la tête devant le cadavre de Furuki.

— On l'a enfin récupéré, murmura-t-il.

A quel prix... et dans quel état...

Un policier vint rejoindre le petit groupe, l'air penaud :

— Les hélicoptères les ont perdus, annonça-t-il. Ils ont pris le métro.

Une fois de plus, Hiroko leur glissait entre les doigts. Mais Malko avait trop froid pour s'en soucier. Il se réfugia dans la voiture de Borzoï.

— Emmenez-moi à l'*Imperial*, demanda-t-il, sinon, vous serez obligé de m'enterrer à Arlington... A cause d'une fluxion de poitrine.

Tom Otaku ne disait pas un mot. Honteux de s'être laissé surprendre malgré un dispositif aussi important... La radio cracha quelques mots. Al Barzoï se tourna vers Malko.

— Max Sharon vient de mourir dans l'ambulance.

Leur ultime chance de remonter à Hiroko disparaissait.

CHAPITRE XVI

Malko sortit de la boutique d'antiquités, poursuivi par les courbettes de la vendeuse, comme s'il avait acheté tout le magasin. Il s'était, hélas, contenté d'un très beau « biscuit » du XVIIIe chinois, une pièce délicate qui ne déshonorerait pas la collection de M. Kawashi. Une folie financière, supportée par Malko. Mais il voulait absolument témoigner sa reconnaissance au président du syndicat des racketteurs. La remise du modeste cadeau devait s'effectuer le jour même, au cours d'un déjeuner mis au point par M. Yamato. Comme il n'était que midi, Malko décida de flâner un peu dans Ginza. Une foule pressée s'échappait des portes du grand magasin *Mitsukochi*, attendant sagement pour traverser au carrefour de Ginza Dori et Chuo Dori. Les haut-parleurs hurlèrent, et les piétons se lancèrent docilement sur la chaussée, traversant en diagonale. Malko continua tout droit, vers Hibaya, lorgnant les vitrines d'un œil distrait. La veille, il s'était acheté un vieux sabre de samouraï qui irait enrichir la salle d'armes du château de Liezen. La seule bonne chose qu'il ramènerait du Japon.

Il avait échappé à la bronchite en buvant une bouteille entière de vodka *Laïka* après son bain forcé dans le port de Tokyo. Toutes les recherches pour retrouver Hiroko et ses complices avaient été vaines. Le taxi qui avait emmené Malko était volé, comme la camionnette retrouvée abandonnée. Les terroristes s'étaient volatilisés dans le métro. Depuis trois jours, Malko, à part quelques rares visites à Borzoï et à Tom Otaku pour des formalités administratives, se reposait. La veille, il avait dîné avec Kuniko, après le *Hawa.* Elle l'avait emmené ensuite chez elle, un minuscule deux pièces entièrement laqué de noir, au sol recouvert d'une moquette bordeaux. Pratiquement sans meubles, sauf le grand lit au ras du sol et quelques coffres. Après avoir fait l'amour sans passion, Kuniko avait longuement parlé à Malko de ses rêves de respectabilité : épouser un haut fonctionnaire.

Maintenant, il ne lui restait plus qu'à quitter le Japon. Furuki retrouvé, la poursuite d'Hiroko redevenait une affaire purement japonaise. Ce que Tom Otaku avait fait comprendre dans un éblouissement de courbettes à Al Borzoï. Le gouvernement japonais ne pouvait tolérer qu'un agent de la C.I.A. — même aussi honorable que le Prince Malko — se promène dans Tokyo en déclenchant des massacres. Le Kohan retrouverait Hiroko, tôt ou tard. Sans l'aide de la Central Intelligence Agency.

Malko s'était incliné. Sans regret. Certain qu'Hiroko n'essaierait plus de le tuer. Déçu quand même par son échec. Trop de gens étaient morts pour rien, y compris le très candide Max Sharon.

Arrivé à la hauteur du building de l'Asahi-Shimbun, il tourna à gauche pour rejoindre l'*Imperial* en suivant la petite rue étroite et pittoresque parallèle aux voies ferrées en surélévation.

M. Yàmato l'attendait sagement dans le hall, tiré

à quatre épingles comme à son habitude. Impénétrable et convenable. Malko ignorait encore où se déroulait le déjeuner. Il suivit le Japonais, portant avec précautions son « biscuit ».

La grosse Nissan noire était là, avec le chauffeur à col roulé. Yamato et Malko s'installèrent à l'arrière et la voiture prit la direction du sud, rejoignant l'Expressway n° 1, vers Haneda. Un quart d'heure plus tard, Malko passa près de l'endroit où Hiroko avait failli l'abattre... Puis, ils dépassèrent Haneda, quittèrent l'Expressway pour s'enfoncer dans un quartier industriel bordant la mer. Malko commençait à se demander où ils allaient.

Quarante-cinq minutes plus tard, ils débouchèrent sur un *pier*, après avoir franchi des ponts, des écluses, longé des monceaux de marchandises attendant d'être chargées sur les dizaines de cargos qui faisaient la queue dans la baie de Tokyo.

La Nissan s'arrêta au bord de l'eau, et le chauffeur descendit ouvrir les portières. Un petit cabin-cruiser attendait avec deux hommes à bord.

— Où allons-nous? demanda Malko.

M. Yamato sourit mystérieusement :

— C'est une surprise, Malko-san.

L'odeur de goudron, de poisson et de fuel soulevait le cœur. Malko monta sur le pont sale et, aussitôt, le petit bateau piqua à travers la baie de Tokyo. A perte de vue, il n'y avait que des grues, des entrepôts, des citernes, des bateaux ancrés. Des cheminées fumaient, obscurcissant le ciel. On ne voyait même pas les installations pétrolières de Kawasaki, à quelques kilomètres au sud. L'eau de la baie semblait sortir directement d'un égout...

Un *jet* décolla au-dessus de leur tête. D'où ils étaient, Tokyo apparaissait comme un monstrueux chancre gris.

Ils naviguèrent ainsi une quinzaine de minutes,

puis le paysage changea : en mer, il n'y avait plus que des pétroliers, faisant la queue pour décharger leur pétrole directement sur des pipe-lines flottants. Sur les quais, c'était un enchevêtrement à l'infini de citernes gigantesques. L'air était imprégné de l'odeur fade des hydrocarbures. M. Yamato tendit la main vers la côte :

— Ici, c'est Kisarazu, fit-il, et là, Chiho, les plus grandes installations pétrolières de la baie.

Le cabin-cruiser ralentit, courut sur son erre, pour se mettre à couple avec une grosse jonque ventrue, ancrée entre deux pétroliers, longue d'une centaine de pieds, qui semblait minuscule à côté de ces monstrueux réservoirs flottants. Le marin donna un petit coup de sirène, et deux marins apparurent sur le pont de la jonque. Sales et dépenaillés. En reconnaissant M. Yamato, ils s'affairèrent aussitôt à descendre l'échelle de coupée. Poliment, M. Yamato s'effaça pour laisser passer Malko.

Celui-ci commençait à trouver que M. Kawashi avait des goûts bizarres... Ce n'était pas très romantique de se retrouver dans ce ballet de pétroliers, au milieu de la pollution, et de la saleté. Des poissons crevés flottaient un peu partout, asphyxiés. Charmant présage, Malko réalisa tout à coup que le précieux « biscuit » était resté à bord de la Nissan.

Le pont était plus propre que la coque. Un des marins emmena les deux hommes vers l'arrière, leur ouvrit une porte de bois vernis. Malko descendit quelques marches et se retrouva dans un cadre totalement inattendu. Un énorme divan en U faisait le tour de la pièce, les murs étaient tendus de velours rouge, les hublots obscurcis par de la peinture noire, l'éclairage assuré par des lampes tamisées.

— Asseyez-vous, Malko-san, dit Yamato.

Malko s'enfonça dans un coin du canapé, devant une table basse encombrée de bouteilles de *J & B*, et même du Moët et Chandon. Il leva les yeux sur une gravure accrochée en face de lui, d'un érotisme précis et compliqué. Il y en avait une douzaine semblables autour de la pièce.

Un claquement de talons résonna sur les marches de bois. Des jambes apparurent, assez fortes, découvertes jusqu'à mi-cuisse par une mini noire. Puis une poitrine agressive, puis un visage dur et plat, encadré d'une frange. La nouvelle venue salua les deux hommes d'un signe de tête et s'assit en croisant les jambes, à côté de Malko.

— Mademoiselle Aube Triomphante ne parle pas anglais, dit Yamato, aussi je vous traduirai.

Malko commençait à en avoir assez des mystères.

— Qui est cette fille et où sommes-nous? demanda-t-il.

Le karatéka eut un sourire embarrassé.

— Ce bateau appartient à Kawashi-san. C'est un... (Il chercha le mot.) Il y a des filles à bord.

Un bordel flottant.

— C'est pour les marins des pétroliers, expliqua Yamato. Ils n'ont pas le temps d'aller à terre. Ensuite, ils repartent directement sur le Golfe Persique. Et là-bas, c'est la même chose. Ils restent six mois sans voir leur famille. Alors, il faut les distraire.

Le bon M. Kawashi s'en était occupé.

Figée, Mademoiselle Aube Triomphante semblait se désintéresser totalement de la conversation des deux hommes. Habituée à être choisie. Malko se demanda soudain si on ne lui refaisait pas le coup de Mademoiselle Riz Précoce... Au nom du folklore.

— Mais que faisons-nous ici? demanda-t-il. M. Kawashi veut que je visite ses installations?

Yamato secoua la tête.

— A cause de ceci, Malko-san.

Il sortit de sa poche un billet plié en quatre et le lui tendit. Malko le déplia et, instantanément, fut en alerte. C'était un billet de cent dollars, neuf et craquant.

— C'est cette fille qui avait ce billet, expliqua M. Yamato. Hier, elle a demandé à le changer contre des *yens*, parce qu'aujourd'hui c'est son jour de sortie. Quelqu'un m'a prévenu, et j'ai trouvé cela bizarre. J'en ai parlé à Kawashi-san. Il m'a demandé de vous amener ici.

— Comment l'a-t-elle eu?

Yamato se tourna vers la pute et lui adressa la parole sur un ton cassant. Elle décroisa ses jambes, les recroisa, mal à l'aise, avec un regard en coin pour Malko, puis se mit à parler d'un ton monocorde. M. Yamato traduisant au fur et à mesure.

— Elle dit que c'est un client, un « bosco »[1], qui le lui a donné, il y a quatre jours. Il emmenait un pétrolier jusqu'à Kawasaki et paraissait plein d'argent. Il avait plusieurs billets semblables. Elle lui a demandé comment il se les était procurés. Comme l'homme était ivre, il lui a dit qu'il en avait encore beaucoup d'autres, qu'il rendait service à des gens qui voulaient quitter le Japon clandestinement.

La fille s'arrêta.

Le cerveau de Malko travaillait à six mille tours. Cherchant ce qui pouvait clocher. Mademoiselle Aube Triomphante ne se faisait sûrement pas payer cent dollars.

— Dans quelles circonstances lui a-t-il donné cet argent? demanda-t-il.

Yamato traduisit. La fille eut un ricanement silencieux, lâcha quelques phrases que le Japonais convoya avec précaution jusqu'à Malko.

— Ah noneh... Il voulait qu'elle lui fasse quelque

[1] Sous-officier de pont.

chose de tout à fait spécial, neh? Alors, il a enroulé le billet, neh? Il fallait qu'elle le prenne avec les dents, neh?

Le pudique M. Yamato en transpirait. Malko ne le laissa pas en paix.

— Comment a-t-elle vu les autres?

— Ils étaient tombés de sa poche, il était saoul. La Japonaise fixait Malko avec un sourire idiot et vaguement enjôleur. L'habitude.

— Où est cet homme? demanda-t-il.

Traduction.

— Elle ne sait pas, dit Yamato. Il doit venir la voir demain après-midi, parce qu'il part après-demain à l'aube sur un pétrolier, le *Tofaru*. Pour le Golfe Persique.

— Où est le *Tofaru*?

— Il arrive cette nuit, traduisit Yamato. Il doit mouiller tout près d'ici.

Malko examina pensivement Mademoiselle Aube Triomphante. Elle soutint son regard, croisa ses cuisses lourdes comme pour les exposer un peu plus. Elle ne devait pas avoir plus de vingt-cinq ans. Yamato et Malko échangèrent un regard éloquent. Il y avait beaucoup de chances pour qu'il s'agisse d'Hiroko et de ses complices. C'était une façon pratique de quitter le Japon. Il était facile de se cacher sur un énorme pétrolier repartant à vide, avec la complicité d'un membre de l'équipage. D'autant qu'il ne venait même pas à quai.

— Il faut que cette fille quitte ce bateau, dit Malko. Si c'est ce que nous pensons. Sinon, elle risque de commettre une indiscrétion.

Yamato approuva avec enthousiasme.

— C'est facile, Malko-san. Nous allons l'emmener avec nous, et je la confierai pour deux ou trois jours à des amis.

Yamato se tourna vers la fille et lui dit quelques

mots. Son visage s'éclaira, et elle se leva aussitôt, visiblement ravie de s'en aller.

— Je vais vérifier si ce billet fait partie de ceux remis à Hiroko, proposa Malko.

Immédiatement, il sentit la réticence de Yamato. Ce dernier avança d'une voix douce :

— Malko-san, Kawashi-san tient à ce que cette affaire demeure absolument secrète. Il vous le dira lui-même.

Malko n'insista pas. De nouveau, les hauts talons firent claquer les marches et Mademoiselle Aube Triomphante réapparut, radieuse, les joues rouges, un petit sac à la main. Prête à partir sans se poser de question.

— Son bosco ne sera pas inquiet de ne pas la voir? s'enquit Malko.

— Non, dit Yamato. On dira qu'elle était malade, qu'elle est partie se soigner. Cela arrive souvent. Charmant.

Ils redescendirent tous les trois l'échelle de coupée, restèrent sur le pont du petit cabin-cruiser qui s'éloigna aussitôt du bordel flottant, se faufilant entre les pétroliers. Malko avait du mal à contenir son excitation. Il tenait peut-être enfin le moyen de prendre sa revanche sur Hiroko.

Mademoiselle Aube Triomphante tira de son sac un petit atomiseur de parfum et le montra fièrement à Malko : c'était du Miss Dior.

Le snobisme n'avait plus de frontière.

*
* *

M. Kawashi portait toujours la même cravate blanche et une chemise empesée. Les sparadraps qui maintenaient ses paupières ouvertes étaient neufs. Mais il semblait nerveux et buvait son thé brûlant à petites gorgées rapides, avec de brefs coups d'œil à la pagode à trois étages, joyau du jardin entourant le restaurant *Chinsan-zo*, insolite îlot de verdure au milieu du béton de Bunkyo-Ku, gigantesque caravansérail comportant des dizaines de salles consacrées aux mariages traditionnels de la petite bourgeoisie de Tokyo. Plusieurs mariages se célébraient ce jour-là, et Malko avait croisé des Japonaises en kimono d'apparat, affairées et rougissantes. En revanche, la grande salle où déjeunaient Kawashi et ses invités était presque vide. Par déférence envers le président du syndicat des racketteurs, on avait laissé plusieurs tables vides autour de la sienne.

Comme on arrivait au dessert, M. Yamato engagea la conversation sur les choses sérieuses :

— Kawashi-san est très heureux de la coïncidence qui va nous permettre de prendre notre revanche sur l'abominable Hiroko-san, énonça Yamato.

Malko approuva de la tête. A la japonaise. Attendant la suite.

Yamato continua au milieu de mille circonlocutions :

— Kawashi-san est prêt à vous donner toute l'aide dont vous aurez besoin, mais il ne faut pas prévenir la police.

Autrement dit, intercepter Hiroko et sa bande avec les moyens du bord. Au risque de la laisser filer.

— Cela peut être très dangereux, objecta Malko, ces terroristes sont bien armés et n'hésiteront pas à se défendre.

M. Kawashi eut un sourire cruel et dit une phrase en japonais à M. Yamato :

— Les hommes de Kawashi-san se disputeront la joie immense de sauver son honneur, affirma M. Yamato. Cette abominable Hiroko-san l'a défié d'une façon intolérable.

Malko comprit que ce n'était pas la peine d'insister. Le gangster voulait régler ses comptes avec Hiroko, tout seul. Il avait prévenu Malko par pure courtoisie. C'était une histoire entre Japonais où il n'était au fond qu'une pièce rapportée... Il but une gorgée de son thé au gingembre, poivré et brûlant.

— Il faudrait la capturer vivante, suggéra-t-il.

M. Kawashi bredouilla quelques mots. Yamato énonça aussitôt d'un ton docte :

— Le venin du serpent mort n'est plus dangereux.

Encore une illusion qui s'en allait. Le Japonais était une race féroce. Il n'y avait plus qu'à régler les détails de la mise à mort de la terroriste. Si tout se passait bien.

— Comment allons-nous procéder? demanda-t-il.

— Il faut attendre qu'ils soient sur le pétrolier, conseilla M. Yamato. Comme cela, ils ne pourront pas s'échapper. Nous viendrons deux ou trois heures avant le départ et nous ferons avouer à cet homme où il les a cachés. Ainsi, nous les prendrons par surprise.

— Combien comptez-vous amener d'hommes? demanda-t-il.

Yamato sourit :

— Autant que vous voulez, Malko-san.

Ce n'était pas non plus utile de monter à l'assaut avec un régiment.

— Je pense qu'une demi-douzaine suffira, dit Malko. Avec vous et moi. Ils seront armés?

— Certains, fit Yamato avec réticence.

Ce n'était pas dans les habitudes japonaises. Malko se dit que trois hommes armés, plus l'effet de surprise feraient l'affaire. De toute façon, il n'avait pas le choix. Ce n'était pas le moment d'aller demander du renfort à Borzoï.

— Et les autres?

Yamato sourit modestement.

— Ils savent se battre avec leurs mains.

Et casser des pierres avec leur tête. Malko avait autant confiance dans les truands de Kawashi que dans les fonctionnaires du Kohan qui avaient failli le laisser se faire abattre par Hiroko.

Malko prit une coupe de saké et la leva.

— Que la chance soit avec nous. *Kampai!*

— *Kampai!* firent en chœur Yamato et Kawashi.

CHAPITRE XVII

Le soleil se levait péniblement sur la baie de Tokyo, essayant de trouer le brouillard, les fumées de la pollution et les derniers lambeaux de la nuit. Malko regarda les silhouettes des innombrables bateaux au mouillage qui pullulaient dans la baie, jusqu'à Kisurazu. Hiroko était quelque part là-bas. Si leur raisonnement était exact. Yamato s'approcha de lui, frileusement engoncé dans un gros pardessus :

— Tout est prêt, Malko-san.

Le moteur du cabin-cruiser ronronnait déjà. A bord, en plus des deux marins — des hommes de Kawashi — il y avait le grand Japonais au crâne rasé, nommé Kashima, et les deux lutteurs de *sumo*, plus ou moins réparés. Ces trois-là étaient férocement décidés à prendre leur revanche. Ayant perdu la face, ils devaient, coûte que coûte, la retrouver. Même au prix de leur vie. Yamato transportait le P. 08, et Malko son pistolet extra-plat. C'était un peu léger contre les grenades et les armes automatiques des terroristes, mais ils bénéficiaient de la surprise. Malko sauta sur le pont, derrière Yamato, et le cabin-cruiser décolla aussitôt du wharf désert. Il était cinq heures et demi du matin. Le *Tofaru,* d'après les renseignements de Yamato, devait quitter la rade vers neuf heures.

Malko se mit à l'avant pour que le vent le réveille un peu. Il avait mal dormi, et Yamato était venu le chercher à cinq heures... Il pensa à Tom Otaku et Al Borzoï, dormant tous les deux du sommeil du juste. A mille lieues de se douter de ce qu'il était en train de tenter. Il avait tenu la promesse faite à Kawashi. Pas de police. Pas de C.I.A. Dans la cabine du petit bateau, Kashima et les deux lutteurs, le visage fermé, le regard vide, regardaient le jour se lever. Yamato rejoignit Malko.

— Nous approchons! C'est le noir, à côté du nôtre.

La silhouette allongée d'un pétrolier commençait à se dégager du brouillard. Avec le haut château arrière et la cheminée, une passerelle courant au milieu du pont principal, rejoignant le niveau du gaillard d'avant. Malko jugea qu'il mesurait plus de deux cent mètres de long. Le cabin-cruiser coupa les gaz et continua d'avancer, presque silencieusement. Ils passèrent sous la poupe et purent lire le nom du navire : *Tofaru,* Tokyo. Lentement, ils firent le tour de l'énorme pétrolier, évitant les cables mouillés, les corps-morts et la bouée où aboutissaient les *sea-lines.* Le déchargement n'était pas terminé. Deux *sea-lines,* canalisations aboutissant en pleine mer, étaient reliées aux conduits vidant les citernes du pétrolier.

— Comment procédons-nous? demanda Malko.

— Je me suis renseigné, dit Yamato, tandis que le cabin-cruiser, courant sur son erre, longeait la coque pour rejoindre l'échelle de coupée. Le bosco est venu sur le bateau, hier soir; il est reparti sur son pétrolier vers dix heures. Il prend son service à sept heures du matin. En ce moment, tout l'équipage dort. Il n'y a qu'un officier dans le local de contrôle, un pompiste, et deux matelots, dont l'un se trouve avec le pompiste et l'autre doit faire des rondes. Il doit y avoir également le *loading-master*, qui est aussi le « pilote », dans la timonerie.

« Nous allons monter à bord et nous faire conduire à la cabine du bosco. Pour qu'il nous dise où sont les terroristes. Ensuite, nous les prendrons par surprise.

Avec un petit choc, le cabin-cruiser heurta la coque d'acier. Malko leva la tête. C'était impressionnant, cette muraille noire de vingt mètres, qui semblait prête à les écraser. Yamato s'engagea le premier sur l'échelle de coupée, le P. 08 à la main, suivi de Malko et des trois autres. On n'entendait que le ronflement léger des pompes, le bruit du vent et le crissement de leurs pas sur l'échelle métallique.

*
* *

Un vent furieux balayait le pont désert, éclairé par les premières lueurs de l'aube, hérissé de manches à air, de bittes d'amarrage, avec une énorme hélice arrimée à l'avant, un local de rangement au milieu et le château avant surélevé. Une passerelle courait au milieu, surélevée de deux mètres environ, reliant le château arrière à l'avant. Au milieu, les conduits de chargement branchés aux extrémités des *sea-lines* ressemblaient à deux grosses bêtes accroupies.

Pas une âme en vue.

Deux lumières brillaient sur le château arrière : une au ras du pont, l'autre en haut. Plus les feux de position.

— La salle de contrôle et la timonerie, souffla Yamato.

On entrait comme dans un moulin. Malko se tourna vers Yamato.

— Où couche le bosco?

Sans aide, ils ne trouveraient jamais les terroristes dans cet immense dédale de ferraille. Tout l'arrière était occupé par l'équipage, sur huit niveaux, de la timonerie aux machines. Le reste n'était guère qu'un gros réservoir flottant... mais c'était plein de recoins, de trappes, de fosses, d'échelles descendant dans les profondeurs du pétrolier.

Le Japonais n'eut pas le temps de répondre. Un matelot venait de surgir de l'ombre, une torche électrique à la main. L'homme de garde. Il la braqua sur le groupe et posa une question en japonais. D'un ton étonné mais pas vraiment inquiet. Yamato ne répondit pas. Un des lutteurs de *sumo* fit un pas en avant, il y eut un cri étouffé, et le bruit mou d'un corps tombant sur le pont métallique. Yamato lança une interjection en japonais. Un des deux lutteurs prit le matelot sous son bras et ils coururent tous vers le milieu du pont où s'ouvrait la porte d'un réduit-magasin.

Une fois entrés, Yamato referma la porte et alluma. Le matelot avait repris connaissance, terrorisé. Encadré par les deux lutteurs de *sumo*, les poignets cerclés de bracelets de cuir. L'un d'eux appuyait contre sa gorge la pointe aiguë d'un crochet à poisson. Yamato lui posa une question. Le marin répondit en secouant la tête négativement.

— Il ne sait rien, traduisit Yamato. Il a pris son service à minuit, il n'a rien vu.

— Qu'il nous conduise à la cabine du bosco, dit Malko. Nous n'avons pas de temps à perdre.

Une fois l'équipage réveillé, leur expédition risquait de manquer de discrétion. Yamato transmit l'ordre. Ils se faufilèrent sur le pont passant à droite, le long de la passerelle, jusqu'au château arrière.

Sans rencontrer âme qui vive. Ils pénétrèrent dans une large coursive au sol recouvert de toile cirée, très propre, avec un escalier central desservant les différents niveaux. Le matelot les fit descendre deux étages, puis ils tournèrent à gauche dans une étroite coursive faisant le tour du château arrière, tout autour du compartiment des machines. L'étage des officiers. Ils s'arrêtèrent devant une porte semblable à une dizaine d'autres, avec une inscription en caractères japonais.

— C'est là, murmura Yamato.

— Que le marin se fasse ouvrir, dit Malko, en disant qu'il a vu quelque chose d'anormal.

Yamato transmit la consigne à voix basse. D'une voix étranglée, le marin cria quelque chose, après avoir frappé. Il y eut du bruit à l'intérieur, puis la porte s'entrouvrit sur un Japonais en maillot de corps, hirsute et endormi. Il n'eut pas le temps de s'étonner. Un des « gorilles » s'était jeté de ses cent cinquante kilos sur la porte, la rabattant à l'intérieur et coinçant le bosco entre elle et la cloison. Mais comme il n'avait pas vu le rebord inférieur, commun à toutes les ouvertures du navire, il s'étala lourdement au milieu de la petite cabine.

Tout le reste du groupe fonça dans la minuscule cabine et Yamato referma la porte.

Avec une agilité insoupçonnée, le « gorille » se releva, attrapa le bosco par son gilet de corps et le secoua. Le malheureux avait déjà le nez qui saignait, à cause de la porte. Il bredouilla quelques mots, essaya de se débattre. D'une manchette en plein visage, le gorille lui écrasa la bouche. A demi assommé, l'autre écouta Yamato lui expliquer pourquoi ils étaient là.

A sept, ils tenaient à peine dans l'étroite cabine. Le bosco fixait les « gorilles », avec terreur. C'était un petit bonhomme malingre aux cheveux plats, affligé d'un fort strabisme de l'œil gauche. Malko tendit l'oreille. Aucun bruit. A part le ronronnement des pompes, dans les entrailles du pétrolier. Le bosco balbutia quelque chose.

— Il dit qu'il ne sait pas de quoi on parle, dit Yamato.

— Fouillez sa cabine, dit Malko.

Les trois hommes de main commencèrent à tout retourner. Très vite, l'un d'eux poussa un cri de joie. Plusieurs billets de cent dollars venaient de s'échapper d'un vieux magazine. Tous neufs. Les deux « gorilles » se ruèrent sans un mot sur le bosco. Pendant plusieurs minutes on n'entendit que le bruit mat des coups, les gémissements de douleur du petit Japonais qu'on ne voyait même plus entre les deux monstres. Ils le lâchèrent enfin et s'écartèrent. Son visage n'était plus qu'une bouillie sanglante.

— Où sont-ils? demanda Yamato.

Le bosco bredouilla quelques mots, les yeux fermés de coups, les lèvres éclatées, les pommettes fendues. Massacré. Yamato poussa l'interrogatoire, d'un ton hargneux, un « gorille » enfonça son croc à poisson dans la joue du bosco, qui hurla. Une nouvelle grêle de coups le fit taire. Enfin Yamato se tourna vers Malko qui surveillait la porte avec Kashima.

— Ils sont dans le compartiment des pompes avant, expliqua-t-il. Sous le gaillard d'avant. C'est très grand, quinze mètres de profondeur environ. Il les a cachés sous le faux plancher, au fond du navire. Bien que personne ne vienne là, car on se sert seulement des pompes arrière. Ils sont six, arrivés avec lui lorsqu'il est revenu de notre bateau.

— Qu'ont-ils comme armes?

Interrogé, le bosco bredouilla.

— Il ne sait pas, fit Yamato.

— Bien, dit Malko. Allons-y. Il va nous guider et les faire sortir.

Yamato expliqua au bosco ce qu'on attendait de lui. Le marin attendait, muet de terreur. Kashima, tira une cordelette de sa poche et le transforma en saucisson. Puis il le jeta sur la couchette et lui expliqua qu'il reviendrait personnellement lui couper la gorge s'il cherchait à appeler ou à s'échapper. Malko rouvrit la porte, la coursive était vide. Le petit groupe se dirigea vers l'avant, sortit par la porte latérale, à babord. Malko frissonna sous le vent glacial. Le jour s'était levé, et il voyait maintenant le pont du *Tofaru* dans ses moindres détails.

Glacé par le vent, il s'avança vers le gaillard d'avant, distant de deux cents mètres. Suivi des cinq autres. Espérant que l'officier de quart n'allait pas donner l'alarme. Il serrait la crosse de son pistolet extra-plat, étreint par une angoisse diffuse. Comme chaque fois qu'il allait être mêlé à une action violente. Ce que les Anglo-Saxons appellent avoir des papillons dans l'estomac. En dépit du vent qui soufflait sur la baie de Tokyo, il avait chaud. Il se demanda fugitivement s'il serait assez sage pour décrocher à temps de cette vie dangereuse.

Et s'il n'était pas déjà trop tard.

Alors qu'ils avançaient en suivant le bastingage, Malko se retourna et aperçut une silhouette les observant derrière un des grands hublots rectangulaires de la dunette. Le pilote ou l'officier de quart. Il appela Yamato. Aussitôt, le Japonais dit quelques mots au bosco. Celui-ci se retourna, et adressa un signe à l'homme de la dunette. Aussitôt, ce dernier, rassuré, disparut du hublot.

A la queue leu leu, ils grimpèrent l'échelle menant au gaillard d'avant pour arriver devant la trappe d'accès du compartiment des pompes. Malko y pénétra le premier.

C'était brillamment éclairé. On aurait dit une énorme cage d'escalier entièrement métallique, s'élevant sur quinze mètres de haut. D'étroites échelles de fer reliaient les niveaux entre eux. Ils allaient être totalement exposés pendant leur descente.

Le Bosco montra d'un doigt tremblant un plancher de métal, quinze mètres plus bas.

— C'est là-dessous qu'ils sont, expliqua Yamato.

Le pistolet au poing, Malko commença sa descente, essayant de ne pas faire trop de bruit. Les marches de métal étaient grasses et l'échelle presque verticale. Les « gorilles » avaient du mal à passer. Malheureusement, on ne pouvait descendre qu'à un de front. Il se lança, descendit le plus vite possible, atterrit au fond du pétrolier.

Immédiatement, il vit les plaques métalliques soulevées, découvrant un espace sombre et profond, de près de deux mètres.

En quelques secondes, il fut rejoint par les autres. Ils firent cercle autour de la cachette.

— Ils sont partis, dit Yamato.

Le Bosco semblait tout aussi abasourdi qu'eux. Secouant la tête avec incrédulité. Il se pencha même sur la cachette, comme pour vérifier que personne ne s'y trouvait plus. Ensuite, il larmoya quelques mots à Yamato.

— Il dit qu'il ne comprend pas, traduisit ce dernier. Qu'il les a installés lui-même, qu'ils devaient rester là tant que le pétrolier n'était pas en mer et ensuite s'installer ici. Ils étaient venus avec de nombreux vivres pour tenir tout le voyage.

— Est-ce que cet endroit communique avec le reste du navire? demanda Malko.

Traduction. Le bosco secoua énergiquement la tête.

— Non. Il n'y a qu'une seule entrée, par où nous sommes venus.

Le sang continuait à suinter de son visage, et il l'essuyait avec un chiffon sale. De plus en plus misérable. Malko contemplait la cachette abandonnée, perplexe et inquiet. Pourquoi Hiroko avait-elle quitté cet endroit sûr. Et, surtout, où était-elle?

— Remontons, dit-il. Fouillons tout le navire; il faut les retrouver.

CHAPITRE XVIII

Le *pilote loading master* se retourna en entendant des pas faire résonner l'échelle de fer donnant accès à l'immense timonerie qui dominait le château arrière du *Tofaru*. Au-dessus, il n'y avait plus que les installations radar. C'était le cœur du navire, entièrement automatisé. De grandes consoles hérissées de voyants lumineux verts et rouges permettaient de diriger le navire sans effort. Pour l'instant tout était silencieux. Les machines ne tourneraient que dans une heure. Il fixa, stupéfait, l'apparation qui venait de surgir de l'escalier de fer. Une femme, les cheveux noués en chignon, revêtue d'une tenue kaki militaire, une courte mitraillette à la main, le torse bardé de grenades et de munitions, une musette accrochée à l'épaule, suivie d'un homme dans la même tenue qu'elle, tout aussi armé.

Elle se précipita vers le timonier, braqua son arme sur lui.

— Je suis Hiroko Okada, commandant une unité

de Sekigun, annonça-t-elle. Le *Tofaru* est sous notre contrôle. Nos hommes sont partout.

Médusé, le pilote la fixait sans répondre. Elle aperçut tout à coup le walkie-talkie suspendu à son épaule. Elle l'arracha, le jeta à terre, hurla :

— Désormais, il est interdit de communiquer avec la terre sans mon autorisation. Où est le commandant?

— Dans sa cabine, je crois, il dort, bredouilla le pilote.

— Allez le chercher, ordonna Hiroko, le second aussi.

Le second terroriste poussa le pilote au bout de sa mitraillette. Ils redescendirent l'échelle de fer. Les officiers supérieurs dormaient au niveau juste en dessous. Hiroko s'approcha des larges hublots rectangulaires, grisée de son pouvoir. Cet imbécile de bosco avait cru qu'elle voulait fuir honteusement! Elle l'avait bien eu. Elle avait envie de hurler de joie, en voyant les autres pétroliers mouillés sur des milles de longueur, tout le long de la baie de Tokyo. Bientôt, on allait à nouveau parler d'elle.

Il y eut un piétinement dans l'échelle de fer. Le capitaine, un Japonais, aux cheveux gris et au visage énergique, et le second apparurent, poussés par le terroriste. Encore mal réveillés, ne comprenant pas, eux non plus. Ils toisèrent Hiroko avec ahurissement. Elle ne leur laissa pas le temps de se remettre.

— Vous allez rester ici, annonça-t-elle. Mais désormais, c'est moi qui donne les ordres. Nous allons appareiller immédiatement.

— Mais nous n'avons pas fini le déchargement, protesta le commandant. C'est impossible.

— Vous refusez d'obéir? menaça Hiroko d'une voix féroce. Alors, je vais faire sauter le *Tofaru*... Vas-y, Jinzo.

Le terroriste se précipita, ouvrit un des hublots

et braqua son lance-fusée sur le pont principal.

— Je compte jusqu'à cinq, dit Hiroko. Ensuite, il tirera. Si la fusée explose dans une des citernes, le *Tofaru* saute.

Le commandant regarda fixement le lance-fusée. C'était un cauchemar! Mais il ne pouvait pas prendre ce risque. La coque n'avait que vingt millimètres d'épaisseur. Cela ne résisterait pas à une roquette anti-char. Il pensa aux trente membres d'équipage qui dormaient en dessous. Puis à l'officier-radio. Pourvu qu'il s'aperçoive de ce qui se passait... Comme si Hiroko avait deviné ses pensées, elle l'avertit :

— Un de nos hommes occupe la cabine radio. Nous avons coupé le téléphone qui vous reliait à la terre. Vous devez obéir. Donnez l'ordre d'appareiller.

Comme un automate, le commandant se dirigea vers la console principale, appuya sur plusieurs touches et cria dans un micro :

— Paré à manœuvrer d'urgence!

Le micro était relié à la salle des machines, sept niveaux plus bas. Une voix répéta presque aussitôt :

— Paré à manœuvrer dans quinze minutes.

— Mais les pompes débitent toujours, dit le commandant, nous allons prendre feu.

— Faites-les débrancher, ordonna Hiroko.

Docilement, le commandant appela la salle de contrôle.

— Paré à manœuvrer, cria-t-il. Débranchez immédiatement les *sea lines.*

L'officier répéta le commandement. Sur un navire on ne discute pas les ordres d'un commandant. Hiroko vit deux marins sortir de la salle de contrôle et courir vers les *sea lines* fixés par des *clams* aux orifices des citernes. Son plan se déroulait parfaitement. Comme un somnambule, le commandant lançait des ordres dans le micro, l'équipage se réveillait. On vérifiait les machines. Avant tout, ne pas mettre le *Tofaru* en péril. Le second, un jeune moustachu, en tremblait.

Tout à coup, Hiroko aperçut des silhouettes sur le pont, venant de l'avant. D'abord, elle crut qu'il s'agissait de ses hommes, puis elle distingua des cheveux blonds. C'était si inattendu qu'elle mit plusieurs secondes à réaliser que c'était son ennemi mortel. Avec un cri étranglé, elle se rua vers le hublot, et épaula sa mitraillette. Les cinq silhouettes se trouvaient encore à cent mètres, mais elle ne pouvait pas attendre. Les yeux pleins de larmes à cause du vent violent, elle appuya sur la détente.

***

Les détonations claquèrent faiblement, emportées par le vent. Le « gorille » devant Malko porta les mains à son visage et tomba comme une masse. Le bruit des balles qui ricochaient alerta les autres. Les cinq hommes plongèrent derrière les manches à air, et l'énorme hélice de vingt tonnes arrimée sur le pont. Malko aperçut les flammes qui sortaient de la timonerie, leva son pistolet et tira. Mais à cette distance, c'était surtout moral. Abrités, ils examinèrent la situation. Ainsi, Hiroko tenait l'arrière, donc les commandes du navire. Qu'est-ce qu'elle voulait faire?

Devant lui, le pont s'étalait, plat comme la main. A part la passerelle centrale, il n'y avait aucun abri pour progresser. Malko calcula que s'il avançait encore de cinquante mètres, il sortirait du champ de vision d'Hiroko. Seulement ces cinquante mètres représentaient un danger mortel.

Une nouvelle rafale fit jaillir des étincelles des tôles autour d'eux. Ils étaient cloués sur place.

— Il faut avancer en se tenant sous la passerelle, proposa Malko. C'est le seul moyen.

Yamato cria ses ordres, et ils se regroupèrent au milieu du pétrolier. Le jour était complètement levé maintenant. Malko regarda autour de lui : le *Tofaru* était isolé. Le plus proche pétrolier se trouvant à sept ou huit cents mètres. D'autres s'estompaient plus loin dans la brume matinale. Le bosco cria tout à coup quelque chose d'une voix excitée. Yamato traduisit :

— Ils ont débranché les pipe-lines. C'est qu'ils vont partir.

— Il faut absolument les en empêcher, dit Malko.

Il s'avança sous la passerelle, protégé ainsi du tir de Hiroko. La progression des cinq hommes se poursuivit ainsi pendant une dizaine de mètres, puis plusieurs balles vinrent s'écraser contre des tôles, autour d'eux. Surpris, Malko regarda autour de lui. Il ne pouvait voir Hiroko, donc ce ne pouvait être elle. Un cri de Yamato le fit se retourner : le Japonais montrait du doigt le gaillard d'avant. Deux hommes s'y tenaient, avec des mitraillettes et ce qui ressemblait à des roquettes. C'est eux qui venaient de tirer sur Malko et ses amis. Ceux-ci étaient pris entre deux feux.

— Mais d'où sortent-ils? jura Malko.

Il y eut une conversation animée entre le bosco et Yamato. Ce dernier cria :

— Il dit qu'ils ont pu se cacher dans un magasin sous le gaillard avant.

— Il faut parvenir à la radio, dit Malko. Prévenir la police et le port.

Il fallait bien se rendre à l'évidence : Hiroko venait de s'emparer d'un pétrolier. En pleine baie de Tokyo. Malko reprit sa progression sous la passerelle, tandis que les balles continuaient à siffler autour de lui. Ignorant à combien d'adversaires il allait se heurter et regrettant amèrement de s'être embarqué dans cette aventure en cachette d'Al Borzoï. Le karaté ne faisait pas le poids contre les lance-roquettes.

*
* *

Grâce à ses jumelles, Hiroko pouvait voir ses deux complices s'installer sur le gaillard d'avant. En surélévation, protégés par le bastingage, bien armés, ils étaient pratiquement inexpugnables. La vue des roquettes alignées sur le pont lui mit l'eau à la bouche. Imbécile de bosco! Avant de monter à bord, ils avaient enfermé tout leur attirail dans une bâche étanche et l'avaient accrochée à une des aussières arrimées au corps-mort. Ensuite, il n'y avait plus eu qu'à le haler lorsque tout le monde dormait... Maintenant, le radio était sous contrôle, la timonerie aussi, deux terroristes interdisaient l'entrée du château arrière, au niveau du pont principal. Elle était maîtresse du *Tofaru.* Finalement, ses ennemis du pont ne l'inquiétaient pas. Il ne pouvaient pas parvenir jusqu'à elle.

Elle toisa le commandant, debout devant la console verte de commandes qui comportait bizarrement une petite roue en bois, comme un vieux voilier.

— Nous sommes prêts à partir?

Il secoua la tête, dépassé, affolé.

— Mais que voulez-vous faire?

Hiroko ne put pas résister à la joie de lui dire.

— Nous allons mener une action offensive contre les puissances impérialistes, dit-elle pompeusement. Grâce à nos lance-roquettes, nous allons détruire tous les pétroliers ayant déjà déchargé qui se trouvent sur notre passage. Ceux qui sont « gazés », comme vous dites... Il suffira d'une seule roquette par navire... Ensuite nous continuerons jusqu'au détroit de Malacca et nous ferons sauter le *Tofaru* au milieu de façon à bloquer la route.

Le commandant avait l'impression de vivre un cauchemar. Tout ce que disait la terroriste était facilement réalisable. Une seule roquette dans les citernes pleines de gaz suffisait à faire exploser un pétrolier. Il y en avait des dizaines dans la baie. L'embarras du choix. Et qui allait arrêter le pétrolier fou? Les bateaux de la police du port se feraient couper en deux par les quatre-vingt mille tonnes. Il maudit l'automatisation qui rendait le *Tofaru* manœuvrable avec une poignée d'hommes. Pensa aux catastrophes que cela allait déclencher. Il était le responsable du *Tofaru.* Il ne pouvait pas donner cet ordre. Il se redressa, dit d'une voix plus ferme :

— Le *Tofaru* n'appareillera pas. Je m'y refuse.

— Je vous ordonne de m'obéir, hurla Hiroko.

Sans mot dire, le commandant s'écarta de la console. Hiroko braqua sa mitraillette sur lui aussitôt. Il vit qu'elle allait tirer, fit demi-tour, commença à courir vers l'escalier.

Hiroko lâcha une courte rafale au moment où l'officier l'atteignait. Touché dans le dos, il poussa un cri et bascula sur les marches de fer. Hiroko se tourna alors vers le second.

— Prenez la barre.

Le second vit le canon de l'arme, les douilles, le regard impitoyable, et se dit que pour quatre cents cinquante mille *yens* par mois, ce n'était pas la peine de se faire tuer. Il s'approcha de la console de commandement, manipula quelques touches, cria dans le micro, passa les commandes sur automatique, et se retourna vers Hiroko.

— Les machines sont prêtes, dit-il.

Une courte rafale claqua. Le terroriste venait de tirer sur les cinq hommes qui avançaient sur le pont.

Le *pilote loading master* se recroquevilla. Hiroko s'en moquait. Il faudrait une armée pour l'expulser de la timonerie, accessible seulement par l'échelle.

Elle mit en route son walkie-talkie la reliant aux deux hommes de l'avant.

— Coupez les aussières, ordonna-t-elle.

A l'avant, le *Tofaru* était mouillé par trois aussières en nylon reliées au corps-mort. Elle vit un de ses hommes attaquer aussitôt les aussières à la hache. Elle avait tout prévu. Il restait l'arrière.

— Jinzo, vas-y, dit-elle. Je reste ici.

Jinzo se précipita dans l'escalier. Le commandant avait disparu, il ne restait qu'une traînée de sang. Dans la coursive, il tomba sur un groupe de marins stupéfaits tenus en respect par ses deux camarades. Il en prit deux, avec lui. Ils contournèrent la minuscule piscine et ils s'attaquèrent à coups de hache aux aussières arrière. En quelques minutes le *Tofaru* fut libre d'amarres.

Maintenant, Hiroko pouvait passer à la seconde phase de son plan. Transportée d'orgueil. Le pétrolier commençait à trembler sous les vibrations des vingt-six mille chevaux.

Jinzo parvint dans la timonerie juste à temps pour entendre Hiroko ordonner au second, menacé d'une mitraillette :

— En avant.

Le second poussa la lourde manette en avant. A trente tours minutes. Le *Tofaru* s'ébranla. Il ne s'était pas écoulé plus d'un quart d'heure depuis le moment où Hiroko avait fait irruption dans la timonerie. A vide, le pétrolier prenait de la vitesse beaucoup plus facilement. Bientôt il allait filer quatre nœuds dans la baie de Tokyo. Hiroko reprit son walkie-talkie et avertit les hommes de l'avant.

— Tenez-vous prêts.

Dans quelques minutes, ils allaient arriver à la

hauteur d'un autre pétrolier. Un gros de deux cents quarante mille tonnes.

Sa première cible.

*
* *

Malko était arrivé maintenant à moins de trente mètres du château arrière. Les terroristes tiraient par intermittence, de la timonerie ou des ouvertures donnant sur le pont principal.

Soudain, il aperçut un homme étendu à tribord, le long du château. Le bosco dit quelque chose d'une voix excitée.

— C'est le commandant, traduisit Yamato.

— Il faut arriver là-bas, dit Malko. Lancez Kashima et le « gorille ». Nous allons les couvrir.

Accroupi derrière une manche à air, Yamato donna ses ordres. A son signal, le lutteur de *sumo* au crochet et Kashima se lancèrent en zigzaguant vers le château. Dès que terroristes ouvrirent le feu sur eux, Malko et Yamato répondirent feu. Celui de gauche s'effondra avec un cri. Celui de droite disparut. On tira de la timonerie, mais beaucoup trop loin. Heureusement, ils étaient maintenant trop éloignés de l'avant pour que les autres terroristes soient dangereux. Le « gorille » survivant était collé à la cloison de la salle de contrôle. Kashima avait disparu. Blessé ou tué. De l'autre côté de la cloison, il y avait le terroriste avec une mitraillette.

Yamato et Malko se lancèrent en même temps. Le terroriste les aperçut, s'avança légèrement pour tirer, ne voyant pas le gorille. Le bras prolongé du crochet se détendit brutalement. La pointe d'acier pénétra dans l'épaule gauche du terroriste. Le gorille l'attira à lui, comme un quartier de viande. Terrassé par la douleur, l'autre ne pensa même pas à tirer. Aussitôt, le « gorille » arracha son crochet, le brandit et, de toutes ses forces, le lui planta en pleine tête.

Malko détourna les yeux devant le terroriste qui oscillait avec un hurlement inhumain, essayant d'arracher la pointe d'acier fichée dans son cerveau. Puis le gorille passa derrière lui, lui enserra le cou de son bras énorme. Il y eut un craquement sec : ses vertèbres cervicales venaient de se briser.

Kashima gisait sur le pont, une mare de sang autour de la tête. Ils n'étaient plus que trois. Malko se précipita vers le commandant qui râlait, étendu sur le dos. Yamato lui souleva la tête. Il avait déjà les narines pincées. Avec des mots hachés, il dévoila le plan de Hiroko. Le *Tofaru* glissait dans la baie. Les bouées soutenant les *sea lines* étaient déjà loin.

Il se sentit pris de découragement devant le gigantesque pétrolier lancé sur son élan inexorable. Les autres — les cibles — grossissaient à chaque seconde. Les terroristes retranchés sur le gaillard d'avant, à l'abri des treuils, étaient pratiquement hors d'atteinte. Il restait la radio, et Hiroko dans la timonerie.

— Comment accède-t-on à la timonerie? demanda-t-il.

Yamato traduisit la question au bosco. Celui-ci expliqua la disposition des lieux. Grâce au commandant, ils savaient qu'Hiroko avait quelqu'un avec elle. Avant tout, il fallait prévenir les autorités.

— Que le bosco nous conduise à la cabine radio, dit Malko.

Ils partirent en courant dans la coursive, enjambant le cadavre du terroriste tué par les balles de Malko et de Yamato. Au passage, Malko récupéra sa mitraillette. Ils montèrent l'escalier, filèrent le long de la coursive tribord, sur le niveau supérieur au pont principal, parvinrent devant une porte fermée. Le grondement des machines traversait la cloison, étouffant le bruit de leurs voix. Malko réfléchit rapidement. Le terroriste qui se trouvait à l'intérieur n'ouvrirait sûrement pas.

C'était difficile d'enfoncer la porte. Il eut soudain une idée. Celui-là devait ignorer que Malko était à bord, puisqu'il était enfermé dans la cabine depuis le début de l'opération. Il attira à part Yamato.

— Vous allez crier qu'Hiroko le demande, expliqua-t-il. A cause du bruit, il y a une chance qu'il ne reconnaisse pas la voix.

Malko, le « gorille » survivant et le bosco, dont le visage enflait à chaque minute, se collèrent à la cloison. Yamato se mit à hurler pour couvrir le bruit, tout en tambourinant à la porte. Malko comprit « Hiroko-san »... et attendit, la gorge serrée.

Après un court silence, il y eut un bruit de loquet, et la porte s'ouvrit. D'où il était Malko ne vit que le canon d'une mitraillette. Yamato pivota brutalement sur lui-même. Sa main droite frappa le terroriste en plein visage avec la violence d'un cobra, avant qu'il puisse se rendre compte de quoi que ce soit. Il jaillit de la cabine, accroché à la main droite du karatéka.

Malko faillit vomir. L'index et le médius de Yamato étaient enfoncés jusqu'à la deuxième phalange dans les yeux du terroriste.

C'est par cette pince horrible qu'il l'avait attiré dehors, prenant appui sur les cavités oculaires. Le cri du jeune homme s'éteignit brusquement. Après avoir retiré ses doigts, pleins d'humeurs et de sang, Yamato venait de lui porter une terrible manchette à la gorge, lui écrasant le larynx. Blême, Malko ne pouvait détacher les yeux des deux orifices sanglants, des traînées visqueuses sur le visage du terroriste. Il vomit.

Yamato essuya ses doigts sur la chemise du blessé,

ramassa sa mitraillette et entra dans la cabine radio.

— Il ne fallait pas qu'il tire, dit-il calmement. Il ne mourra pas.

Il serait seulement aveugle... Enjambant le corps, ils pénétrèrent dans la petite cabine. L'officier radio était prostré devant sa console. Il se leva avec un cri en voyant les hommes armés et le corps du terroriste. Malko ne perdit pas de temps.

— Vite, dit-il, entrez en contact immédiatement avec les autorités du port. Prévenez la police maritime et le Kohan.

Immédiatement, l'officier établit le contact VHF en phonie, utilisant la fréquence de détresse, 2182. Pendant ce temps, le *Tofaru* continuait d'avancer, dirigé par Hiroko. Yamato, rapidement, expliqua le plan d'Hiroko au radio.

Malko, d'après la conversation hachée, s'aperçut que le radio avait du mal à se faire croire des autorités. Yamato dut intervenir plusieurs fois d'une voix pressante. Finalement, l'officier-radio se tourna vers Malko.

— Ils demandent qui vous êtes?

— Dites-leur que je travaille en liaison avec le Kohan. Qu'on contacte Tom Otaku, le chef de ce service.

Des voix excitées sortaient des haut-parleurs. C'était l'affolement complet à la capitainerie du port de Tokyo.

— Qu'il donne l'ordre à tous les pétroliers d'appareiller en catastrophe, dit-il. Ensuite, qu'il s'enferme dans sa cabine et continue à envoyer des messages. Nous allons tenter de reprendre la timonerie.

Ils sortirent, laissant une mitraillette au radio. Le bruit était infernal.

Hiroko poussait les machines. Par un hublot, Malko aperçut la silhouette d'un autre pétrolier le long duquel ils allaient passer. A sa hauteur sur l'eau, on voyait qu'il était vide. Donc « gazé » et vulnérable.

— Allons à la timonerie, dit-il.

Il ne se faisait aucune illusion : avant que les autorités ne réagissent efficacement, il s'écoulerait plus d'une heure. Et encore... D'autre part, la police du port ne pourrait rien tenter d'efficace.

Les quatre hommes se ruèrent dans l'escalier central. De toutes parts, des marins et des officiers, affolés, essayaient de savoir ce qui se passait. Mais la plus grande partie de l'équipage dormait encore. Ils parvinrent au quatrième pont, le dernier niveau avant la timonerie. L'ouverture de l'escalier étroit y montant se trouvait sur la coursive de côté. Malko s'avança avec précautions. Il eut le temps d'apercevoir un homme accroupi en haut de l'escalier, vit des flammes jaillir de l'arme qu'il tenait et se rejeta en arrière au moment où une grèle de balles criblait la cloison d'en face.

— Il n'y a rien à faire, dit-il. Il faudrait des gaz lacrymogènes. Nous devons trouver autre chose.

Le bosco et Yamato échangèrent quelques mots. Yamato dit à Malko :

— De la salle de contrôle, on peut déclencher la sirène. Un son continu, ce qui est le signal de détresse.

Cela valait mieux que rien.

Ils redescendirent une nouvelle fois, pénétrèrent dans une salle pleine de consoles électroniques et, quelques instants plus tard, le hurlement continu et sinistre de la sirène emplit leurs oreilles. Incroyablement fort. C'était surtout éprouvant pour les nerfs.

Mais le *Tofaru* continuait impitoyablement sa trajectoire. L'autre pétrolier n'était plus qu'à deux cents mètres. Malko se sentit abominablement impuissant. Le ciel était toujours vide d'hélicoptères. Il était tout seul pour arrêter Hiroko.

*
* *

Les vingt roquettes alignées sur le gaillard d'avant se détachaient dans les jumelles de Hiroko. De quoi couler la moitié des pétroliers de la baie de Tokyo. La terroriste tremblait d'excitation. Les coups de feu venant du pont principal ne l'avaient même pas troublée. Même si les autres se faisaient tuer, ce n'était pas grave. Elle ne parviendrait peut-être pas jusqu'au détroit de Malacca, mais finirait au moins son œuvre de destruction à Tokyo.

Personne ne pouvait court-circuiter les ordres électroniques qu'elle envoyait de la timonerie. Dans un coin, le *loading master,* impuissant et terrifié, suivait le drame. Accroché à la barre, le second se demandait s'il vivait un cauchemar.

Une rafale de coups de feu éclata dans le dos de la terroriste. D'où elle était, elle ne pouvait pas voir l'entrée de l'escalier, à cause d'une grosse console. Elle se retourna, prête à tirer.

— Jinzo-san!

— Ça va, répondit aussitôt le jeune terroriste. Ils sont en bas.

Cela signifiait que les terroristes du pont principal étaient morts ou neutralisés. Hiroko n'éprouva aucune émotion. C'était la guerre. Elle-même serait probablement déchiquetée dans quelques heures. Les deux roquettes de Jinzo, tirées dans les citernes centrales, suffisaient à faire sauter le *Tofaru* et tous ses occupants. Mais seulement quand ceux de l'avant auraient épuisé les leurs.

Le *Tofaru* arrivait à la hauteur du pétrolier de deux cent quarante mille tonnes en plein déchargement. Alertés par la sirène, plusieurs membres d'équipage se penchaient avec curiosité au bastingage.

Des traits lumineux partirent de l'avant du *Tofaru.* Le souffle brûlant grilla la peinture derrière les terroristes. Presque immédiatement, deux explosions sourdes secouèrent le *Shinjuku* et une immense flamme jaune et noire jaillit de son centre, suivie à quelques secondes d'une terrifiante explosion. Le *Tofaru* trembla sous l'onde de choc.

Hiroko, dans la timonerie, hurla de joie. Le *Tofaru* s'éloignait déjà vers sa prochaine victime, un pétrolier plus petit, lui aussi « gazé », à environ un mile et demi.

A l'avant, les deux terroristes étaient en train de recharger leurs lances-roquettes. La sirène hurlait sans discontinuer. Dans le lointain, Hiroko aperçut trois bateaux qui fonçaient sur le *Tofaru.* Dans ses jumelles, elle reconnut des vedettes de la police maritime. Même leurs mitrailleuses ne pourraient rien contre le *Tofaru.* Ils n'oseraient d'ailleurs pas tirer. Elle était la maîtresse du jeu. Même la police ne prendrait pas le risque de sacrifier tout l'équipage du *Tofaru.*

*
* *

L'officier-radio surgit sur le quatrième pont, essoufflé, sa mitraillette à la main, parla d'une voix excitée à Yamato.

— Tout le monde est prévenu, traduisit le Japonais. Des hélicoptères vont intervenir. Mais cela prendra une heure. La police maritime arrive...

Derrière eux, le *Shinjuku* achevait de couler en brûlant. Dans environ quinze minutes, ils seraient à portée de la prochaine cible. Ils avaient une chance sur mille d'atteindre le gaillard d'avant. De la timonerie, Hiroko et son compagnon tenaient le pont principal sous son feu. Il fallait trouver autre chose. Et vite.

Malko eut soudain une idée.

— Il faut bloquer le gouvernail, dit-il; pour que le *Tofaru* tourne en rond. Trouvez-moi l'officier mécanien.

De nouveau, ils dévalèrent les coursives, laissant le gorille pour surveiller l'escalier de la timonerie. La chambre de l'officier mécanicien se trouvait sur le pont principal, quatre étages plus bas. Il était en train de réunir l'équipage des machines. Malko lui expliqua le problème.

— Nous pouvons stopper les pompes du gouvernail, suggéra-t-il. Elle ne pourra plus manœuvrer.

Dans l'affolement, personne n'y avait encore pensé...

— Mais elle pourra aller se jeter contre un autre bateau? demanda Malko.

L'officier confirma. Il fallait trouver autre chose. Hiroko était assez folle pour ce genre de suicide...

On avait transporté le commandant grièvement blessé dans la cabine de l'armateur. Peu à peu, l'équipage prenait conscience du drame. Mais c'était tellement inattendu! La compagnie avait bien prévenu les officiers qu'ils pourraient éventuellement être l'objet d'un « chantage à la vanne », c'est-à-dire que des terroristes pourraient tenter de les forcer à déverser leurs citernes dans la mer, mais on ne les avait pas prévenus d'un *hi jacking*.

Finalement, pressé par Malko, l'officier mécanicien dit :

— Il y a un moyen. Il faut *shunter* la timonerie et diriger le bateau directement de la salle des gouvernails, sans arrêter les pompes hydrauliques du gouvernail.

— Allons-y, dit Malko.

C'était la seule chance de neutraliser Hiroko.

Deux bateaux-pompes passèrent non loin d'eux, fonçant vers le *Shinjuku* en flammes.

Ils se ruèrent dans l'ascenseur desservant la gigantesque salle des machines, cinq niveaux plus bas. En sortant de l'ascenseur, Malko faillit se boucher les oreilles. Le bruit des gigantesques machines était assourdissant, plus de quatre-vingts décibels... Ils contournèrent l'énorme bloc moteur, filant vers l'arrière grâce à un réseau de passerelles et d'échelles métalliques, dans une chaleur étouffante. La salle des gouvernails se trouvait derrière la machine, sous le pont de chargement. Basse de plafond, toute petite, c'était l'extrême arrière du navire. Un énorme ensemble de pompes maintenait l'axe du gouvernail. L'officier mécanicien manœuvra quelques leviers, puis, montant sur le socle de l'ensemble, s'empara d'une barre de fer qui dépassait.

Lentement, il l'inclina vers la droite.

— Ça y est, traduisit Yamato, nous dirigeons le *Tofaru.* Hiroko ne peut plus rien de la timonerie.

Les moteurs hydrauliques continuaient à actionner l'énorme gouvernail, et le *Tofaru* commençait à tourner en rond.

Malko regarda le petit levier de fer. Ivre de joie.

— Restez-là, dit-il à l'officier mécanicien. Yamato va veiller sur vous.

Il fallait prévoir le cas où Hiroko essaierait de s'emparer de la salle des gouvernails. Il remonta, guidé par le bosco vers la surface du navire. Il restait à neutraliser complètement la terroriste.

CHAPITRE XIX

Dès que Malko sortit de l'ascenseur, émergeant dans la coursive, un vacarme effroyable l'étourdit. La sirène du *Tofaru* continuait à hurler sans discontinuer, se mêlant aux sons stridents et saccadés de celle d'un patrouilleur gris de la marine de guerre japonaise, naviguant de concert avec le pétrolier. Des marins en uniforme s'agitaient sur le pont. Une explosion domina le vacarme. Un petit canon venait de tirer un coup de semonce. Une gerbe d'eau jaillit à cent mètres devant l'étrave du *Tofaru.*

Celui-ci avait incurvé sa trajectoire, s'éloignait des navires au mouillage grâce à son gouvernail bloqué. Il tournerait en rond tant qu'Hiroko et ses complices ne seraient pas neutralisés. Malko examina le gaillard d'avant. Les deux terroristes hésitaient, brandissant leurs lance-roquettes. Il fonça à la cabine-radio, expliqua à l'officier le coup du gouvernail. Le péril était écarté pour les autres pétroliers.

— Demandez que l'on attaque les terroristes qui se trouvent à l'avant, dit-il, je m'occupe de la timonerie.

Il ressortit de la cabine-radio, se jeta dans l'escalier central. Une explosion secoua tout à coup le pétrolier, jetant Malko à terre. Il se releva, fonça vers un hublot donnant sur le pont principal. Une épaisse fumée noire mêlée de flammes s'élevait du centre du navire. Une nouvelle explosion, moins forte, se produisit devant le centre de contrôle. Hiroko mettait sa menace à exécution : elle faisait sauter le *Tofaru!*

Par chance sa roquette avait dû frapper une citerne encore pleine. Le pétrole s'était enflammé, mais n'avait pas explosé.

C'était la fin. Trois gros hélicoptères se rapprochaient, volant au ras des flots. Ils s'immobilisèrent près de l'avant du *Tofaru.* Des gerbes de balles traçantes jaillirent des appareils. Après un furieux échange de coups de feu, les deux terroristes, hachés par les balles de mitrailleuse, cessèrent de riposter. Un des hélicoptères se laissa tomber à l'avant, vomissant des militaires qui s'élancèrent sur le pont principal.

Malko reprit sa course vers la timonerie. Il voulait capturer Hiroko lui-même. Il se heurta à des membres de l'équipage, affolés, en train d'abandonner le navire qui continuait à tourner en rond, au milieu d'une meute de patrouilleurs, de vedettes, de bateaux-pompes. Le vent commençait à rabattre l'épaisse fumée noire vers toutes les ouvertures du château arrière. Malko fut pris d'une quinte de toux, faillit faire demi-tour. En arrivant sur le quatrième pont, il buta dans un corps. Le « gorille » au croc à poisson, étendu sur le ventre dans une mare de sang. Malko se rua dans l'escalier étroit de la timonerie, émergea dans le local plein de fumée. Le hurlement de la sirène toute proche était insupportable.

Hiroko avait disparu. Il ne restait que le *loading*

master, se traînant une balle dans la jambe. Malko le releva. L'autre parlait un peu anglais. Il lui fit comprendre d'arrêter la sirène. Soutenu par Malko, le *loading master* s'exécuta.

Enfin, un silence relatif retomba. Les sirènes intérieures, signalant l'incendie, continuaient à hurler, elles. Malko se rua sur la console de commande et mit toutes les manettes à zéro.

— *They are gone with the captain*[1]*!* dit le *loading master*.

Hiroko et son dernier compagnon avaient fui, utilisant le second comme bouclier, et se trouvaient quelque part à bord du pétrolier en train de brûler. Celui-ci commençait à ralentir, mais il fallait bien huit cent mètres pour qu'il stoppe complètement.

Des balles claquèrent tout à coup, crevant les hublots, s'écrasant sur les consoles. Les soldats, stoppés sur le pont principal par l'incendie, tiraient sur la timonerie, croyant qu'Hiroko s'y trouvait encore... Malko redescendit à toute vitesse à la cabine-radio, dicta un message à l'officier accroché à son VHF, demandant d'arrêter le feu.

— Ils envoient un hélicoptère au-dessus du pont radar, annonça le Japonais, pour l'évacuation.

De nouveau ce fut la course dans l'escalier. D'une minute à l'autre le *Tofaru* pouvait sauter. Malko arriva, essoufflé, sur le pont qui servait de toit à la timonerie, se servant d'une échelle extérieure. Yamato y était déjà, sans lunettes, noir comme un ramoneur, un énorme accroc au genou gauche, le P. 08 à la main.

Le pétrolier était presque arrêté, et la fumée enveloppait maintenant tout le navire d'un nuage nauséabond. Un gros hélicoptère *Chinook* se dandinait au-dessus de la cheminée, une échelle de corde

[1] Ils sont partis avec le capitaine.

pendant de ses flancs. Malko parvint à en saisir un bout et commença à se hisser. Sa mission était terminée : impossible d'aller chercher Hiroko dans le brasier.

*
* *

Vu du *Chinook,* le spectacle était fantastique. Maintenant immobile au milieu de la baie de Tokyo, le *Tofaru* continuait de brûler, lançant vers le ciel une fantastique colonne de fumée et de flammes. Autour de lui, les patrouilleurs et les hélicoptères dansaient un ballet affolé, n'osant pas trop s'approcher à cause des risques d'explosion.

Il ne restait que des cadavres à bord du pétrolier. Les membres de l'équipage avaient sauté à l'eau ou les hélicoptères les avaient recueillis. Il était pratiquement impossible d'arrêter l'incendie qui dévorait le navire. Malko contemplait la colonne de fumée et de flammes qui s'éloignait tandis que l'hélicoptère cinglait vers le port. Hiroko était demeurée dans le brasier. Préférant mourir que se rendre. Assis près de lui, Yamato fixait le vide, épuisé lui aussi. L'outrage commis au détriment de l'honorable Kawashi était lavé. Brusquement, Malko réalisa qu'ils avaient perdu le bosco. Yamato lui tendit soudain un mouchoir.

— Vous saignez, Malko-san.

Malko essuya le sang qui coulait sur son visage d'une longue estafilade au cuir chevelu. Une balle l'avait frôlé dans la bagarre, sans même qu'il s'en aperçoive. Avec précautions, il tâta le sillon douloureux. La mort était une question de millimètres. Il se retourna une dernière fois alors qu'ils allaient atterrir.

La fumée étalée par le vent recouvrait la baie de Tokyo d'une sinistre étole noire.

*
* *

— *Kampai!*

Tous les convives levèrent leur coupe de saké. Malko but l'alcool tiède d'un coup. Le vingtième toast depuis le début de la soirée. M. Kawashi, ses sparadraps bien en place, raide comme un piquet dans son costume noir — comme Malko — la cravate éblouissante de blancheur, présidait le dîner d'adieu.

Assise en face de Malko, Goudroune, la femme de Yamato, lui adressait des œillades à faire fondre un iceberg. Son décolleté carré était un véritable attentat à la pudeur. Koko, l'épouse du racketteur, ruisselait de dignité et de bijoux. Malko se dit que, cette fois, il n'y aurait pas de danse pour assouvir ses petites manies secrètes. Depuis le début du dîner, un spectacle se déroulait sur la piste ronde de *Castel*, loué pour la circonstance par M. Kawashi. Des danses, des chanteuses, des mimes. Le patron du syndicat des racketteurs était l'image même de la joie. Les cinq cent mille dollars se trouvaient toujours quelque part sur le *Tofaru* qui finissait de brûler dans la baie de Tokyo, mais il avait retrouvé la face, en se vengeant d'une façon éclatante d'Hiroko. En plus le ministère de l'Intérieur lui avait fait discrètement savoir qu'on lui était reconnaissant en haut lieu de l'aide apportée dans l'élimination des desesperados du Sekigun.

Ce qui ne faisait qu'asseoir un peu plus son pouvoir.

Malko reprenait l'avion le lendemain pour l'Europe. Il avait hâte de se retrouver dans le confortable DC. 10 des Scandinavian Airlines qui l'emmènerait en Europe avec une seule escale, à Anchorage. Il n'aimait pas passer par Moscou. Le K.G.B.

ne s'embarrassait pas de préjugés pour se débarrasser des gens qui le gênaient. Sur le DC. 10 des Scandinavian Airlines, il serait en sécurité, il jouirait d'un accueil parfait, de menus délicatement composés et même de vins fins. Il retrouverait enfin son champagne favori, le Moët, en exclusivité sur les Scandinavian Airlines. Et il aurait peut-être même une somptueuse hôtesse blonde à contempler en passant au-dessus du pôle. De plus l'escale à Anchorage était une aubaine. En sus du paysage magnifique de l'Arctique, il pourrait téléphoner à David Wise, afin de régler certains problèmes matériels.

Anchorage, c'était aux U.S.A., bien qu'un peu au nord...

En attendant, il se « tatamisait » une dernière fois. Assise à sa droite, Kuniko s'était surpassée. De la poussière d'or soulignait ses yeux, les conques de sa perruque luisaient de laque et les paillettes de son fourreau vert semblaient avoir été cousues sur elle. Son œil furibond se posait de temps en temps sur Mademoiselle Riz Précoce, assise sagement derrière Malko, attentive à ce que son bol soit toujours rempli des meilleurs morceaux.

Malko s'était fait un devoir de goûter à tout, pour ne pas vexer son hôte. La conscience enfin en paix. Il ne restait rien d'Hiroko ni de sa bande. On n'avait pas encore retrouvé le corps de la jeune terroriste, pas plus que ceux du second et de Jinzo, mais à cause de l'incendie, le *Tofaru* n'avait pu être fouillé complètement. Le père d'Hiroko avait fait une déclaration émue à la presse, remerciant le ciel d'avoir débarrassé le Japon d'un être aussi nuisible que sa fille. Malko avait dans sa poche intérieure le télégramme flatteur du nouveau patron de la Central Intelligence Agency. Tom Otaku, sans rancune, lui avait fait envoyer à son hôtel une superbe céramique ancienne. Il allait pouvoir passer une fin d'hiver tranquille dans son château de Liezen, à recevoir quelques amis choisis et à payer les factures des entrepreneurs. Il regretta fugitivement qu'Alexandra ne soit pas là. Elle avait parlé de le rejoindre au Japon, mais finalement l'attendait au *Royal Hotel* de Copenhague. Pour un peu de shopping. On trouvait de la merveilleuse argenterie dans la capitale danoise. Malko avait hâte de retrouver sa volcanique et capricieuse fiancée. En dépit de ses sautes d'humeur, de ses exigences et de sa jalousie. Elle avait une âme difficile à remplacer, même par un tombereau de créatures de rêve.

Un roulement de tambour interrompit les agapes. Kuniko se pencha vers lui :

— Regardez, Malko-san. Tsuruginomai, la Danse des Sabres. Un ancien jeu de samouraï.

Deux personnages descendirent l'escalier tendu de noir et montèrent sur la piste ronde, saluèrent profondément l'assistance. Tellement maquillés que Malko mit plusieurs secondes à réaliser que c'étaient des femmes.

Chacune, vêtue d'un kimono serré à la taille et d'un pantalon noir très large, pieds nus, tenait à la main un sabre de samouraï, légèrement recourbé, elles se placèrent face à face, levèrent leurs sabres à la verticale, poussèrent un cri guttural et commencèrent leur exhibition.

C'était beau à couper le souffle.

Les lames s'entrecroisaient, se frôlaient, se heurtaient, glissaient l'une contre l'autre, dans un éblouissement d'acier, crissant, vibrant, cliquetant. Les danseuses multipliaient les moulinets, les feintes, les esquives, les attaques, tenant leur sabre à deux mains, comme une hache. Sautant en l'air, poussant des cris sauvages, s'aplatissant à terre. Sans jamais se toucher. Le ballet était réglé au millimètre.

Il fallait un sang-froid extraordinaire pour pratiquer cette danse, car le moindre faux mouvement signifiait une blessure grave. Fasciné, Malko n'en perdait pas un mouvement. Les filles étaient tellement stéréotypées qu'on ne pouvait dire si elles étaient belles ou laides. La poudre blanche qui recouvrait leurs visages effacait leurs traits, les rendait étrangement semblables...

Elles achevèrent leur démonstration, quittèrent la piste, remontant dans l'escalier. La piste demeura vide quelques instants, puis une des danseuses réapparut, seule cette fois, sauta sur la piste, commença à tournoyer comme un derviche. Puis, d'un bond souple, elle sauta dans la salle et se rapprocha de la table de Kawashi, sans cesser de faire tournoyer son sabre. Durant une fraction de seconde, Malko croisa son regard.

Il eut l'impression qu'une main géante lui écrasait l'estomac. D'une détente immédiate, il essaya de se lever, mais Kuniko avait enroulé une de ses jambes autour des siennes. A Yamato qui le fixait avec stupéfaction, il cria :

— Hiroko!

Le mortel tourbillon n'était plus qu'à quelques mètres.

Malko se rejeta en arrière aussi loin qu'il le put, cherchant à tâtons la boîte qui contenait le P. 08 de Yamato. Kuniko se dressa, terrifiée, à côté de lui.

Il y eut un bruit mou et sec à la fois. Malko ne vit même pas la lame trancher le cou de la taxi-girl, tant ce fut rapide. Le geste n'était pas achevé que la tête de Kuniko était encore en train de basculer sur ses genoux, les yeux ouverts. Un flot de sang jaillit du cou, éclaboussant tous les convives. Hiroko, s'apercevant de son erreur, poussa un hurlement de rage et fonça de nouveau sur Malko. Au moment où celui-ci refermait la culasse du P. 08, après avoir fait monter une balle dans le canon. Il allongea le bras, pressant la détente, laissa son doigt dessus. Le lourd automatique sautait dans sa main, les détonations retentissaient avec un bruit assourdissant, les douilles brûlantes jaillissaient sur la table, mais les projectiles qui frappaient Hiroko n'arrivaient pas à la stopper.

Elle était déjà morte mais continuait à avancer. D'un effort surhumain, elle abattit le sabre devant elle. La lourde lame coupa une soupière en deux, et se planta dans le bois, à quelques centimètres de Malko. Puis, les deux mains crispées sur la poignée, Hiroko sembla se tasser sur elle-même, diminuer de volume. Elle ouvrit la bouche comme pour bâiller, un jet de sang jaillit, et elle resta immobile, les yeux vitreux.

Le corps de Kuniko s'inclina doucement en avant et s'affala sur la table. Goudroune commença à crier. Un hurlement tellement strident et hystérique qu'il couvrit tous les autres bruits. L'odeur fade du sang recouvrait le fumet des plats délicats commandés par M. Kawashi. Malko fit le tour de la table, le cerveau vide, son costume d'alpaga noir poisseux de sang tiède. Les yeux vitreux d'Hiroko semblaient le fixer. Elle avait dû s'échapper à la nage du *Tofaru,* à la faveur de l'obscurité, le suivre à la trace, imaginer cet ultime assaut.

Yamato jeta une serviette qui se trempa aussitôt de rouge sur le corps décapité de Kuniko. La tête avait roulé sous la table, mais personne n'osait regarder. Même Kawashi paraissait bouleversé. Enfin, Yamato avait fait taire Goudroune. Un silence de mort régnait dans la discothèque. Les oreilles encore bourdonnantes des coups de feu, Malko serra les lèvres pour ne pas vomir.

Il reverrait toute sa vie la tête de Kuniko tomber

sur ses genoux, les yeux encore ouverts, la bouche entrouverte pour parler, le sang qui jaillissait du cou qui semblait si mince...

Sans le P. 08 de Yamato, il était mort, lui aussi.

Il n'éprouvait même pas de haine pour Hiroko. Il pensa soudain aux jeunes pilotes de kamikazes dont lui avait parlé Al Borzoï, qui, en 1945, se jetaient sur les navires américains en un vol sans retour.

Le Japon n'avait pas tellement changé.

AUGUSTE
le BRETON

LES ANTI-GANGS

Les Anti-gangs, une équipe d'hommes durs et implacables qui tuent et se font tuer dans un combat sans merci.

Auguste le Breton sait de quoi il parle. Participez avec lui aux interventions fantastiques de cette brigade d'élite, suivez-le chez les hors-la-loi pour connaître le pourquoi et le comment de leurs actions cruelles et sadiques ; ce que leur brutale arrogance cache d'amours et de perversions étonnantes.

Déjà parus :

1 L'AS DES ANTI-GANGS
2 L'AS ET « BELLES CHAUSSURES »
3 L'AS ET LE CASSE DU SIÈCLE
4 L'AS ET LA MARQUISE
5 L'AS ET L'ENNEMI PUBLIC
6 L'AS ET LES TERRORISTES
7 L'AS AU SENEGAL
8 L'AS ET LES MALFRATS

« Composition réalisée en ordinateur par INFORMATYPE SERVICE »

IMPRIMÉ EN FRANCE PAR BRODARD ET TAUPIN
7, bd Romain-Rolland - Montrouge.
Usine de La Flèche, le 25-01-1979.
1140-5 - N° d'Editeur 10128, 2e trimestre 1975.